자전거를 탄 세 남자

Three Men on the Bummel
Jerome K. Jerome

자전거를 탄 세 남자

제롬 K. 제롬 지음 | 김이선 옮김

문예출판사

1

"우리에겐 변화가 필요해."

해리스가 이 말을 하는 순간, 문이 홱 열렸다. 해리스의 부인이 머리를 쏙 들이밀었다. 그러더니 에델버타가 전하라는 말이 있어서 왔는데, 클라렌스 때문에 집에 너무 늦게 돌아가면 안 된다는 것을 잊지 말라고 했다는 것이다. 에델버타는, 내 생각인데, 쓸데 없이 아이들에 대해 불안해한다. 사실 그 아이에 관해서라면 아무 것도 문제될 것이 없다. 오늘 아침에 자기 숙모와 함께 외출을 한 터였기 때문이다. 녀석이 뭔가를 바라는 눈빛으로 빵집 진열창을 바라본다면 그녀는 녀석을 데리고 들어가 크림빵이나 케이크를 실컷 먹게 해준다. 녀석이 정중하고 단호하게 더는 먹지 않겠다고 할 때까지다. 그러고 나면 물론 점심때는 푸딩 한 그릇밖에 못 먹 게 되고 에델버타는 아이가 어디 아픈 게 아닌가 걱정을 한다.

5

해리스의 부인은 또 덧붙이기를, 곧 위층으로 올라오는 편이 우리를 위해서도 좋을 듯싶은데, 안 그러면 뮤리엘이 공연하는 〈이상한 나라의 앨리스〉에 나오는 '매드 해터의 티 파티' 부분을 놓치게 될 거라고 했다. 뮤리엘은 여덟 살 먹은, 해리스의 둘째다. 똑똑하고 영리한 아이다. 하지만 작품 선택은 좀 신중하게 해주었으면 하는 게 개인적인 바람이다. 우리는 피우던 담배만 마저 피우고 금방 올라가겠다고 했다. 우리가 갈 때까지 뮤리엘이 공연을 시작하지 못하게 막고 있으라는 간곡한 부탁까지 했다. 그녀는 할 수 있는 최선을 다해보겠다고 했다. 문이 닫히자 해리스가 다시 말을 이었다.

"내 말이 무슨 뜻인지 알지? 완벽한 변화 말이야."

문제는 그걸 어떻게 이루어내느냐 하는 것이었다.

"사업상 핑계를 대는 거지."

조지다운 제안이었다. 결혼 안 한 친구들은 결혼한 여자들이 결혼한 남자들의 수법을 모를 것이라고 생각한다. 한 젊은이가 있었다. 엔지니어였는데, "사업상"이라는 핑계를 대고 빈에 가야겠다는 생각을 했다. 부인은 구체적으로 "어떤" 사업인지 알고 싶어 했고, 젊은이는 그 근처 탄광들을 방문한 후에 회사에 보고서를 제출하는 게 자신이 맡은 임무라고 했다. 부인은 자기도 함께 가겠다고 했다. 그런 여자였다. 그는 그녀를 설득하려고 노력했다. 탄광은 숙녀가 갈 만한 장소가 아니라고. 그녀는 자기도 그렇게 생각한다면서, 아침에 남편이 일하러 나가는 것만 보고 그가 돌아올 때까지는 혼자 알아서 잘 놀겠다고 했다. 빈의 가게들도 돌아보고 몇 가지 살 만한 것들도 사면서. 일단 말을 뱉은 후였기 때문에, 상황을 수습할 만한 방법을 찾기가 쉽지 않았다. 그렇게 해서 길고 긴 여름의 열흘 동안 그는 빈 근처의 탄광들을 방문하며 그들에 관한 보고서를 작성했고, 그의 아내가 원하지도 않는 회사에 그것들을 부쳐주었다.

나는 에델버타나 해리스의 부인이 그녀와 같은 부류의 여성이라는 생각은 하고 싶지 않다. 하지만 "사업상"의 이유는 너무 자주 사용하지 않는 것이 좋다. 진짜 필요한 경우에 대비해 아껴둬야 한다.

"그건 안 돼."

내가 말했다.

"사람이 솔직하고 당당해야지 말이야. 나는 에델버타에게, 남자는 자신 곁에 늘 함께하는 행복을 깨닫지 못한다는 결론에 도달했다고 말하겠어. 깨닫는 것이 마땅한 나의 행복을 깨닫는 법을 배우려고, 가슴이 찢어지지만 그녀와 아이들에게서 최소한 3주를 떠나 있겠다고 말이야. 나는 말하겠어."

나는 해리스에게 고개를 돌리며 말을 이었다.

"이 문제와 관련하여 나의 의무를 일깨워준 것이 너였다고 말이야. 우리 모두 너에게 이런 크나큰 은혜를……."

해리스가 다소 급하게 잔을 내려놓으며 내 말을 가로막았다.

"미안하지만 친구, 안 그래주면 좋겠어. 그럼 그녀가 내 아내에게 이야기할 테고, 그럼, 글쎄 난 불행해지지 않을까? 안 그래도 되는 죄를 뒤집어쓰고 말이야."

"왜 안 그래도 된다고 생각하지? 어차피 네 아이디어였잖아."

"나에게 그 아이디어를 준 건 너였으니까 하는 말이지."

해리스가 다시 말을 잘랐다.

"네가 그렇게 말했잖아. 남자가 틀에 박힌 생활을 하면 안 된다고. 쭉 가정 생활만 하다가는 머릿속에 진흙이 들어차게 된다고."

"그냥 일반적으로 그렇다는 거였지."

"아주 훌륭한 생각이라는 감이 팍 오더라고."

해리스가 말했다.

"네가 한 말을 그대로 클라라에게 해줄 생각이었지. 그녀는 너의 감각을 높이 쳐주거든. 만약에 내가……."

"꼭 그런 위험을 감수할 필요까지 있겠어?"

이번엔 나도 가만히 있어선 안 됐다.

"이건 아주 미묘한 문제라고. 방법이 생각났어. 조지가 아이디어를 제안했다고 하자."

조지는 필요할 때 소용이 닿는 싹싹한 면모가 부족하다. 가끔씩 이런 캐릭터를 마주할 때가 있는데 그때마다 난처하기가 그지없다. 당신은 그가 곤경에 빠진 오래된 두 친구를 도와줄 기회를 기꺼이 받아들였을 거라고 생각할 것이다. 하지만 웬걸.

"그러시든가."

조지가 말했다.

"그럼 난, 원래 내 계획은 아이들이랑 전부 다 해서 파티를 열자는 거였다고 말할 테니까. 나는 숙모를 모시고 올 생각이었고, 허약한 아이들에게도 좋고 여기 영국에서는 구할 수 없는 우유를 마셔보기에도 딱 좋은 날씨가 펼쳐지는 노르망디 바닷가에 멋진 성을 빌릴 생각이었다고 할 테니까. 그런데 니들이, 우리끼리만 있는 게 더 좋을 거라면서 내 제안을 무시해버렸다고 하지 뭐."

조지 같은 녀석에게 친절을 기대하는 것은 무리다. 견디자.

"그러시든가."

해리스가 말했다.

"그럼 난, 그 제안에 응해주도록 하지. 우리는 그 성을 빌리게 될 거야. 넌 네 숙모를 모시고 오도록 해. 걱정 마, 내가 도와줄 테니까. 그리고 거기서 한 한 달 지내지 뭐. 애들은 다 너만 좋아하고 J와 나 따윈 안중에도 없잖아. 에드거에게 낚시도 가르쳐준다고 약속했겠다, 야생동물 잡기 놀이도 맡도록 해. 지난주 일요일부터 딕하고 뮤리엘은 지난번에 네가 몸소 보여준 하마 얘기만 하고 있어. 숲으로 소풍도 가는 게 좋겠군. 고작 해봐야 열한 명뿐일 테니까. 저녁 시간엔 노래와 낭송도 빠질 수 없겠지? 알겠지만 뮤리엘은 이미 여섯 작품이나 꿰고 있고, 다른 애들도 워낙에 빨리 배워야 말이지."

진정한 용기가 필요한 상황이었다. 조지는 슬슬 꼬리를 내리는 눈치였다. 하지만 끝까지 솔직 담백한 언동을 보여주지 않았다. 그는 우리가 수치를 무릅쓰고 그런 비열한 술수를 쓸 만큼 형편없고 비겁하고 못된 인간들이라면, 자신으로서도 어찌해볼 수 없다고 말했다. 그리고 내가 이 피로 물든 전쟁을 내 손으로 종결지을 뜻이 없다면, 자신이 한 잔 제공하는 수고를 베풀겠노라고 했다. 그리고 또 덧붙인 말이, 다소 비논리적이긴 한데, 에델버타와 해리스의 아내가 순간 그 제안이 자신에게서 나왔다는 것을 믿는 것보다는 자신을 좀 더 제대로 평가할 수 있는 센스를 갖춘 여성들이라는 사실을 알게 되는 것도 괜찮을 거라고 했다.

어쨌든 상황은 이렇게 종결되었고 이제 '어떤 종류의 변화'냐 하는 문제가 남았다.

해리스는, 늘 그렇듯이 바다를 주장하고 나왔다. 그는 자신이 요트를 하나 안다고 했다. 마침 안성맞춤이라고. 비용이나 잡아먹지, 선상의 낭만 같은 것은 애초에 기대도 할 수 없게 만들어버리는 농땡이 선원 부대 없이도 우리끼리 잘 해결할 수 있는 종류라고 했다. 자신에게 손재주 좋은 녀석 하나만 붙여주면 자기가 요트를 책임지겠노라고. 우리는 이 요트를 알았고 그에게 그렇게 말했다. 우리는 전에 해리스와 함께 그 요트를 탄 적이 있었다. 배 밑에 괸 더러운 물 냄새와 들러붙은 이끼 냄새가 다른 냄새를 모두 몰아내 버리는 요트였다. 정신 상태가 제대로라면, 어떤 바다 공기가 그 냄새를 향해 진로를 택할까. 그래도 뭐 냄새에 관한 한, 동쪽 빈민가에서 한 일주일 정도 보내면 어떻게 해결된다고 치자. 비가 오면 피할 장소는 있어야 하는 거 아닌가. 식당은 폭이 3미터에 길이가 1.2미터인데, 그중 반은, 불을 붙이려고 접근하는 순간 와르르 박살이 나버리는 스토브가 차지하고 있다. 목욕은 갑판에서 해야 하고, 욕조 밖으로 나오는 순간 수건은 배 밖으로 날아가버린다. 해리스와 손재주 좋은 그 녀석은 온갖 흥미로운 작업을 하는 중이다. 키를 돌리고 돛을 줄이고, 요트를 풀어주었다가 기울이기도 했다가 하는 그러한 종류의 일들 말이다. 조지와 내가 감자를 벗기고 씻는 사이에.

"좋아, 그럼. 깨끗한 요트를 찾아보도록 하지 뭐. 선장도 있는 걸로. 제대로 해보자고."

해리스가 말했다.

이것 또한 나는 반대였다. 나는 이 선장이란 작자도 안다. 그가

생각하는 항해란, 아내와 가족과의 연락이 용이한 이른바 '앞바다'
에 정박해 있는 상태를 말한다. 단골 선술집은 말할 것도 없고.

　몇 년 전 어리고 철없던 시절에, 나 역시 요트를 빌린 적이 있었
다. 그런 바보 같은 짓을 하게 된 데에는 세 가지 상황이 작용했다.
뜻하지 않게 돈이 들어왔고, 에델버타가 바다 공기를 쐬고 싶다는
의사를 표시해왔다. 그런데 다음 날 아침 클럽에서 아무 생각 없
이 《스포츠맨》을 집어 들었는데, 거기서 다음과 같은 광고를 발견
하고야 만 것이다.

　요트맨들에게 알림.
　더없는 기회. '로그', 28톤짜리 욜형 범선. 소유주에게 사업상 일이 생
겨, 잘빠진 '바다의 그레이하운드'를 장기 또는 단기 임대하기를 원함.
객실 두 개에 식당. 업라이트형 피아노, 보펜코프 작품. 세탁용 보일러
는 새것임.
　조건 : 일주일에 10기니. 3A 버클러스베리에 있는 퍼트위 주식회사에
문의 바람.

　마치 기도에 대한 응답인 것처럼 보였다. 세탁용 보일러에는 관
심 없었는데, 세탁이야 꼭 그때 해결하지 않아도 되는 거라고 생
각했기 때문이다. 하지만 '업라이트형 피아노, 보펜코프 작품'이란
어구가 나를 유혹했다. 저녁에 에델버타가 연주하는 모습을 상상
했다.

　'옆에 코러스도 서 있고 하면 근사하겠지. 선원들을 좀 훈련시켜
보지 뭐.'

우리의 움직이는 보금자리가 '그레이하운드'처럼 은백색 물결을 헤쳐 가는 모습을 떠올렸다.

나는 모자를 쓰고서 곧장 3A 버클러스베리로 차를 몰았다. 퍼트위 씨는 겸손해 보이는 신사였다. 4층에 있는 그의 사무실도 겸손해 보였다. 그는 나에게 수채화 한 점을 보여주었다. 바람 앞에 나는 듯이 선 '로그'의 그림이었다. 갑판이 바다와 95도 각도를 이루었다. 사진 속 갑판 위에는 사람이 한 명도 보이지 않았다. 지금 생각해보면 다들 미끄러져 떨어진 게 아닌가 싶다. 못으로 박아놓았으면 모를까 어떻게 거기 붙어 있을 수가 있었겠는가. 나는 이 점을 지적했다. 그랬더니 그가 설명하기를, 그 그림은 메드웨이 요트 대회에서 로그가 그 유명한 승리를 거둘 때 회항하는 모습을 그린 거라고 했다. 퍼트위 씨는 내가 그 일을 잘 안다고 생각하는 것 같았다. 그래서 나는 다른 여타 질문을 던지지 않았다. 액자 가까이에 얼룩 두 개가 보였는데, 그 후 몇 달 동안도 나는 그것들이 이 유명한 대회 2, 3위들의 모습을 표현한다고 생각했다. 그레이브젠드 근처에 정박한 모습을 찍은 사진은 덜 인상적이었으나, 안정감은 있어 보였다. 알고 싶던 내용에 대해 만족스러운 해답을 얻고 난 뒤, 2주 계약을 했다. 퍼트위 씨는 2주를 생각하다니 아주 잘 결정하신 거라고 했다(나중에는 나도 그의 의견에 동의하게 되었지만). 다른 계약 건과 딱 맞아떨어지는 날짜라고, 내가 3주 계약을 원했으면 거절할 수밖에 없는 부득이한 상황이 발생했을지도 모른다고 했다.

임대 계약이 끝나자 퍼트위 씨는 나에게 염두에 둔 선장이 있느냐고 물었다. 내가 딱히 아는 사람이 없는 것이 또 마침 무척 잘된

일인 듯한 상황이었다. 퍼트위 씨가 말하기를 현재 이 요트를 책임지는 훌륭한 선장 고일즈 씨에게 계속 맡기는 게 가장 좋다고 했기 때문이다. 그는 남자라면 바다를 알아야, 거기서 살아남을 수 있어야, 자기 아내를 안다고 할 수 있다고 했다.

이른 시각이었기 때문에 요트는 아직 하리치에 정박해 있었다. 나는 리버풀 거리에서 10시 45분 버스를 탔다. 그리고 1시까지 갑판 위에서 고일즈 씨와 얘기를 나눴다. 그는 풍채가 좋았고, 어딘가 아버지처럼 행동하는 구석이 있었다. 나는 더치 아일랜드를 거쳐 노르웨이를 향해 가고 싶다는 내 생각을 말했다. 그는 "네네"라고 대답하면서 우리의 여정에 대해 다소 흥분하는 듯 보였다. 본인도 우리의 여행을 기대해 마지않노라고 했다. 배에 식량을 싣는 문제가 나오자 그는 더 흥분하기 시작했다. 그가 제안한 식량의 양은, 고백하건대, 나를 놀라게 했다. 해적이 출몰하던 시대였다면, 그가 무슨 불법적인 일을 꾸미고 있는 게 아닐까 두려워했을 것이다. 하지만 그는 아버지 같은 풍채로 허허 웃으면서 그게 지나친 양이 아니라고 했다. 남은 건 선원들이 나누어서 나중에 집으로 가져간다고 했다. 원래 그런다는 식이었다. 그들에게 한겨울날 식량을 주는 것 같았지만, 그래도 너무 인색한 인간처럼 보이고 싶지 않아서 더는 아무 말도 하지 않았다. 이 정도는 돼야죠 하면서 말한 술의 양 역시 나를 놀라게 했다. 우리에게 필요하다고 생각되는 정도로 양을 조정하여 제안했다. 그랬더니 고일즈 씨는 선원들을 대변하고 나섰다. 내가 말한 양은 그를 위한 것이었고, 그는 자신의 선원들도 생각해야 한다고 했다.

"연회 같은 분위기로 갈 생각은 없습니다."

"하지만 차 마시듯 홀짝거릴 수는 없지 않습니까!"

그는 나에게 자신의 모토는 "괜찮은 사람들을 골랐으면 대접을 잘해야 한다"라고 말했다.

"그래야 일을 잘해줄 겁니다. 그리고 나중에 다시 일하러 오기도 할 거고요."

개인적으로, 나는 그들이 다시 오는 것을 원한다고는 생각지 않았다. 보기도 전에 벌써 싫어지고 있었으니까. 마치 눈앞에 탐욕스럽게 먹어대고 꿀꺽꿀꺽 술을 삼키는 선원들이 모습이 보이는 듯했다. 하지만 고일즈 씨의 어조가 하도 쾌활 단호한 데다 내게는 경험이 부족했기에 다시 한 번 그에게 양보하고 말았다. 게다가 그는 아무것도 낭비되는 것이 없도록 개인적으로 잘 살피겠노라고 했다.

선원을 채용하는 문제도 그에게 맡겼다. 그는 자신이 할 수 있다고, 나를 위해서, 건장한 남자 둘과 젊은 청년 하나만 붙여주면, 자기가 하겠다고 했다. 식량과 술을 없애는 문제를 염두에 두고 말을 한 것일 리가 없다. 그는 아마도 항해에 관해 말했을 것이다.

집으로 돌아오는 길에 양복점에 들러 흰 모자와 함께 요트 슈트를 주문했고, 가게에서는 서둘러서 시간에 맞춰주겠다고 했다. 집으로 돌아온 나는 에델버타에게 상황을 설명했다. 좋아했는데, 한 가지가 문제였다. 재단사가 과연 옷을 제때 끝내줄 수 있을까? 이게 여자다.

신혼 초였는데, 다소 허둥지둥 끝나버린 신혼 여행을 생각해서, 우리는 아무도 초대하지 않고 우리 둘만 요트를 차지하기로 결정했다. 세상에, 그렇게 결정한 것이 얼마나 감사한 일이었는지. 월요일에 우리는 옷가지를 모두 챙기고 출발했다. 에델버타가 뭘 입었는지는 생각나지 않지만, 어쨌든 간에 아주 매력적으로 보였다. 내가 입은 의상은 짙은 파란색이었는데, 가늘고 흰 술로 가장자리를 장식했고, 지금 생각해보건대, 다소 감동적인 수준이었다.

고일즈 씨가 갑판에서 우리를 맞았고, 점심이 준비되었다고 했다. 그가 아주 괜찮은 요리사의 서비스를 확보했음은 인정해야겠다. 다른 선원들의 능력에 대해서는 판단을 해볼 기회가 없었다. 반면 쉬고 있을 때 그들이 어땠는가에 대해서라면, 아주 명랑한 선원들처럼 보였다고 말할 수 있다.

애초에 그들이 점심만 다 먹고 나면 닻을 올릴 거라고 생각했다. 그동안 나는 시가를 한 대 물고 에델버타와 함께 뱃전에 서서, 내 조국의 흰 절벽들이 서서히 수평선 속으로 사라지는 모습을 바라보겠지 했다. 에델버타와 나는 우리 머릿속 프로그램대로 밖으로 나왔다. 그리고 갑판 위에서 기다렸다.

"사람들이 무척 여유가 있어 보이네요."

에델버타의 말에 나는 대답했다.

"요트에 실은 식량의 반만 해치우려고 해도, 식사 때마다 시간이 아주 필요할 거요. 서두르라고 닦달하지 않는 게 좋아요. 안 그러면 반의 반도 해치우지 못할 테니까."

시간이 좀 흐르자 그녀가 다시 말했다.

"낮잠이라도 자러 간 걸까요? 곧 티타임인데요."

확실히 조용했다. 나는 사다리 아래로 고일즈 선장을 소리쳐 불렀다. 세 번 불렀더니 어슬렁어슬렁 올라왔다. 마지막으로 봤을 때보다 훨씬 뚱뚱하고 나이 들어 보였다. 그는 시가를 한 대 물고 있었다.

"저희는 준비가 되었습니다만."

선장은 입에서 시가를 떼며 말했다.

"오늘은 안 되겠습니다."

"아니, 왜요? 왜 안 된다는 겁니까?"

뱃사람들이 미신을 곧잘 믿는다는 것은 안다. 혹시 월요일을 불길한 요일로 여기는 것일까 하는 생각이 들었다.

"날은 괜찮아요. 문제는 바람새인데요, 바람이 변하지가 않는 것처럼 보여서 말입니다."

선장이 대답했다.

"왜요, 그게 변해야 하는 겁니까? 제 생각엔 있어야 할 자리에 딱 있는 거 같은데요. 죽은 듯이 말입니다."

"네네, 딱 그 말이 맞습니다. 죽는다, 딱 맞는 말이지요. 이런 상태에서 나갔다간 우리 모두 죽기 딱 좋습니다."

선장이 말했다.

선장은 내 놀란 표정에 대한 답변으로 다음과 같은 말을 덧붙였다.

"이게 이른바 '육풍'이라는 겁니다. 그러니까 육지에서 바다를 향해 부는 바람 말이지요."

잠깐 그가 한 말에 대해 생각하는데 그의 말이 맞았다. 바람이 바다를 향해 불었다.

"밤이 되면 바뀔지도 모릅니다."

선장은 다소 희망적인 목소리로 말했다.

"그러면 좋아요, 배가 잘 나갈 겁니다."

고일즈 선장은 다시 시가를 물었다. 나는 뱃전으로 가서 에델버타에게 출발이 늦어지는 이유에 대해 설명했다. 처음 승선했을 때에 비해서는 다소 풀이 죽은 듯한 그녀는 바람이 육지 쪽에서 불면 왜 항해를 할 수 없는지 그 이유를 알고 싶어 했다.

"바람이 바다 쪽에서 불어온다고 생각해보세요. 그럼 배가 다시 육지에 닿게 될 거 아니에요? 그러니 지금 이 바람이 우리에게 필요한 바람처럼 생각되는데요."

"그건 당신이 경험이 부족해서 하는 소리예요. 언뜻 생각하면 그렇게 생각될지 몰라도 사실은 그게 아니거든요. 이게 사람들이 흔히 육풍이라고 부르는 건데요, 육풍은 언제나 아주 위험하거든요."

에델버타는 왜 육풍이 아주 위험한지 그 이유를 알고 싶어 했다.

그녀가 자꾸 그렇게 물어와서 다소 신경이 날카로워지기 시작했다. 어쩌면 좀 언짢은 기분까지 들었던 것 같다. 하지만 작은 요트 흔들리는 소리가 계속해서 들리자 기운이 꺾이고 말았다.

"설명은 할 수 없어요."

나는 이렇게 말했다. 그리고 그건 사실이었다.

"하지만 이런 바람에 항해를 시작하는 건 정말 더할 수 없이 어리석은 짓이에요. 내가 당신을 얼마나 아끼는지 알잖아요. 공연히 당신을 위험에 처하게 하고 싶지 않아요."

나는 마지막 말을 참 산뜻하게 잘했다고 생각했다. 하지만 에델버타는 그저, 상황이 정히 그렇다면 화요일에 배에 올랐어야 하는 거 아니냐고 했다. 그러고는 아래로 내려가버렸다.

다음 날이 되자 바람이 북쪽으로 방향을 바꾸었다. 나는 일찍 일어나 고일즈 선장에게 이 사실을 말했다.

"네네, 불행한 일이지요. 하지만 어쩔 수 없는 일 아니겠습니까."

"이제 출발할 수 있는 거 아닙니까?"

나는 과감히 말했다.

그는 나에게 화를 내지는 않았다. 그저 웃을 뿐이었다.

"그게 말입니다. 입스위치로 가시려는 거면 지금이 딱 좋을 때죠. 하지만 우리가 가려는 곳은 선생님도 아시다시피 더치 코스트가 아닙니까? 왜 그놈의 건 하필 그쪽에 있는지 말입니다."

나는 그 소식을 에델버타에게 전했다. 그리고 우리는 육지에서 시간을 보내기로 결정했다. 하리치는 재미있는 마을이 아니었다. 저녁쯤이 되면 지겨워질 만한 곳이었다. 도버코트에서 차를 마시고 샐러드를 조금 먹은 뒤에 부두로 돌아왔다. 그리고 한 시간 동안 선장을 기다렸다. 마침내 그를 만나게 되었을 때 그는 우리보다는 기분이 좋아 보였다. 그로그 주 한 잔 마신 게 다라는 말을 하지 않았다면, 술에 취했다고 말할 수 있을 정도였다.

다음 날 아침 바람이 남쪽으로 불자 고일즈 선장은 다소 초조해하는 듯했다. 이제 움직이는 것도 멈춰 있는 것도 똑같이 안전하지 않은 상황처럼 보였기 때문이다. 우리의 유일한 희망은 무슨 일이든 일어나기 전에 바람이 방향을 바꾸는 것뿐이었다. 이즈음 에델버타는 요트에 대한 반감을 나타냈다. 그녀는 개인적으로, 해수욕장에 있는 이동 탈의차가 이동하지 않는다면, 차라리 그 안에서 일주일을 보내는 게 낫겠다고 말했다.

우리는 하리치에서 또 하루를 보냈다. 그리고 그날 밤과 그다음 날, 바람은 여전히 남쪽에서 불어오는 가운데, 킹스헤드에서 잤다.

금요일 바람은 동쪽에서 불어왔다. 나는 부두에서 선장을 만났다. 그리고 이젠 출발할 수 있지 않겠느냐고 했다. 그는 내가 나타나서 당황한 듯 보였다.

"뭘 좀 아시는 분이라면 그게 불가능하다는 걸 아실 텐데 말입니다. 해풍이지 않습니까?"

"선장님, 내가 임대한 이게 뭔지 말씀해주시겠습니까? 이게 요트입니까 아니면 주거용 보트입니까?"

그는 나의 질문에 놀란 듯했다.

"욜형 범선이지요."

"그러니까 제 말은, 이게 도대체 움직일 수 있는 겁니까? 아니면 여기 딱 붙은 겁니까? 솔직히 말해주세요. 여기 붙어 있는 거면, 담쟁이들을 좀 가져다가 현창 주위로 올리고, 갑판에 꽃도 좀 갖다 놓고 차양도 치는 게 어떨까요? 좀 꾸며보지요. 하지만 이 녀석이 움직일 수 있는 거면……."

"움직일 수 있고말고요! 제대로 된 바람만 받쳐준다면……."

"제대로 된 바람이 도대체 뭡니까?"

선장은 어쩔 줄 몰라 하는 것 같았다.

"이번 주만 북풍, 남풍, 동풍, 서풍이 다 불었습니다. 바람이 불어오는 다른 방향을 아신다면 말씀해보세요. 그럼 그걸 기다리도록 하지요. 그게 아니라면, 닻이 바닷속으로 처박혀 들어가버린 게 아니라면, 오늘 닻을 올릴 겁니다. 무슨 일이 일어나는지 한번 보자고요."

그는 내가 단단히 결심했다는 사실을 이해한 듯했다.

"좋습니다. 저야 뭐 고용인일 뿐이니까요. 고용주의 말에 따라야겠지요. 더 키워야 하는 자식은 하나밖에 없으니, 다행이지 뭡니까? 유언 집행인들이 설마 나이 든 여자한테 무슨 짓이야 하겠습니까? 제대로 다 처리해줄 겁니다."

그의 엄숙한 모습이 나를 감동시켰다.

"고일즈 선장님, 정직하게 말해주세요. 이런 날씨에 이 빌어먹을 놈의 부두에서 빠져나갈 수 있는 희망이 있는 겁니까?"

선장의 태도가 곧장 싹싹하게 바뀌었다.

"그게 말입니다, 선생님. 여기가 좀 특별한 해안이 돼놔서 말이지요. 일단 나가기만 하면 괜찮을 텐데, 이런 조가비 모양 해변에서 빠져나간다는 것이, 솔직히 말해서, 영 가당치가 않은 일이지요."

나는 잠자는 아기를 돌보는 엄마처럼 날씨를 잘 살피겠노라는 선장의 말을 뒤로하고 그 자리를 떴다. 선장이 웃음을 지어 보였는데, 다소 감동스러웠다고나 할까. 12시에 다시 한 번 그를 보았다. 그는 선술집 창문에서 바람을 살피고 있었다.

그날 저녁 5시 갑자기 행운이 찾아들었다. 하이 스트리트 한복판에서 요트 친구 둘을 만난 것이다. 키에 문제가 있어서 잠시 정박 중이라고 했다. 나는 그들에게 내 사연을 이야기했다. 그들은 재미있어한다기보다는 놀라는 것처럼 보였다. 고일즈 선장과 또다른 남자 둘은 여전히 날씨를 살폈다. 나는 킹스헤드로 달려가 에델버타를 준비시켰다. 우리 넷은 조용히 부두로 가 우리 요트를 찾아냈다. 요트에는 애송이 청년 하나밖에 없었다. 내 두 친구가 요트를 맡았고, 6시에 우리는 당당하게 해안을 거슬러 올라가고 있었다.

우리는 알드버러에서 그날 밤을 보냈다. 그리고 다음 날 야머스까지 갔다. 그곳에서 내 친구들이 내려야 했기 때문에 나는 요트를 포기하기로 결심했다. 이른 아침 야머스 모래사장에서 남은 식량을 경매로 팔아버렸다. 조금 손해를 보기는 했지만, 고일즈 선장에게 '도움을 주는' 데서 만족감을 얻었다. '로그'는 그 지역 수부에게 맡겼는데, 2파운드를 주고 하리치까지 인도해달라고 부탁을 했다. 우리는 기차를 타고 런던으로 돌아왔다. 요트가 어디 '로그'만 있겠는가, 선장이 어디 고일즈만 있겠는가. 하지만 그때의 경험은 이 두 가지 것들에 대해 나에게 선입관을 남겼다.

조지 역시 요트는 신경 써야 할 것이 엄청 많을 거라고 생각했다. 그래서 우리는 요트 생각은 안 하기로 했다.

"강은 어때? 좋을 때도 있었잖아."

해리스가 말했다.

조지가 조용히 시가를 입에 물었다. 나는 호두를 하나 깨물어 먹었다.

"강은 이제 예전 같지 않아. 잘은 모르지만, 뭐랄까, 축축함이랄까. 암튼 강바람을 쐬면 늘 요통이 시작된다니까."

내가 말했다.

"같은 생각이야. 나도 잘은 모르지만, 강 근처에서는 이제 잠을 잘 수가 없단 말이지. 봄에 조네서 일주일 보냈는데, 밤 7시에 잠이 깼다는 거 아니겠어? 그 이후로 잠이 안 오더라고."

조지가 말했다.

"그냥 말해봤을 뿐이야. 나한테도 강바람은 별로 안 좋아. 통풍이 재발하거든."

"나한테 딱 맞는 건 산바람인 거 같아. 스코틀랜드로 도보 여행을 가는 건 어떻게 생각해?"

내가 제안했다.

"거긴 늘 비가 오잖아. 재작년에 거기서 3주를 보냈는데, 한 번도 마른 날이 없었어."

조지였다.

"스위스는 날씨가 좋아."

해리스가 말했다.

"여자들이 우리끼리 스위스 가는 것에 찬성할 리가 없잖아."

나는 반대였다.

"지난번에 어땠는지 기억 안 나? 교양 있는 여성이나 아이들은 살 수 없다고 여겨지는 장소여야 해. 질 나쁜 호텔도 많고 여행하기에도 영 안 좋고. 불편함을 참고 원시적인 생활도 해야 하고, 힘도 많이 들여야 하고, 어쩌면 굶게 될지도 모르는……."

"이것 봐! 이것 보라고, 진정하자고! 나도 가는 거 잊은 거야?"

조지가 끼어들며 말했다.

"알았다! 자전거 여행!"

해리스가 외쳤다.

조지의 표정이 어두워졌다.

"오르막이 얼마나 많은지 알아? 맞바람도 불고 말이야."

"오르막이 있으면 내리막이 있지. 바람은 뒤에서도 불어올 테고."

해리스가 말했다.

"들어본 바 없는 사실이야."

"자전거 여행이 딱 좋다니까."

나는 해리스의 의견에 동의하는 편이었다.

"그리고 장소도 제안하지. 블랙 포레스트를 횡단하자."

"안 돼, 거긴 맨 오르막길뿐이잖아."

"다 그런 건 아니야. 한 3분의 2는 되겠지. 그리고 잊어선 안 되
는 점이 한 가지 있어."

해리스는 조심스럽게 주위를 둘러보더니 목소리를 조용히 낮추
며 말했다.

"이곳에도 철로들이⋯⋯."

그때 문이 열리더니 해리스의 아내가 모습을 드러냈다. 그녀는
에델버타가 보닛을 썼고, 뮤리엘은 기다리다가 우리 없이 공연을
시작했다고 말했다.

"내일 4시에 클럽에서 만나자."

해리스가 일어서면서 나에게 속삭였다. 2층으로 올라가는 동안
나는 조지에게 이 메시지를 전했다.

2

그날 저녁 에델버타에게 행동을 개시했다. 우선 의도적으로 뭔가에 조바심이 난 듯한 기운을 슬쩍 비추기 시작했다. 에델버타로 하여금 이것을 눈치 채게 하는 게 내 계산이었다. 나는 그녀의 느낌이 맞는다고, 머리가 너무 아파서 그런다고 할 생각이었다. 그러면 자연스럽게 대화의 주제가 내 건강 문제로 옮아갈 테고, 재빨리 강력한 조치를 취해야 한다는 명백한 필요성이 제기될 것이었기 때문이다. 요령 있게 잘 처신하면 에델버타 자신에게서 그런 제안이 나올 것이라고, 나는 생각했다. 그녀가 "안 되겠어요, 여보. 당신에게는 변화가 필요해요. 완전한 변화 말이에요. 그러니 부탁할게요, 한 달 동안 떠나 있으세요. 아뇨, 같이 가자고 하지 마세요. 그러고 싶어 하신다는 건 잘 알지만, 그러지 않겠어요. 당신에게 필요한 것은 다른 남자들이에요. 조지와 해리스에게 같이 가자고 하세요. 날 믿어요. 당신처럼 쉽사리 흥분하는 두뇌에는 가정에서 받는 긴장감에서 벗어나는 기회가 가끔씩 필요해요. 아이들에게 음악 레슨과 신발과 자전거와 하루에 세 번 먹일 게 필요하다는 생각은 잠시 잊어버리세요. 요리며 집안 일, 옆집 개, 정육점 영수증 같은 일상에 대해서는 생각지 마세요. 모든 것이 새롭고 낯선 그런 곳으로 가세요. 그런 곳에서라면 당신의 지친 마음이 평화와 새로운 생각을 찾을 수 있을 거예요. 잠시 떠나세요. 저에게 당신을 그리워할 시간을 주세요. 늘 저와 함께 있기 때문에, 어쩌면 저도, 우리가 태양의 축복과 달의 아름다움에 대해 무관심해지듯이 잊어버리는 실수를 범하게 되는, 당신의 장점과 당신의 미덕에 대해 생각해볼 기회를 주세요. 떠나세요. 그리고 몸과 마음에 새로운 활력을 얻고 돌아오세요. 더욱 총명하고 더욱 바른 남자가 되어 ― 아, 그것이 가능한 일일까요 ― 저의 곁으로 돌아와주세요" 라고 말하리라 생각했다.

그러나 비록 바라던 바를 손에 넣게 될지라도, 꼭 우리가 원하던 방식으로 얻어지지는 않는 것이 인생사다. 우선, 에델버타는 내가 뭔가 초조해한다는 것을 전혀 눈치 채지 못했다. 그래서 내가 의도적으로 그녀의 관심을 이끌어내야 했다. 나는 말했다.

"미안한데, 오늘 밤은 그다지 몸 상태가 좋지 않네요."

"그래요? 몰랐어요, 왜 그래요?"

"왜 그런지는 나도 모르겠어요. 그런데 이런 지가 벌써 몇 주째네요."

"위스키 때문이에요. 평소에는 손도 대지 않으면서 해리스네 갈 때는 꼭 마시잖아요. 몸에 안 받는다는 걸 잘 알면서도 말이에요."

에델버타가 말했다.

"위스키 때문이 아니에요. 그것보다는 훨씬 심각한 문제예요. 신체상 문제가 아니라 정신적인 문제라는 생각이 들어요."

"그 비평 글들 때문이군요. 내 말대로 그런 글들은 그저 불쏘시개 감으로 삼으라니까요."

에델버타는 이번에는 다소 동정어린 어조로 말했다.

"비평 글들 때문이 아니에요. 게다가 최근 들어서는 평도 나아지고 있어요. 한두 개 정도."

"그럼 뭐죠? 어쨌든 뭔가 원인이 있을 거 아니에요?"

"아뇨, 원인 같은 건 없어요. 그게 참 주목할 만한 문제죠. 그냥 이상하게 불편한 느낌이 계속 나를 사로잡고 있다고밖에 설명하지 못하겠어요."

에델버타는 다소 호기심에 찬 시선을 던지는 듯했다. 하지만 그녀가 아무 말도 하지 않았기 때문에 나는 내 견해를 개진했다.

"단조로운 일상, 평화롭기 그지없는 축복의 나날들, 그런 것들이 삶을 질리게 하는 것 같아요."

"그런 것들에 대해 불평하면 안 되는 게 아닐까요? 안 그런 삶을 살게 된다고 해도, 그 삶을 그다지 좋아하게 될 거 같진 않은데요."

"글쎄 그거야 모르는 일이지요. 즐거움이 계속되는 삶에서는, 다가오는 고통조차도 기꺼이 받아들일 수 있는 변화가 아닐까요? 가끔은 천국의 성인들조차도 계속해서 이어지는 평온함을 하나의 짐으로 여기지 않을까 하는 생각이 들어요. 나 자신만 해도, 단 하나의 어긋나는 음조도 없이 끊임없이 계속되는 축복의 삶은, 내가 느끼기에, 사람을 점점 미치게 하는 게 아닐까 하거든요. 그냥 그런 생각을 해보는 거죠."

나는 계속해서 말을 이어나갔다.

"내가 좀 이상한 데가 있는 사람이어야 말이지요. 어떤 때는 나 자신조차도 나를 이해할 수가 없어요. 그런 순간이 있어요."

그리고 마지막으로 덧붙였다.

"그럴 때면 내가 어찌나 싫어지는지."

마음속 깊은 곳에 자리 잡은 설명하기 힘든 이런 감정에 대한 작은 연설은 종종 에델버타를 감동시키곤 했다. 하지만 그날 밤은 이상하게도 아무런 감흥을 불러일으키지 못하는 듯했다. 천국과 그것이 나에게 미치는 영향에 관한 부분과 관련하여, 그녀는 아직 오지도 않은 걱정거리를 맞이하러 앞서 나가는 것은 언제나 어리석은 일이라는 점을 지적하면서, 그 부분에 대해서는 너무 걱정을 하지 않는 것이 좋겠다고 했다. 내가 나 스스로 이상한 데가 있는 사람이라고 느끼는 부분에 대해서는, 그것은 어찌할 수 없는 부분이라며, 다른 사람들이 참아준다면 문제는 해결되는 거 아니냐고 했다. 그리고 단조로운 삶에 대해 덧붙이기를, 그것은 모두의 공통된 경험이라며, 그 부분에 대해서는 자신도 나의 생각에 동의한다고 했다.

"당신은 모를 거예요. 내가 가끔씩 얼마나 떠나고 싶어 했는지, 심지어는 당신 곁에서조차도 말이에요. 하지만 나는 그럴 수 없다는 것을 알고, 그래서 더는 생각하지 않아요."

에델버타가 말했다.

에델버타가 이런 말을 하는 것은 처음이었다. 나는 충격을 받았고, 감당하기 힘든 슬픔이 밀려왔다.

"어떻게 그런 말을 해요, 어떻게 남편에게 그렇게 말해요."

"나도 그러면 안 된다는 것을 알아요. 그래서 지금껏 한 번도 말하지 않았어요. 남자들은, 아내가 아무리 남편을 좋아해도, 남편이 지겨울 때가 있다는 것을 이해하지 못하니까요."

에델버타가 말을 이어나갔다.

"당신은 모르실 거예요. 나도 가끔씩은 휙 밖으로 나가고 싶어 한다는 것을. 난, 내가 어디로 가는지, 왜 가는지, 언제 돌아올 건지, 아무도 나에게 묻지 않으면 얼마나 좋을까 하고 생각하죠. 당신은 모를 거예요. 나도 가끔씩은 내가 좋아하는, 또 아이들도 좋아할 저녁 메뉴를 주문하고 싶어 한다는 것을. 당신은 모를 거예요. 가끔씩은, 나는 좋아하지만 당신은 좋아하지 않는 여자들을 집으로 초대하고 싶어 한다는 것을. 내가 만나고 싶은 사람을 만나러 가고 싶어 하고, 내가 피곤할 때 자고 싶어 하고, 내가 일어나고 싶을 때 일어나고 싶어 한다는 것을. 두 사람이 같이 산다는 것은 서로를 위해 자신의 원하는 바를 끊임없이 희생해야 한다는 의미죠. 네, 가끔씩은 긴장감을 풀어줄 필요가 있어요."

에델버타의 말을 생각하며 나는 여자들이란 참 지혜롭다는 것을 알게 되었다. 하지만 동시에 상처를 입었고, 화가 났음을 인정하지 않을 수 없다.

"당신이 원하는 게 나를 눈앞에서 사라지게 하는 거라면……."

"늙은 거위처럼 굴지 말아요."

에델버타가 말했다.

"난 단지, 당신에게도 완벽하지 않은 구석이 한두 개쯤 있다는 사실을 잊어버릴 정도의 시간이 필요한 것뿐이에요. 그것만 빼면 당신이 아주 괜찮은 사람이라는 것을 기억해내고 당신이 다시 돌아오기를 기다리게 될 만큼이면 돼요. 예전에 당신을 자주 못 보았을 때는 그랬으니까요. 우리가 태양의 영광에 무관심해지는 것은 아마도 매일 보기 때문일지도 몰라요. 내가 당신에게 무관심해진 것은 아마도 그런 이유 때문이겠죠."

나는 에델버타의 말투가 마음에 들지 않았다. 뭔가 경박한 것이, 우리가 다루는 주제와 적절하게 어울리지 않는 것처럼 느껴졌다. 아내가 남편과 떨어져 있는 3, 4주의 시간에 대해 즐거운 상상을 할 수 있다는 것이 왠지 마음에 들지 않았다. 그게 아내로서 할 짓인가 말이다. 그건 전혀 에델버타답지 않은 행동이었다. 나는 걱정이 됐다. 이번 여행은 왠지 꺼려졌다. 조지와 해리스만 아니었다면 포기했을지도 모른다. 하지만 어떻게 위엄을 잃지 않으면서 내가 한 말을 바꿀 수 있을지 생각이 나지 않았다.

"좋아요, 에델버타."

나는 대답했다.

"당신 원하는 대로 하도록 하지요. 내 존재감으로부터의 휴가를 원한다면 충분히 즐기도록 해요. 하지만 남편으로서 이런 것을 묻는 것이 뻔뻔한 호기심이 아니라면, 내가 없는 동안 당신이 무엇을 할지 알 수 있을까요?"

"포크스턴에 있는 그 집을 빌릴까 해요."

에델버타가 대답했다.

"케이트와 같이 갈 거예요. 클라라를 생각한다면, 해리스 씨를 설득해서 같이 가도록 하세요. 그럼 클라라도 우리와 함께 갈 수 있을 테니까요. 당신들 남자들이 없을 때만 해도 우리 셋은 정말 재미있게 잘 지냈거든요. 다시 그런 시간들을 보낼 수 있다면 정말 좋을 거예요. 해리스 씨에게 말 잘할 수 있죠?"

나는 해보겠노라고 대답했다.

"아참, 조지 씨도 같이 가도록 하세요."

나는, 조지는 결혼을 안 했기 때문에 우리와 같이 간다고 해도 아무도 득 볼 사람이 없을 거라고 대답했다. 하지만 여자들은 풍자를 이해하지 못한다. 그녀는 단지 조지만 혼자 두는 것은 좋지 않게 보일 거라고만 했다. 나는 알아서 잘 챙기겠다고 대답했다.

오후에 클럽에서 해리스를 만났다. 나는 그쪽 상황을 물었다.

"다 잘됐어. 떠나는 데 아무 문제도 없을 거야."

하지만 그의 목소리에서 뭔가 완벽하게 만족하지 못하는 듯한 기미가 느껴졌고, 나는 좀 더 자세히 말해보라고 다그쳤다.

"아주 나긋나긋하게 굴더라고. 조지가 아주 멋진 제안을 했다고 하면서 말이야. 나한테도 아주 좋을 거라고 했어."

"잘됐네. 그런데 뭐가 문제야?"

"문제랄 건 없는데 말이야, 그런데 그게 다가 아니야. 다른 이야기도 하더란 말이지."

"역시 그랬군."

"자기 욕실을 가지고 싶다는 얘기를 하지 않겠어?"

"나도 들은 적 있어. 에델버타에게도 얘기를 해준 모양이더라고."

"그래서 어떡해? 당장 착수하겠다고 했지 뭐. 이쪽 요구에 대해 호의적으로 나오니까 저쪽 편 요구에 대해서도 그럴 수밖에 없는 거잖아. 아무리 적게 들어도 100파운드는 족히 들 텐데."

"그렇게나 많이?"

"물론이지, 어림잡은 견적만 해도 60파운드는 되는데."

그가 안됐다는 생각이 들었다.

"그게 다면 말도 안 해. 부엌 스토브도 남아 있다는 거 아니겠어. 지난 2년 동안 우리 집에서 일어난 모든 나쁜 일이 다 그놈의 스토브 때문이었다나."

"이해해. 우리도 결혼하고 일곱 번 이사를 했는데 말이야. 매번 스토브 상태가 나빠지더라고. 지금 있는 건 능력도 없을 뿐 아니라 앙심을 품었대. 우리가 언제 파티를 할지 알고, 고장 나기 위해 최선을 다한대."

"이제 새걸 사게 됐어."

해리스가 말했다. 하지만 자랑스러운 말투는 아니었다.

"클라라 말에 따르면 그게 오히려 쓸데없는 지출을 줄이는 길이래. 여자들은 다이아몬드 관을 사면서도, 그걸 사면 보닛을 안 사도 된다고 말할걸?"

"스토브는 얼마나 들 거 같아?"

점점 이 주제에 흥미가 생기기 시작했다.

"모르겠어. 20파운드쯤 더 들겠지. 그러곤 나선 다시 피아노 얘기를 하더라고. 넌 피아노가 뭐가 좋고 뭐가 나쁜지 구분할 수 있어?"

"어떤 건 소리가 좀 크게 나잖아. 하지만 금방 익숙해지는데."

내가 말했다.

"우리 건 고음역 소리가 영 안 좋대. 고음역은 또 뭔지."

"날카롭고 높은 소리가 나는 *끄트머리* 부분 있잖아. 꼬리 밟았을 때 나는 소리 같은. 괜찮은 작품들의 피날레는 항상 그 부분이 말곤 하지."

"지금 있는 건 그 부분이 좋지 않대. 그래서 그건 아이들 방에 갖다 넣고 거실에는 새걸 사놓을 거야."

"다른 요구는 없었어?"

"아니. 그 정도밖에 생각이 안 나는 모양이더라고."

"집에 가면 또 다른 게 기다리고 있을 거야."

"무슨 소리야?"

"포크스턴 별장."

"뭐야, 포크스턴 별장을 사달라고?"

"거기서 여름을 나시겠다고 그럴걸?"

"클라라는 웨일스에 갈 거야. 아이들이랑 다 해서. 초대를 받았거든."

"그건 그거고."

내가 말했다.

"포크스턴에 가기 전에 들르든지, 아니면 집에 돌아오는 길에 들르겠지. 하지만 분명한 것은 포크스턴 별장에서 여름을 나겠다고 할 거란 얘기야. 내 예감이 틀렸으면 좋겠지만, 현재로선 그렇지 않을 거라는 게 내 생각이다."

"이번 여행, 비용 참 난감하게 빠진다."

"제안 자체가 웃기는 거였어."

"그 녀석 말을 들은 우리가 바보야. 계속 듣다간, 정말 큰 위험에 빠질지도 몰라, 언젠가."

"그 녀석은 원래가 사고뭉치야."

"늘 제멋대로고."

순간 홀에 그의 목소리가 들렸다.

"녀석에게는 아무 말도 하지 않는 게 좋겠어. 이제 와서 물릴 수는 없잖아."

"그래, 그래봐야 아무런 이득도 없을 거야. 어쨌든 이렇게 된 마당에 욕실을 설치하고 피아노를 사들여야 할 테니까."

조지는 매우 기분이 좋아 보였다.

"어이 친구들, 어떻게, 다 해결은 봤어?"

녀석의 말투가 심히 마음에 안 들었다. 해리스도 그런 것 같았다.

"무슨 해결?"

내가 물었다.

"왜 그래, 떠날 준비 말이야."

나는 이제 조지에게 말을 해줄 때가 왔다는 생각이 들었다.

"결혼 생활이라는 게 말이야, 남자가 제안하면 여자는 그냥 들어주는 게, 그게 바로 결혼 생활이라는 거야. 그게 여자들 의무거든. 모든 종교가 그렇게 가르친단 말이지."

조지는 두 손을 모으더니 천장 쪽으로 시선을 고정했다.

"우린 여자들에게 여행을 떠나겠다고 했어. 슬퍼서 어쩔 줄을 몰라 하면서 같이 가겠다고 하더군. 그게 안 되니까 가지 말라고 했어. 하지만 우린 이 주제와 관련해서 원하는 바를 설명했어. 그리고…… 문제를 종결지었지."

"미안, 몰랐어. 난 총각이라서 말이야. 사람들이 나에게 이 말 저 말 하면 난 그저 들을 뿐이야."

조지가 말했다.

"네가 잘못하고 있는 게 바로 그 점이야. 정보를 원하면 해리스나 나한테 오면 돼. 우리가 이런 문제들에 관한 진실을 말해줄 테니까."

내가 말했다.

조지가 고맙다고 했고, 우리는 다시 당면한 문제에 대한 논의를 재개했다.

"언제 떠나는 거야?"

조지가 물었다.

"나로선, 빠를수록 좋아."

해리스가 대답했다.

짐작컨대, 해리스는 자기 아내가 다른 걸 생각해내기 전에 어서 빨리 모습을 감추자는 거였다. 우리는 돌아오는 수요일로 날짜를 정했다.

"행로는?"

해리스가 말했다.

"나한테 좋은 생각이 있어. 흐음…… 이제 다들 지성을 향상시키고 싶어 사기가 충전한 상태겠다."

조지가 말했다.

"괴물이 되고 싶은 생각은 없어. 합리적인 수준까지라면 그렇다고 말해두지. 비용이 많이 안 들고 개인적으로 겪게 될 고통도 덜하다는 조건 하에서."

내가 말했다.

"물론 가능해. 우리 모두 네덜란드와 라인 강을 잘 알잖아. 좋아,

그러니 내 제안은 함부르크까지 보트를 타고 간 다음, 베를린과 드레스덴을 보고, 뉘른베르크와 슈투트가르트를 거쳐, 블랙 포레스트, 즉 독일식으로 하면 슈바르츠발트까지 가는 거야."

조지가 말했다.

"메소포타미아 쪽에도 볼 게 많다고 들었는데."

해리스가 중얼거렸다.

조지는 메소포타미아 지역은 너무 멀리 떨어져 있다면서 베를린─드레스덴 루트가 아주 실용적이라고 했다. 어쨌든 간에 그는 우리를 설득했다.

"그리고 전처럼, 해리스와 나는 2인용에 타고, J는……."

"내 생각은 달라."

해리스가 단호한 목소리로 말했다.

"J와 네가 2인용을 타. 난 1인용을 탈 테니까."

"나야 뭐 아무래도 괜찮으니까. 그럼 J는 나와 함께 2인용을 타고, 해리스는……."

"내 순서를 마다하지는 않겠지만," 나였다.

"나 혼자 계속해서 조지를 나르지는 않을 거야. 짐을 나눠야지."

"좋아. 나누자. 하지만 녀석이 발을 놀린다는 명백한 합의 하에서야."

해리스가 말했다.

"녀석이 뭐?"

조지가 물었다.

"녀석이 발을 놀린다는 합의. 어떤 상황에서도, 언덕을 오를 때도."

해리스가 대답했다.

"야, 그게 다 운동이라니까!"

이 2인용 자전거는 늘 말썽거리다. 뒷사람은 아무것도 하지 않는다는 게 앞에 탄 사람이 하는 말이다. 마찬가지로 뒤에 탄 사람은 자기 혼자 움직이고 앞에 탄 사람은 그저 숨만 헉헉거린다고 한다. 이 미스터리는 절대로 해결되는 법이 없다. 한쪽 편에선 '분별력'이 당신에게 속삭인다. 무리하지 말라고, 무리하다가 심장병 일으킨다고. 다른 편에선 '정의'도 한몫한다.

"너 혼자 왜 이러고 있어? 이게 마차야? 이 인간이 네 손님이야?"

결국 상대가 이렇게 불평하는 소리가 들려온다.

"왜 그래? 페달 어디 갔어?"

해리스는 신혼 초기에 뒷사람이 뭘 하는지 알 수 없다는 점 때문에, 떠들썩한 사건을 한 번 치렀다. 그는 아내를 뒤에 태우고 네덜란드를 횡단했다. 돌길이었고, 엉덩이가 들썩거렸다.

"꽉 붙들어요!"

뒤를 돌아보지 않고 해리스가 말했다.

해리스의 아내는 그가 "뛰어내려요!"라고 말했다고 생각했다.

해리스가 "꽉 붙들어요!"라고 말했는데 해리스의 아내가 "뛰어내려요!"라고 들은 이유에 대해선, 둘 다 알지 못했다.

해리스의 아내는 이렇게 말했다.

"당신이 '꽉 붙들어요'라고 말했으면 왜 내가 자전거에서 뛰어내렸겠어요?"

해리스는 이렇게 말했다.

"내가 당신이 자전거에서 뛰어내리기를 바랐다면 왜 '꽉 붙들어요!'라고 말했겠어요?"

비통함은 지나갔지만, 그들은 아직도 그 문제만 나오면 아옹거린다.

어떤 설명이 가능하건 간에, 해리스는 그녀가 여전히 뒤에 있다고 생각하며 열심히 페달을 밟았고, 해리스의 아내는 자전거에서 뛰어내렸다는 사실을 되돌릴 수는 없다. 처음에 그녀는 해리스가 단순히 뭔가 보여주겠다는 쇼맨십으로 언덕을 향해 올라가는 거라고 생각했다. 그 시절엔 둘 다 젊었고, 그는 그런 종류의 행각을 종종 벌이곤 했으니까. 그녀는 해리스가 정상을 향해 열심히 페달을 밟은 뒤, 자전거에 편안하고 우아한 자세로 기대어 서서 자신을 기다릴 것이라 생각했다. 하지만 생각과 달리, 해리스는 정상을 지나 길고 가파른 경사를 돌진해 내려가기 시작했다. 처음에는 놀랐고 그다음에는 모욕감을, 마지막에는 당혹감을 느낀 해리스의 아내는 언덕 꼭대기를 향해 달려가며 고함을 질러댔으나, 해리스는 고개를 돌리지 않았다. 그녀는 그가 2킬로미터 넘게 떨어진 숲속으로 사라지는 모습을 지켜본 뒤 자리에 앉아 울기 시작했다. 그날 아침 그들 사이에 약간의 의견 충돌이 있었다. 그녀는 혹시 해리스가 그 일을 마음에 품었다가 의도적으로 이런 유기 사건을 저지른 것이 아닐까 생각해보았다. 수중에 돈도 한 푼 없었고 네덜란드 말도 하나도 몰랐다. 사람들이 지나가며 그녀를 불쌍하게 쳐다보았다. 그녀는 상황을 설명하려고 열심히 노력했다. 하지만 뭔가 잃어버렸다는 것은 알아듣는 듯했는데, 그것이 정확히 뭔지는 아무도 감을 잡지 못했다. 사람들은 그녀를 가까운 마을로 데리고 가 경찰을 찾아주었다. 그는 그녀의 팬터마임을 통해 어떤 남자가 그녀의 자전거를 훔쳐갔다는 결론을 내렸다. 경찰에서는 여기저기 전보를 치더니, 6킬로미터쯤 떨어진 어떤 마을에서 구형 여자 자전거를 타고 있던 운 나쁜 청년 하나를 발견했다. 그들은 짐수레로 그를 실어왔으나, 그녀가 청년도 청년의 자전거도 원치 않는 것처럼 보였기 때문에 다시 돌려보냈고, 당혹감을 내비치며 상황을 정리했다.

한편 해리스는 마냥 즐겁게 자전거 페달을 밟았다. 갑자기 자신이 무척 힘이 세진 느낌이었고, 여러 가지 면에서, 왠지 더 유능한 사이클 선수가 된 것 같은 기분이 들던 참이었다. 그는 자신이 생각하는 바를 아내에게 말했다.

"근 몇 달 동안 자전거가 이렇게 가볍게 느껴진 적이 없었는데 말이에요. 아마도 신선한 공기 덕이겠지요."

그리고 그는 걱정하지 말라며, 이제부터 자신이 얼마나 빨리 갈 수 있는지 보여주겠다고 했다. 그는 자전거 핸들을 향해 몸을 구부리고 박차를 가하기 시작했다. 자전거는 용수철처럼 내달리기 시작했다. 농가와 교회와 개들과 닭들이 스쳐 지났다. 노인네들은 서서 그를 바라보았고 아이들은 손을 흔들어주었다.

이런 식으로 그는 8킬로미터를 신나게 내달렸다. 그러다 문득, 그가 설명한 바에 따르면, 뭔가 이상하다는 기분이 들기 시작했다. 감도는 침묵에는 놀라지 않았다. 바람이 세게 불었고 자전거 소리가 요란하게 났으니까. 이상한 것은 침묵이라기보다 뭔가 빈 느낌이었다. 그는 뒤쪽으로 손을 뻗어보았다. 그리고 그곳에 빈 공간밖에 없다는 것을 깨달았다. 그는 자전거에서 뛰어내렸다. 아니 그렇다기보다는 굴러 떨어졌다. 그리고 뒤쪽을 바라보았다. 어두운 숲을 가르며 하얀 길이 쭉 뻗었다. 그곳에 살아 있는 생명체라곤 하나도 보이지 않았다. 그는 다시 자전거에 올라탔다. 다시 언덕을 올라가기 시작했다. 10분쯤 지나 네 갈래길이 나왔다. 해리스는 자전거에서 내려 어느 쪽으로 내려가야 하는지를 고심하기 시작했다.

그가 고민에 빠져 있을 때 말을 탄 한 남자가 다가왔다. 해리스는 그를 멈춰 세우고 자신이 아내를 잃어버리게 된 사연을 털어놓았다. 남자는 놀라지도 않았고 그의 처지를 안타까이 생각지도 않는 것처럼 보였다. 그들이 얘기를 나누는 사이 다른 농부 하나가 다가왔다. 첫 번째 남자가 그에게 상황을 설명했는데, 마치 사고가 아니라 재미있는 이야기라도 있다는 투였다. 두 번째 남자를 가장 놀라게 한 것은 해리스가 이 일에 대해 난리법석을 떤다는 사실이었다. 이 두 남자에게서 아무것도 기대할 수 없다는 것을 깨달은 해리스는 그들에게 저주를 퍼부으며 다시 자전거에 올라탔고, 운에 맡긴 채 그냥 중간 길을 택해버렸다.

반쯤 올라갔을 때 그는 가운데 젊은 청년을 세운 아가씨 두 명을 만났다. 그들이라면 도움이 될 것 같았다. 해리스는 그들에게 자신의 아내를 보았는지 물었다. 그들은 그의 아내가 어떻게 생겼느냐고 물었다. 아내의 모습을 적절하게 설명할 수 있을 정도로 네덜란드 말을 잘하는 게 아니었기 때문에, 해리스가 한 말이라야 고작 크지도 작지도 않으며 아주 아름다운 여성이라는 정도였다. 너무 일반적인 묘사라, 결국 해리스의 설명은 그들을 만족시키지 못했다. 누구나 할 수 있는 말이었고, 진짜 아내가 아닌데도 아내라고 우길 수 있을 만한 묘사였다. 그러자 그들은 다시 해리스에게 아내가 어떤 옷을 입었느냐고 물었다. 하지만 우리의 해리스는 기억을 하지 못했다.

아내가 자리를 비운 지 10분이 지난 뒤에 그녀가 어떤 옷을 입었는지 기억할 수 있는 남자가 있을까 하는 문제에 관해서 나는 회의적이다. 해리스는 파란색 치마를 기억해냈고, 그 위에, 아마도 목까지 걸쳐진 뭔가가 있었던 것 같다고 했다. 아마도 블라우스였겠지. 그는 희미하게나마 벨트에 대한 기억을 했다. 하지만 블라우스는 어떤 종류였지? 초록색이었나, 노란색, 아니면 파란색? 칼라가 있었나? 아니면 리본? 모자에 달린 건 깃털이었던가? 아니면 꽃 장식이었나? 해리스는 혹시 실수를 저질러 길을 잘못 가게 되는 게 아닐까 하는 두려움에 감히 아무 말도 하지 못했다. 젊은 아가씨 둘은 킥킥거렸고 해리스는 과히 기분이 좋지 않았다. 해리스를 빨리 없애버리고 싶어 하는 것처럼 보이는 젊은 청년은 가까운 마을에 있는 경찰서로 가보시는 게 어떻겠냐고 제안했다. 해리스는 그쪽 길을 향했다. 경찰은 그에게 종이 한 장을 주면서 정확한 사건 정황과 아내의 인상착의를 적으라고 했다. 그는 어디에서 그녀를 잃어버렸는지 알지 못했다. 그가 말할 수 있는 것이라곤 그가 출발한 마을의 이름뿐이었다. 그때까지는 그녀와 함께 있었고 둘은 그곳에서 같이 출발했으니까.

경찰은 의심하는 눈치였다. 그는 세 가지 문제에 대해 의심을 제기했다. 첫째, 그녀가 진짜 아내인가? 둘째, 정말로 아내를 잃어버린 것인가? 셋째, 왜 잃어버리게 되었는가? 하지만 영어를 조금 하는 호텔 주인의 도움으로 그는 그들의 의심을 떨쳐버릴 수 있게 되었다. 그들은 곧장 수사에 들어가겠다고 약속했고, 그날 저녁 그녀를 덮개 있는 마차에 태워, 비용 청구서와 함께 데리고 왔다. 그들의 만남은 그리 낭만적이지 않았다. 해리스의 아내는 훌륭한 배우가 아니었고 자신의 감정을 숨기는 데 늘 어려움을 겪는 여자였다. 이 사건의 경우에도 그녀는 고스란히 자신의 감정을 내비쳤다.

자전거 문제가 일단락되자, 이번에는 영원한 주제인 짐 문제가 남았다.

"늘 하던 대로 하면 되지 뭐."

조지가 써내려갈 준비를 하면서 말했다.

내가 가르쳐준 지혜로운 습관이었다. 나 자신은 몇 년 전 포저 삼촌에게서 배웠다.

"항상, 짐을 싸기 전에 리스트를 적어라."

삼촌은 늘 말씀하시곤 했다.

그는 조직적이고 질서정연한 분이었다.

"종이 한 장을 꺼낸다."

이것이 시작이었다.

"거기에 소용이 될 만한 것들을 다 적는다. 그다음 다시 살펴보면서 굳이 없어도 될 만한 것들이 있지 않은지 검토한다. 자, 침대에 있는 모습을 상상해보자. 무엇이 필요하지? 좋아, 그것을 적도록 한다. 자, 이번에는 일어났다. 무엇을 하지? 씻는다. 무엇이 필요하지? 비누, 비누를 적는다. 이런 식으로 모든 상황이 끝날 때까지 적는 거다. 그다음은 옷을 입는다. 발에서부터 시작한다. 필요한 것은? 부츠, 구두, 양말. 그것들을 적는다. 코르크 마개뽑이, 그것도 적는다. 모든 것을 적는다. 그러면 잊어버리는 물건이 하나도 없게 된다."

이것이 늘 그분이 하는 방식이다. 리스트를 만든 후, 늘 말씀하시는 것처럼, 잊어버린 게 없는지 확인하려고 다시 한 번 주의 깊게 살핀다. 그다음에는 혹시 없어도 되는 물품이 없는지 확인하기 위해 또 한 번 주의 깊게 살핀다.

그러고 나면 리스트에는 남아 있는 것이 아무것도 없다.

조지가 말했다.

"자전거에 싣고 다니는 건 하루 이틀이면 충분할 거야. 큰 짐 대부분은 우편을 이용해야지 뭐."

"조심할 필요가 있어. 내가 아는 사람이……."

막 내가 말을 하려는 참이었는데 해리스가 시계를 보며 말했다.

"그 얘기는 나중에 보트에서 듣자. 30분 후에 워털루 역에서 클라라를 만나기로 했어."

"30분 안 걸리는 얘기야. 게다가 이건 실화란 말이야. 그리고……."

"시간 낭비하지 말자. 블랙 포레스트 지역엔 저녁에 비가 내리는 때가 많다던데, 그때 듣지 뭐. 우선 이 리스트를 끝내는 게 급선무야."

지금 생각해보면, 나는 그 얘기를 하지 못했다. 뭔가가 항상 방해를 한다. 그리고 그때도 정말 그랬다.

3

월요일 오후 해리스가 들렀다. 손에 종이 한 장을 들고 있었다.
내가 말했다.

"내 충고를 받아들일 생각이 있다면, 그거 당장 버리도록 해."

"뭐 말이야?"

"자전거계의 최신 혁명인지 특허받은 물품인지, 기록 갱신인지,
아무튼 뭐든 간에 그 손에 든 광고지 말이야."

"그게 말이야, 한번 보는 게 꼭 나쁜 일은 아닐 거야. 굉장히 가
파른 언덕이 있을지도 모르고, 좋은 브레이크가 필요할지도 모르
잖아."

"그래 나도 동의해. 우리에겐 브레이크가 필요해. 하지만 이해
할 수 없는 기계적인 놀라움은 필요 없어. 필요할 땐 절대로 제대
로 작동하는 법이 없지."

"걱정 마. 이건 자동이야."

"나한테 설명할 필요 없어. 본능적으로 그게 어떻게 작동하는지 정확히 알 수 있으니까."

나는 말을 이어나갔다.

"언덕을 오를 때면 그 녀석은 자전거 바퀴를 효과적으로 멈추게 할 거야. 그러면 우리는 몸소 자전거를 들고 올라야겠지. 언덕 꼭대기에 오르면 상쾌한 공기 때문에 녀석의 기분이 좋아질 거야. 그러면 녀석은 갑자기 제 구실을 하게 될 거고. 그러다 언덕 아래로 내려갈 때는 어떨지 알아? 갑자기 녀석은 자신이 이 세상에서 얼마나 성가신 존재인가에 대한 고민에 빠지기 시작할 거야. 그러면 회한이 일고 마침내 심적 절망 상태에 이르겠지. 그리고 이렇게 중얼거릴 거야. '나는 브레이크가 되려고 이 세상에 태어난 게 아니야. 나는 이들을 도울 수 없어. 나는 오직 이들을 방해할 뿐이야. 나는 저주받은 존재야. 그래, 그게 나야.' 그리고 한마디 경고도 없이 녀석은 모든 것을 포기해버리는 거지. 그게 그 브레이크라는 녀석이 우리에게 던져줄 상황이야. 그러니 광고 따윈 잊어버려."

내 말은 아직 끝나지 않았다.

"해리스, 넌 참 괜찮은 녀석이야. 하지만 너에게도 한 가지 결점이 있어."

"뭔데?"

그가 화난 목소리로 물었다.

"뭐든 너무 잘 믿는단 말이야. 광고를 읽는 순간 넌 곧이곧대로 그걸 믿어버리잖아. 해리스, 넌 세상의 모든 바보들이 이 사이클링과 관련해서 생각해낼 수 있는 모든 실험을 해봤어. 너의 수호천사는 유능하고 성실한 영혼인 거 같아. 지금까지는 너를 버리지 않았으니까. 그만하면 됐어. 그녀를 너무 힘들게 하지 마. 네가 사이클링을 시작한 이후 너의 수호천사가 얼마나 바빴을지 생각이나 해봤어? 그녀를 미치게 만들지는 말아야 할 거 아냐."

"모든 사람들이 그렇게 말한다면, 삶의 어느 구석에도 진보란 존재하지 않게 될 거야. 아무도 새로운 것을 시도하지 않는다면, 세상은 이대로 멈춰버릴지도 몰라. 세상을……."

해리스가 말했다.

"그런 식의 논리에서 어떤 말들이 나올 수 있는지 이미 다 알았어."

나는 중간에 끼어들지 않을 수 없었다.

"나 역시 새로운 실험을 해야 한다는 것에 동의해. 서른다섯 살까지는. 하지만 서른다섯이 지나면, 자신을 돌보아도 될 권리가 있다고 생각해. 너와 난 이 부분에 대한 우리의 의무를 충실히 지켰다고 생각하는데, 특히 너 말이야. 특허 받은 가스램프 건만 해도……."

"그건 말이야. 그건 정말 내 잘못이었어. 내가 너무 꽉 조여서였을 거야."

"나 역시 기꺼이 믿어 마지않아. 세상에 물건을 잘못 다루는 방법이 있다면 그것은 네가 다루는 방법일 테니까. 넌 너의 그 인간적 특성에 대해 고심해봐야 해. 격렬한 논쟁의 소지가 충분한 요소니까. 나로 말하자면, 네가 뭘 했는지 눈치 채지 못했어. 내가 아는 사실은 우리가 30년전쟁에 대한 이야기를 나누며 즐겁고 평화롭게 휘트비 로드를 따라 자전거를 타고 갔다는 것뿐이니까. 그때 갑자기 네 램프가 권총에서 발사된 탄환처럼 핑 하고 튕겨 나가버렸어. 깜짝 놀란 나는 도랑에 처박혔지. 네 부인에게, 남자 둘이 너를 2층으로 옮겨줄 거고 곧 의사가 간호사와 함께 달려올 테니 걱정할 것은 아무것도 없다는 말을 했을 때, 그녀가 어떤 표정을 지었는지 알아?"

"혹시 램프를 주워야겠다는 생각은 안 했나? 그 사건의 진상을 밝혀내고 싶은데 말이야."

"램프를 주울 시간 따윈 없었어. 그리고 그걸 다 주워 모으려면 두 시간은 걸렸을 거야. 그 '발사' 사건은, 그것을 지금껏 세상에 램프가 발명된 이래 가장 안전한 램프라고 광고했다는 그 사실만으로도, 너를 제외한 다른 모든 사람에게는 이미 예견되었던 거야. 그것뿐인가? 그 전기 램프 건도 있었지."

"그건 그래도 빛이 좋았잖아. 너도 네 입으로 그렇게 말하지 않았어?"

"킹스 로드에는 환한 불빛을 비춰주었지. 말 한 마리를 놀라게 했고. 그러다 켐프 타운을 지나는 순간 불이 나가버렸어. 넌 램프 없이 자전거를 탔다는 이유로 소환을 당했지. 햇빛 좋은 오후에 그 램프를 환히 밝히고 돌아다녔던 거 기억하지? 그러다 막상 램프를 켜야 할 시간이 오면 그게 켜질 리가 있나. 그 녀석에게도 휴식이 필요해."

"그 램프는 좀 짜증이 났어. 나도 기억나."

"나도 짜증나게 했으니, 너야 오죽했겠니. 그리고 자전거 안장들만 해도 그래."

나는 계속해서 예를 들어나갔다. 확실히 교훈을 주고 싶어서였다.

"광고에 나온 안장 중에 네가 안 사본 게 있어?"

"완벽한 안장을 찾아야 한다는 게 내 생각이었어."

"그런 생각은 포기하는 게 좋아. 우린 기쁨과 슬픔이 섞여 있는 불완전한 세상에 살고 있어. 자전거 안장이 무지개로 만들어지고, 속이 구름으로 채워진, 좀 더 나은 그런 세상이 있을지도 모르지. 하지만 우리가 지금 사는 이 세상에서 받아들여야 할 가장 단순한 사실은, 딱딱한 안장에 익숙해져야 한다는 진리야. 버밍햄에서 가져온 그 안장 기억나? 가운데가 둘로 갈라진 게 꼭 한 쌍의 콩팥 같았던."

"아, 인체 공학적 구조의 안장?"

"그렇다고 해두자. 어쨌든 그 안장 상자 뚜껑에 앉아 있는 사람의 골격이 그려져 있었어. 아니 앉을 사람의 골격 중 그 부분 그림이라고 하는 게 더 맞겠다."

"제대로였지. 진정한 자세……."

"구체적으로 들어갈 필요 없어. 어쨌거나 나에겐 웃기는 그림이었으니까."

"의학적으로 볼 때 제대로 된 그림이야."

"앉을 때 뼈밖에 없는 사람에게는 그랬을지도 모르지. 하지만 나처럼 살이 있는 사람에게 그것은 고통 자체였어. 홈이나 돌 같은 게 나올 때마다 얼마나 아팠는지 알아? 마치 성질 사나운 가재 위에 탄 기분이었다고. 넌 그걸 한 달이나 타고 다녔지."

"제대로 시험해보는 게 옳다고 생각했어."

"이런 표현을 써서 미안하지만 넌 네 가족도 제대로 시험해본 거야. 네 부인이 뭐랬는지 알아? 너희들 결혼 생활 이래 그때만큼

네가 더럽고 크리스천 같지 않은 성질을 드러냈던 적이 없었다더라. 안장 건이라면 또 하나 있지. 아래 스프링이 달렸던 거 기억해?"

"아하, 그러니까 그 '나선형' 말이야?"

"그러니까, 뚜껑 열면 튀어나오는 인형처럼 너를 통통거리게 만들었던 그거 말이야. 가끔은 적절한 장소에서 튀어 오르기도 했지만, 늘 그런 건 아니었어. 단지 너에게 육체적으로 고통스러웠던 기억을 떠올리려고 이런 말을 하는 게 아니야. 네가 지금 이 나이에 얼마나 어리석은 실험을 많이 하는지 알려주고 싶은 거라고."

"나이를 꼭 그렇게 되풀이하면서 들먹일 필요 없잖아. 서른네 살 남자가……."

"서른 뭐?"

"필요 없으면, 그래 좋아. 자전거가 산 아래쪽으로 미친 듯이 미끄러져 내려가서 너와 조지를 교회 지붕으로 날아오르게 만들어도 나를 원망하진 말라고."

"조지에 대해선 장담 못 해. 가끔은 아주 사소한 일도 녀석 성질을 건드리는 때가 있잖아. 알면서그래. 네가 말한 그런 사건이 일어나면, 상당히 불쾌해할 거야. 하지만 내가 그게 네 잘못이 아니라고 설명하는 임무를 맡도록 하지."

"그래, 그 물건은 괜찮아?"

"2인용 자전거 상태, 양호한 편이야."

"분해는 해봤어?"

"아니. 그리고 아무도 그렇게 하지 못할 거야. 그 물건의 상태는 지금 이대로 아주 양호해. 그리고 우리가 출발할 때까지 지금 이

상태 그대로 있을 거야."

나에게는 '분해'와 관련된 안 좋은 기억이 하나 있다. 포크스턴에서 한 남자를 알게 되었다. 리즈라는 술집에서 가끔 보는 사람이었다. 그가 어느 날 저녁 자전거 하이킹을 제안했다. 나는 그러자고 했다. 다음 날 아침 일찍 일어났다. 나로선 노력을 한 것이었다. 그리고 그런 노력을 한 나 자신에게 상당히 만족했다. 그는 30분 늦었다. 나는 마당에서 그를 기다리고 있었다. 날씨가 아주 좋았다.

"자전거 아주 좋아 보이는군요. 잘 갑니까?"

그가 물었다.

"네, 자전거가 다 그렇죠 뭐. 아침에는 그럭저럭 잘 가고요, 점심 이후에는 약간 뻑뻑거리더라고요."

그는 앞바퀴와 자전거 포크(자전거 핸들과 앞바퀴를 연결하는 장치)를 잡더니 마구 흔들어댔다.

"그러지 마세요, 망가지겠어!"

나는 그가 왜 자전거를 흔들어대는지 이유를 알 수 없었다. 자전거가 저에게 무슨 짓을 했다고. 게다가 자전거를 흔들어줄 필요가 있으면, 내가 흔들어주면 된다. 나는 마치 그가 내 개를 마구 패는 듯한 느낌을 받았다.

그가 말했다.

"이 앞바퀴가 좀 흔들거리는데요?"

"본인이 흔들지 않으시면 흔들리지 않습니다."

나의 자전거 앞바퀴는 사실 흔들거리지 않았다. 절대로 그렇지 않았다.

그가 말했다.

"이거 위험합니다. 스크루 해머 있습니까?"

흔들리지 말았어야 했다. 하지만 어쩌면 그가 정말로 이런 일과 관련해서 뭔가를 알지도 모른다는 생각이 들어버리고 만 게 화근이었다. 나는 연장실로 갔다. 돌아왔을 때 그는 다리 사이에 자전거 앞바퀴를 끼우고 바닥에 앉아 있었다. 그는 손가락 사이에 바큇살을 끼우고 빙빙 돌렸다. 자전거 나머지 부분은 그 옆 자갈길 위에 누워 있었다.

그가 말했다.

"자전거 앞바퀴에 무슨 문제가 발생했습니다."

나는 "그런 거 같네요"라고 대답했다. 하지만 그는 풍자를 이해하는 종류의 인간이 아니었다.

"제 생각에는 베어링이 모두 잘못된 거 같습니다."

"이제 그만하십시오. 그러다가 지치십니다. 정리하고 떠나죠."

"하지만 이제 문제가 뭔지 잘 살펴야 할 거 같은데요. 이렇게 떨어져 나왔으니 말입니다."

그는 마치 자전거 앞바퀴가 무슨 사고라도 있어서 떨어져 나온 듯이 말했다.

내가 저지하기도 전에, 그는 뭔가를 풀었고, 바닥에 열 개가 넘는 나사 같은 것들이 나뒹굴었다.

"저것들을 잡으세요!"

그가 외쳤다.

"어서요! 하나라도 잃어버리면 큰일 납니다!"

우리는 30분 동안 바닥을 기어 다녔고 열여섯 개를 찾아냈다.

그는 우리가 찾은 게 다이기를 바란다며, 그렇지 않으면 자전거에 심각한 차이점을 가져올 거라고 했다. 그러면서 자전거를 분해할 때 가장 신경 써야 할 점은 나사들을 잃어버리지 않는 것이라고 했다. 그것들을 떼어내면서 숫자를 세야 하고 나중에 제자리에 다시 채울 때는 정확한 숫자를 다 채웠는지 반드시 잘 확인해야 한다고 설명했다. 나는 자전거를 분해할 일이 생기면 반드시 그의 충고를 명심하겠다고 약속했다.

나는 안전하게 보관하려고 나사들을 내 모자 안에 모으고, 모자를 현관 앞 계단 위에 놓아두었다. 인정한다. 그래선 안 되는 일이었다. 사실 대단히 바보 같은 짓이었다. 난, 좀체 이런 우둔한 짓을 하지 않는다. 그날 그 일은 분명히 그 남자의 영향 때문이었다.

그다음 그는 이왕 이렇게 일을 벌였으니, 나를 위해서 체인을 좀 봐주겠다고 했다. 그러고는 당장에 기어 박스를 떼어내기 시작했다. 나는 그러지 말라고 했다. 정말 그랬다. 진지한 목소리로, 경험 많은 친구가 해준 이야기라며, 그에게 이렇게 말했다.

"그 친구가 이러더군요. '기어 박스에 이상이 생기면 당장 자전거를 팔아버리고 새걸 사도록 해. 그게 오히려 비용이 덜 먹히니까.'"

"그런 말을 하는 건 자전거에 대해 눈곱만큼도 아는 게 없는 친구들입니다. 기어 박스를 떼어내는 건 정말 쉽거든요."

나는 그의 말이 옳다는 것을 인정해야 했다. 5분도 안 되어 그는 기어 박스를 두 개로 분해했다. 그리고 그것들을 한쪽 편에 놓아둔 채 나사를 찾아 바닥을 기어 다녔다. 그는 매번 나사들이 사라지는 건 참으로 알 수 없는 미스터리라고 했다.

에델버타가 밖으로 나왔을 때도 우리는 나사를 찾고 있었다. 그녀는 우리 모습을 보고 놀란 것 같았다. 그리고 우리가 몇 시간 전에 떠난 줄 알았다고 했다.

"오래 걸리지 않을 겁니다. 남편 분이 자전거 분해하는 걸 좀 돕고 있거든요. 괜찮은 녀석처럼 보이긴 합니다만, 가끔은 손봐줄 필요가 있지요."

에델버타를 바라보며 그가 말했다.

"일 끝내고 씻으실 요량이거든, 뒤쪽 부엌으로 가도록 하세요. 침실 정리를 막 끝낸 참이니까요."

에델버타가 말했다.

그리고 나에게는, 케이트를 만나면 뱃놀이를 갈 건데, 그렇더라도 점심 시간 때까지는 돌아올 거라고 했다. 그녀와 같이 갈 수 있다면 국왕 자리라도 포기할 수 있을 것 같은 심정이었다. 더는 이바보 같은 남자가 내 자전거를 부수는 광경을 지켜볼 수 없었다.

상식이 나에게 속삭이기 시작했다.

'뭐 하는 거야, 그만두게 해. 안 그러면 저자가 무슨 화를 일으킬지 몰라. 너는 미치광이에게서 네 사적 재산을 보호할 권리가 있다고. 당장 저자의 목덜미를 잡고 끌어내. 그리고 문밖으로 차버려!'

그러나 다른 사람의 기분을 상하게 하는 문제와 관련해 나는 그다지 유능한 편이 아니었다. 그는 자신만의 작업을 계속 해나갔다.

그는 나머지 나사 찾기를 포기했다. 그리고 말하기를, 애써 찾으려고 하지 않으면 어디선가 짠 나타나는 게 나사들이니, 자기는 이제 체인을 살피겠다고 했다. 그는 움직이지 않을 때까지 그것을 꽉 당겼다. 그러더니 전보다 두 배는 헐렁해질 때까지 체인을 풀었다. 그다음에 말하기를, 앞바퀴를 다시 끼우는 문제를 생각해보는 게 좋겠다고 했다.

내가 자전거 포크를 맡았고, 그는 바퀴를 들었다. 10분 뒤 내가 그에게 말했다. 포크를 맡으면 내가 바퀴를 들겠다고. 우리는 자리를 바꿨다. 1분도 안 돼서 그가 그 물건을 떨어뜨렸다. 그러더니 다리 사이에 손을 끼운 채 크리켓용 잔디 근처로 걸어갔다. 걸어가면서 설명하기를, 바큇살이나 포크 사이에 손이 끼지 않도록 늘 조심해야 한다고 했다. 나는 개인적인 경험을 통해 그가 한 말에 진실이 담겨 있음을 확신한다고 대답했다. 그는 헝겊 같은 걸로 손가락을 감쌌고 우리는 다시 작업에 착수했다. 마침내 모든 것을 원래 상태로 되돌릴 수 있었다. 순간 그가 웃음을 터트렸다.

"뭐가 그렇게 웃기십니까?"

"난 정말 바보군요!"

나로 하여금 그에게 경외감을 갖도록 만들어준 그의 첫 번째 발언이었다. 나는 그에게 무엇이 그를 그런 인식의 경지에 이르게 했는지 물었다.

"나사를 잊었잖소!"

나는 모자를 찾았다. 모자는 마당 한가운데에 아무렇게나 뒹굴었고, 에델버타가 아끼는 사냥개가 닥치는 대로 그것들을 삼키고 있었다.

"죽을 텐데요."

엡손이 말했다. 다행히 그날 이후 다시는 그를 만난 적이 없다. 하지만 그의 이름은 엡손이었다고 생각한다.

"딴딴한 철인데."

"전 개 걱정은 안 합니다. 저 녀석 배 속에는 이미 이번 주에 삼킨 장화 끈과 바늘이 한 움큼 들었으니까요. 자연의 섭리입니다. 어린 것들에게는 그런 종류의 자극이 필요한 법이지요. 저는 오히려 제 자전거가 걱정입니다."

남자는 낙천적인 사람이었다.

"찾을 수 있는 건 찾아보고 나머진 하느님 섭리에 맡기지요."

우리는 열한 개를 찾아냈다. 한쪽에는 여섯 개를 다른 쪽에는 다섯 개를 고정시켰다. 그리고 30분 후 바퀴에게 다시 제자리를 찾아주었다. 그즈음 되자 정말로 바퀴가 흔들거린다는 말은 덧붙일 필요도 없었다. 엡손은 당분간은 괜찮을 거라고 했다. 그는 좀 지쳐가는 것처럼 보였다. 내가 보내줬다면, 확신하건대, 그는 이쯤에서 집으로 돌아갔을 것이다. 하지만 나는 일을 끝내야 한다고 우겼다. 하이킹 따윈 이제 안중에도 없었다. 그는 내 자전거에 대한 나의 자부심을 송두리째 앗아가버렸다. 이제 나의 관심은 그가 긁히고 부딪히고 끼이는 모습을 보는 것뿐이었다. 나는 맥주 한 잔을 건네며 그의 스러지는 기운을 북돋았다. 그리고 적절한 칭찬을 덧붙였다.

"작업하는 모습을 바라보니 정말 많은 도움이 됩니다. 저를 감동하게 하는 것은 선생님 기술과 솜씨만이 아닙니다. 자신에 대한 유쾌한 확신, 설명할 수 없는 희망, 그런 것들이 정말 훌륭해 보이거든요."

그렇게 격려를 받은 그는 다시 기어 박스를 원상 복구하는 일에 착수했다. 그는 집을 등지고 자전거를 세웠다. 그리고 멀리 떨어져서 작업을 했다. 그다음에는 나무에 기대어 세우더니 가까이 달라붙어 작업을 했다. 그다음에는 내가 자전거를 잡았고 그는 바퀴 사이 바닥에 머리를 놓고 아래쪽에서 작업을 했다. 기름이 그에게 떨어졌다. 그러더니 나에게서 자전거를 빼앗아 짐 싣는 안장처럼 자신의 몸을 자전거 위로 던졌다. 결국 그는 균형을 잃고 바닥에 철버덕 미끄러졌다.

그는 세 번 말했다.

"됐어, 이제야 됐어!"

그리고 두 번 말했다.

"아니야, 끝이 날 리가 없지, 제기랄!"

그가 세 번째로 한 말은 잊어버리고 싶다.

그 후 그는 이성을 잃고 자전거를 협박하기에 이르렀다. 자전거는 자존심을 지켰고 나는 그 모습을 보는 것이 기뻤다. 그리고 다음에 이어진 과정은 그와 자전거 사이의 난투극이었다. 자전거가 자갈길 위에 서고 그 위에 그가 타는 때도 있었고, 그가 자갈길 위에 있고 그 위에 자전거가 타는 반대의 순간도 있었다. 그는 다리 사이에 자전거를 확고히 고정하고 승리감에 얼굴이 상기된 채 서 있었다. 그러나 그의 승리는 오래 지속되지 못했다. 갑자기 재빠른 움직임이 자전거를 자유롭게 했고, 그에게 몸을 확 돌리더니 핸들 하나로 그의 머리를 철썩 치고 말았다.

12시 45분, 여기저기 상처가 난 데다 피까지 흘리며 행색이 누덕누덕 말이 아니게 된 그가 말했다.

"이제 된 것 같습니다."

그는 자리에서 일어나 이마를 닦았다.

자전거 역시 겪을 만한 일은 다 겪은 것처럼 보였다. 결과적으로 누가 더 심한 곤혹을 치렀는지는 판단하기 어려웠다. 나는 그를 부엌으로 데리고 갔고, 그는 비누와 다른 적절한 도구 없이 가능한 한도 내에서 자기 몸을 씻은 다음 집으로 돌아갔다.

나는 마차에 자전거를 싣고 가까운 수리점으로 갔다. 베테랑 기술자가 다가오더니 자전거를 살펴보았다.

"어쩌라고요?"

"가능한 한도 내에서 수리를 좀……."

"좀 심하긴 한데, 최선을 다해보지요."

그는 최선을 다했고 2파운드 10펜스가 들었다. 하지만 더는 전과 똑같은 자전거가 아니었다. 그 계절이 끝나갈 무렵 자전거를 내놓았다. 나는 아무도 속이고 싶지 않았다. 해서 중개상에게, 광고할 때 이 자전거의 수명은 올해가 마지막이라는 사실을 알려달라고 했다. 그러자 중개상은 그런 것은 언급하지 않는 게 좋겠다고 했다.

"이 업계에선 말입니다, 무엇이 진실이냐 무엇이 진실이 아니냐 하는 것은 중요한 문제가 아닙니다. 사람들에게 무엇을 믿게 할 수 있느냐 하는 것이 관건이지요. 자, 제 말을 잘 들으세요. 이 물건의 수명은 그 정도로까지는 보이지 않습니다. 모양만 봐서는 10년 정도 되어 보입니다. 그러니 구체적인 숫자는 언급하지 않는 게 좋겠습니다."

나는 그에게 모든 문제를 맡겼고, 그는 생각보다 더 괜찮은 액수를 건졌다며, 나의 손에 5파운드를 쥐어주었다.

자전거로 할 수 있는 운동에는 두 가지가 있다. '분해'하든가, 타든가. 분해 쪽을 택하는 사람이 손해가 더할 것이라고 보기는 어렵다. 그는 날씨에서도 바람에서도 자유롭다. 길의 상태도 아무런 문제가 되지 않는다. 스크루 해머와 헝겊 조각, 오일 캔, 깔고 앉을 것만 주면 그는 하루 종일 행복하다. 물론 약간의 불편함은 감수해야 한다. 완벽한 기쁨이란 없는 법이 아닌가. 그는 언제나 떠돌이 땜장이처럼 보인다. 그의 자전거는, 훔쳐낸 것이라 서둘러 변장시키려 한다는 인상을 준다. 그러나 첫 번째 이정표를 넘어가는 경우가 거의 드물기 때문에, 이건 어쩌면 그다지 문제가 아닐지도 모른다. 사람들이 잘못 생각하기 쉬운 게, 바로 자전거로 두 가지 종류의 스포츠를 즐길 수 있다고 생각하는 거다. 이건 불가능하다. 두 가지 종류의 긴장감을 참아낼 수 있는 자전거는 없다. '분해자'가 될지 '타고 가는 사람'이 될지 마음의 결정을 분명히 해줘야 한다.

개인적으로 나는 타고 가는 쪽을 택한다. 그래서 내 곁에 분해하고 싶은 욕구를 불러일으키는 것은 아무것도 두지 않도록 조심한다. 내 자전거에 무슨 일이 일어나면, 나는 즉시 가장 가까운 수리점으로 간다. 걸어가기에 마을이 너무 멀리 있으면 길가에 앉아서 수레가 지나가기를 기다린다. 경험으로 파악하게 된 가장 위험한 순간은 떠돌아다니는 분해자를 만날 때다. 이상이 생긴 듯한 자전거를 보는 순간, 분해자는 까마귀가 시체를 향해 달려들듯 달려들게 되어 있다. 그는 친근한 승리의 함성을 삼키며 자전거를 뜯어본다. 뭘 몰랐을 때만 해도 난 이랬다.

"아무것도 아닙니다. 신경 쓰지 마세요. 자전거 다시 타시고 그냥 가던 길 가세요. 부탁입니다. 그냥 가주세요."

하지만 경험이 나를 가르쳤다. 이런 위기 상황에서 예의는 아무 짝에도 쓸모가 없다.

"그냥 두고 가시라니까! 안 그러면 그 돌대가리를 한 대 쳐주고 말 테니까!"

표정을 확실히 하고 손에 잡은 곤봉에 힘을 한 번 꽉 주면, 대개 는 분해자를 쫓아버릴 수 있다.

그날 늦게 조지가 왔다.

"그래, 준비는 다 된 거야?"

"수요일까지는 모든 준비가 다 될 거야. 아마도 너와 해리스는 예외겠지만."

"2인용 자전거는?"

"걱정 마. 상태 아주 양호하니까."

"분해해봐야 하지 않을까?"

"나이와 경험으로 판단하건대, 이 세상에는, 한 인간이 긍정적 이 되어도 좋을 만한 문제는 드물다고 할 수 있어. 결과적으로 내 가 일정 정도의 확신을 가지는 문제의 숫자는 아주 제한적인 상태 로 남지. 하지만 그렇게 아직 흔들리지 않고 남은 믿음 가운데 하 나가, 우리의 자전거가 분해를 원치 않는다는 확신이야. 또, 내가 살아 있는 한, 수요일 아침까지 어떤 인간도 그걸 분해하지 않을 거라는 예감이 뇌리를 스치고 지나고."

"나라면, 그 문제에 관해서 그렇게 버럭 하는 반응을 보이지는 않을 텐데 말이야. 언젠가, 아마 그다지 멀지 않은 날이겠지, 그 자 전거는, 네게 휴식을 향한 고질적인 욕구가 넘쳐도, 자전거와 가장 가까운 수리점 사이에 두 개의 산을 남겨두고 분해되어야만 할 거야. 그러면 너는 오일 캔을 어디다 두었는지 아냐고, 스크루 해머로 뭘 해야 하냐고 소리를 질러댈 거야. 네가 자전거를 나무에 기대어 세울 테니, 누군가 다른 사람은 체인을 닦고 뒷바퀴에 바람을 넣으라고 말하겠지."

조지가 말했다.

그의 힐책이 왠지 정당한 것 같았다. 또한 뭔지 모를 예언자적 지혜가 느껴지는 듯했다. 그래서 나는 말했다.

"지나쳤다면 용서해. 사실, 아침에 해리스가 다녀갔거든……."

"더는 말하지 마. 이해했어. 게다가 내가 온 건 다른 일 때문이야. 이것 좀 봐."

그는 나에게 빨간색 표지의 작은 책 하나를 내밀었다. 그것은 독일 관광객들을 위한 영어 회화 책이었다. 차례의 시작은 〈증기선 위에서〉였고 〈병원에서〉로 마무리됐다. 가장 긴 장을 할애한 부분은 객차에서 나누는 대화였는데, 그중에서도 명백하게, 싸우기 좋아하고 언행이 바르지 못한 난봉꾼들의 객실 편이었다.

"선생님, 조금만 옆으로 비켜주시겠습니까?"

"안 되겠습니다, 부인. 이쪽 편에 앉은 제 이웃이 아주 건장한지라."

"우리 서로의 다리를 좀 정리하는 노력을 해볼까요?"

"팔꿈치를 내리는 선행을 베푸시지요."

"제 어깨가 닿더라도 바라건대 너무 불편해하지 마셨으면 좋겠습니다, 부인."

"좀 비켜주시기를 간곡히 요청합니다. 숨을 쉴 수가 없습니다."
(저자는 이쯤 되면 사람들이 모두 바닥에 뒤엉켜 있으리라는 전제를 했으리라.)

이 장은 정황상 코러스의 형식을 따라야 할 것 같은, '우리 마침내 목적지에 도착했네, 신에게 감사드리세!'라는 경건한 탄성의 구절로 끝이 났다.
책 뒤쪽에 부록으로, 체류 기간 동안의 건강 유지와 안락한 여행을 위한 팁이 붙어 있었다. 살균 파우더 항시 휴대, 야간 방문 단속, 잔돈 확인 철저가 주요 요지였다.
"책이 뭐 이래."
나는 조지에게 책을 건네며 말했다.
"개인적으로, 영국을 방문하려는 어떤 독일인에게도 권하고 싶지 않은 책이야. 이래서야 어디 가서 환영받을 수가 있겠어. 하지만 외국 여행을 하려는 영국인들을 위해 런던에서 출간된 책들도 봤는데, 다 엉터리였어. 일곱 개의 언어를 제멋대로 이해하는 어떤 교육받은 바보 멍청이가 현대 유럽에 대해 잘못된 정보를 제공하고 이상한 방향으로 이끌어가려고 이런 책들을 쓰고 돌아다니는 거 같아."
"하지만 이런 책들에 대한 수요를 무시할 수가 없는 형편이야. 유럽 곳곳에서 사람들이 이런 책 이야기들을 하거든."
"그럴지도 모르지. 하지만 다행인 것은 아무도 그게 뭔지 이해하지 못한다는 거야. 나도 기차 플랫폼과 거리 모퉁이에서 큰 소리로 이런 책을 읽는 사람들을 봤어. 하지만 아무도 자기가 어느 나라 말을 하는지 몰라. 아무도 자기가 무슨 말을 하는지 몰라. 어쩌면 다행이지. 서로 무슨 말을 하는지 알아들었다간 당장에 치고받고 싸움이 일어날 테니까."

"어쩌면 네 말이 옳아. 하지만 내 생각은 서로 무슨 말을 하는지 알아듣는다면 무슨 일이 일어날까를 확인하자는 건데. 제안하겠어. 수요일 아침 일찍 런던에 도착하는 거야. 그리고 한두 시간쯤 이 책을 끼고 쇼핑을 하자. 필요한 것이 한두 가지 있어. 다른 건 몰라도 모자와 침실용 슬리퍼는 사야겠어. 보트는 12시까지는 틸버리에서 떠나지 않을 테니 시간이 좀 있잖아. 어떤 결과를 가져올지 제대로 판단해볼 수 있는 대화를 해보고 싶어. 누가 이런 식으로 대답해올 때 외국인들의 기분이 어떨지 알아보고 싶기도 하고."

해볼 만한 모험인 것 같은 생각이 들었다. 나는 의욕에 넘치는 목소리로, 그와 함께 가서 가게 밖에서 기다리겠다고 했다. 그리고 해리스도 이 일에 끼고 싶어 할 것이라고, 그러니까 그 역시 밖에서 기다릴 것이라고 했다.

조지는 자기 계획은 그게 아니라고 했다. 그는 해리스와 나도 함께 가게에 들어가야 한다고 했다. 얕잡아볼 수 없게 생긴 해리스가 뒤에 버티고 서서 그를 지원해주고, 여차하면 경찰을 부를 수 있도록 나를 문가에 세워두어야 자신이 그 일을 감행할 수 있다고 했다.

우리는 해리스네 집까지 걸어갔다. 그리고 우리의 제안을 펼쳐놓았다. 그는 책을 유심히 살폈다. 특히, 신발과 모자를 사는 장 부분을. 그리고 마침내 말했다.

"조지, 네가 신발 가게나 모자 가게에 들어가서 여기 씌어 있는 이런 말들을 한다면, 너에게 필요한 것은 지원이 아니야. 병원 후송이라고."

이 말을 들은 조지가 발끈했다.

"내가 무슨 아무 생각 없는 바보 천치 애송이인 줄 알아? 개중 점잖은 말들을 고를 거야, 비교적 들어줄 만한 화법으로. 심한 모욕은 피할 거라고."

이 점에서 서로 의견 일치가 되자, 해리스는 우리 모험 팀에 들어오겠다고 했다. 그리고 우리의 출발은 수요일 이른 아침으로 확정됐다.

4

화요일 저녁, 조지가 해리스네 집으로 왔다. 우리는 이러는 편이
수요일 아침에 자기 집으로 전화를 한 후 데리러 오라는 조지의
제안보다 더 낫다고 생각했다. 아침에 조지를 데리러 간다는 것은
우선 그를 침대 밖으로 끌어내야 한다는 뜻이었고, 그다음은 그를
깨우는 일이 기다렸다. 이것만으로도 하루를 시작하기에 절대로
적절하다고 할 수 없는 작업이다. 게다가 그가 자기 물건을 찾을
수 있도록 도와줘야 하고 짐 싸는 것을 챙겨야 한다. 그다음에는
아침을 다 먹을 때까지 기다려야 한다. 관객의 입장에서 볼 때 그
의 아침 식사 과정은, 지루한 반복에 반복을 거듭하는, 보고 싶은
마음이 하나도 들지 않는 공연일 뿐이다.

나는 조지가 해리스네 집에서 잔다면 제 시간에 일어나리라는
것을 알았다. 나 역시 그곳에서 자본 적이 있으니 무슨 일이 일어

나는지 잘 안다. 한밤중에 당신은 깜짝 놀라 잠에서 깬다. 실제로 딱히 한밤중은 아닐지 몰라도 체감하기에 그렇다는 거다. 문 밖 복도에서 기병 부대가 돌아다니는 듯한 소리가 들린다. 반쯤만 정신이 든 당신의 상태로 보면, 강도들이 침입했거나 '심판의 날'이 온 것이거나 영락없는 가스 폭발 사고다. 당신은 침대에 걸터앉아 주의 깊게 소리를 듣는다. 오래 기다릴 필요는 없다. 문이 쾅 닫히는 소리가 들린다. 누군가 또는 뭔가가 차 쟁반을 타고 아래층으로 내려오고 있다.

"이것 보라고! 내 말이 맞지!"

밖에서 목소리가 들린다. 그리고 곧이어 어떤 단단한 물체가 당신 방 문에 와서 쿵 하고 부딪힌다.

이즈음 당신은 옷을 찾느라 온 방 안을 헤매다닌다. 아무것도 전날 밤 당신이 놓아둔 자리에 있는 것이 없다. 가장 기본적인 품목들은 완전히 사라져버리고 말았다. 한편, 살인 또는 혁명, 아니면 무엇이든 간에, 그것은 아직도 아무런 저항을 받지 않은 채 계속된다. 당신은 슬리퍼를 볼 수 있을 거라는 생각에 옷장 아래쪽으로 머리를 두고 잠시 멈춘다. 멀리 떨어진 문 쪽에서 안정적이고 단조로운 발소리가 들려온다. 희생자는, 당신 생각엔 그곳에 피난처를 찾았다. 그들은 그를 잡아 해치울 생각인 것 같아 보인다. 과연 그를 구해낼 수 있을까? 문가의 소동이 잦아든다. 그리고 누군가 지극히 감미롭고 유순한 목소리로 묻는다.

"아빠, 일어나도 돼요?"

당신은 다른 목소리를 듣지 못한다. 그러나 대답은 다음과 같다.

"아뇨, 그냥 욕조였어요. 아뇨, 다치진 않았어요. 그냥 젖기만 했어요. 네, 엄마. 애들한테 말할게요. 아뇨, 그냥 어쩌다 그런 거예요. 네, 안녕히 주무세요, 아빠."

그리고 그 목소리가 집 저쪽에서부터 큰 소리로 외치며 다가온다.

"다시 위층으로 올라와. 아직 일어날 시간 아니래!"

당신은 침대로 돌아간다. 누군가 위층으로 질질 끌려가는 소리가 들린다. 명백히 그들의 의지가 아닌 것을 알겠다. 사려 깊은 배려에 의해, 해리스네 손님방은 정확히 애들 방 아래에 자리하고 있다. 칭찬할 만한 저항심을 보여준 목소리의 주인공 역시 다시 침대에 들었음을 알게 된다. 당신은 정확하고 엄밀하게 항쟁의 추이를 파악할 수 있다. 그의 몸을 스프링 매트리스 위로 던질 때마다, 당신 머리 바로 위에 있는 침대 틀이 출렁 하고 물결치기 때문이다. 당신은 그 몸이 저항 세력에서 빠져나오는 사태도 파악할 수 있다. 당신 머리 위 바닥에서 쿵 하는 소리가 들려오기 때문이다. 잠시 후 전투의 열기가 사그라지면, 아니면 침대가 주저앉으면, 당신은 다시 잠을 청할 수 있다고 말할 수 있을 것 같은가? 곧이어(아까도 말했듯이 체감 상황으로 그렇다는 거다) 당신은 누군가 당신을 향해 다가오는 것 같은 느낌이 들어 눈을 번쩍 뜬다. 문이 활짝 열린다. 그리고 네 개의, 하나 위에 그다음이 얹힌, 엄숙한 얼굴들이 당신을 바라본다. 마치 당신이 이 특별한 방 안에서 관리되는 진기한 자연 현상이라도 되는 듯한 분위기다. 당신이 깨어 있는 모습을 보고, 가장 위쪽에 있는 얼굴이 나머지 세 얼굴 사이를 비집고 조용히 걸어와, 거리낌 없는 태도로 침대 맡에 앉는다.

"아, 깨어 계신 줄 몰랐어요. 전 깨어 있었는데."

"그렇다고 생각했다."

당신은 간단히 대답한다.

"아빠는 우리가 일찍 일어나는 거 별로 안 좋아하세요. 우리가 일어나면 이 집 안에 있는 모든 사람들에게 방해가 된대요. 그래서 우린, 일찍 일어나면 안 된대요."

모든 것을 다소곳하게 받아들인다는 말투다. 자기 희생을 의식한 데서 나오는 도덕적 자부심마저 느껴진다.

"지금은 일어난 게 아닌가 보지?"

당신이 묻는다.

"아, 아니에요. 우린 지금 정말 일어난 게 아니에요. 아직 제대로 옷을 안 갈아입었잖아요."

명백한 사실이다.

"아빠는 아침이면 무척 피곤해하세요. 물론 하루 종일 일을 하시기 때문에 그렇지만요. 아저씨도 아침엔 피곤하세요?"

이때 그가 고개를 돌린다. 나머지 아이들 셋 역시 방 안으로 들어와 바닥에 반원형으로 앉아 있다. 마치 이렇게 조금만 더 기다리면 오락거리가 펼쳐지거나 재미난 이야기를 들을 수 있거나, 아니면 무슨 마술 공연이라도 볼 수 있다는 듯한 태도다. 그들은 인내심을 가지고 당신이 침대에서 나와 뭔가를 해주길 기다린다. 이게 무슨. 그런데 손님방에 꼬마들이 들어와 있다는 사실이 큰 녀석을 놀라게 한다. 그는 단호하게 녀석들에게 나가라는 명령을 내린다. 그들은 그에게 말대답을 하지 않는다. 그들은 서로 논쟁을 벌이지도 않는다. 쥐죽은 듯 조용한 침묵 속에, 그리고 하나의 일치된 합의 하에, 그들은 그를 따른다. 침대에 있는 당신은 흔들리는 팔과 다리가 혼합된 행렬을 본다. 바닥을 찾으려고 더듬거리는 술 취한 문어 같다. 입 밖으로는 한마디 말도 내뱉지 않는다. 그것이 이런 상황에서 그들이 지켜야 하는 규칙인 것 같다. 당신이 잠옷을 입고 자다가 침대 밖으로 나오면 혼란이 가중될 뿐이다. 썩 볼 만한 복장으로 자고 있지 않았다면, 그냥 침대 속에서 몇 마디 명령을 내려볼 순 있을 것이다. 하지만 주목받을 수 있을 거란 생각은 안 하는 게 좋다. 장남에게 모든 것을 일임하는 것이 가장 단순하고 좋다. 잠시 후 그는 꼬마들을 밖으로 내보내고 문을 닫는다. 그러나 곧바로 문이 다시 열린다. 그리고 한 녀석이, 대개는 뮤리엘인데, 방 안으로 다시 들어온다. 마치 투석기에서 발사된 것처럼. 뮤리엘에게는 머리가 길다는 핸디캡이 있는데, 이 불리한 조건을 너무나 잘 아는 그 아이는 한 손으로 머리를 꽉 움켜쥐고 다른 한 손으로 펀치를 날린다. 장남은 다시 문을 열고, 뮤리엘을 성문 파괴용 망치로 삼는다. 당신은 뮤리엘의 머리가 나머지 꼬마들 속으로 파고들어 그들을 헤쳐놓는, 둔중한 충돌 소리를 듣는다.

승리가 완성되고 나면 장남이 다시 돌아와 좀전의 자기 자리에 앉는다. 비통함은 느껴지지 않는다. 그는 이미 모든 일을 다 잊고 평화로운 상태로 접어들었다.

"전 아침이 좋아요. 아저씨는 안 그러신가요?"

"좋을 때도 있지. 그다지 평화롭지 않은 아침도 가끔은 있고."

그는 당신 표정을 눈치 채지 못한다. 장남의 얼굴에 먼 산을 바라보는 듯한 표정이 어린다.

"나는 아침에 죽고 싶어요. 아침엔 모든 것이 평화롭잖아요."

"아마 그렇게 될 거다. 네 아빠가 다시 어떤 성질 나쁜 인간을 이 집으로 초대한 다음, 아무런 경고도 해주지 않고 이곳에서 자라고 한다면 말이야."

그는 명상에 잠긴 듯한 분위기에서 벗어나 다시 본연의 자기 모습으로 되돌아온다.

"정원이 참 아름다워요. 일어나서 크리켓 한 게임 하실 생각은 없으시죠?"

침대에 들어갈 땐 어찌 그런 생각을 했겠는가만 일이 이렇게 벌어진 마당에 잠들 수 없는 상태로 침대에 누워 있는 거나 그거나 별반 다를 바가 없어 보인다. 그래서 당신은 동의한다.

그러나 후에 당신은 깨닫게 된다. 이 모든 상황과 과정에 대한 설명은, 잠이 오지 않아 일찍 일어난 당신이 크리켓 게임이나 해볼까 생각했다는 것으로 종결된다는 것을. 손님들에게 친절하라고 배운 아이들은 당신을 재미있게 해주는 것이 자신들의 의무라 여겼고 그것을 실행에 옮겼다고나 할까. 해리스의 부인은 아침 식사 시간에 당신에게 말한다. 애들을 밖으로 데리고 나가기 전에 옷을 갈아입혔어야 할 거 아니냐고. 해리스 역시 참 어쩔 수 없는 친구라는 듯한 투로 말한다. 자신이 지난 몇 달간 애들에게 공들여 가르친 게 당신 때문에 하루아침에 물거품이 되어버렸다고.

단순 정황은 이렇다. 수요일 아침 조지는 5시 15분에 침대에서 일어났고 아이들을 데리고 밖으로 나갔다. 그리고 해리스의 새 자전거로 오이 온상을 돌면서 아이들에게 자전거 타는 법을 가르쳤다. 그러나 해리스의 부인조차도 이번에는 조지를 탓하지 않았다. 그녀 역시 본능적으로 이것이 완전히 조지의 아이디어가 될 수 없는 상황임을 짐작한 것이다.

해리스의 아이들도 친구나 동료를 희생시키면서 책임을 회피한다는 개념을 가지고 있지는 않다. 그들은 모두 하나같이 자신들의 잘못된 행동에 대한 책임을 정직하게 인정한다. 다만 문제는 그들의 이해력을 향하여 상황이 어떻게 펼쳐지는가 하는 점이다. 아이들에게, 당신에겐 아침 5시에 일어나 크리켓을 하거나 나무에 묶인 인형들을 향해 석궁을 던지면서 초기 교회의 역사를 모방할 의도가 애초에 전혀 없었다는 것을 설명하고, 사실 당신 자신에게 주도권이 주어졌다면 당신은 평화롭게 잠을 자다가 8시에 차 한 잔과 함께 기독교적 방식으로 깨어났을 것이라고 말하면, 그들은 처음에는 놀라고 다음에는 미안해하고 그리고 결국에는 진심으로 회개한다. 5시 조금 넘은 시간에 조지가 깨어난 것이 그의 본능에 따른 것인지, 아니면 집에서 만든 부메랑이 그의 침실 창문으로 날아 들어온 사건 때문이었는지에 대한 순수한 학구적 질문에도 선량한 아이들은 절대로 회피하는 법이 없이, 그를 깨운 것에 대한 책임이 자신들에게 있음을 솔직하게 인정했다. 장남은 이렇게 말했다.

"우리는 조지 삼촌이 힘든 하루를 보냈다는 것을 기억해야 했어요. 그리고 그분이 일어나지 못하도록 해야 했어요. 전부 제 탓이에요."

그러나 가끔씩 습관을 바꾼다고 해서 무슨 해가 되겠는가. 게다가 해리스와 나도 동의했듯이, 그것은 조지에게는 좋은 훈련이었다. 블랙 포레스트에서는 매일 아침 5시에 일어나야 할 터였다. 그 점은 분명했다. 사실 조지 자신은 4시 반을 제안했다. 하지만 해리스와 나는 5시면 평균적으로 볼 때 충분히 이른 시각이라고 주장했다. 6시면 자전거에 올라타, 날이 더워지기 전에 우리의 여행을 다시 시작할 수 있었다. 가끔씩 조금 더 일찍 출발할 수도 있겠지만, 굳이 규칙으로 삼을 필요는 없었다.

나 자신은 그날 아침 5시에 일어났다. 이것은 내 의도보다 좀 이른 시각이었다. 나는 잠자리에 들면서 속으로 생각했다.

'6시 정각에 일어나자!'

내가 아는 사람들 중에는 언제라도 딱 원하는 시간에 일어날 수 있는 부류가 있다. 그들은 베개에 머리를 대면서 말 그대로 자신들에게 말한다. 시간이야 상황에 따라 제각각이다. '4시 30분.' '4시 45분.' '5시 15분.' 그리고 시곗바늘이 그 시각을 가리키면, 그들은 눈을 뜬다. 이건 정말 장대한 일이 아닐 수 없다. 생각하면 할수록 신비롭지 않은가 말이다. 우리 안에 있는 어떤 존재가 우리 자신의 의식과는 완전히 독립적인 활동을 펼치는 것이다. 시계나 태양의 도움 없이, 아니면 우리 오감이 아는 어떤 매개의 힘도 빌리지 않고, 그 존재는 어둠 속에서 망을 본다. 정확한 순간이 오면 그는 '시간이 됐어!'라고 소리치고 우리는 깨어난다.

강가에서 일하는 어떤 촌로와 이야기를 나눌 기회가 있었는데, 그는 자신의 일 때문에 매일 아침 밀물 30분 전에 깬다고 했다. 그는 단 한 번도, 단 1분도 늦잠을 자본 적이 없노라고 했다. 피곤한 상태로 잠이 들고, 꿈도 꾸지 않고 잠을 자고 나면, 매일 아침 다른 시각에, 마치 조수처럼 확실한 이 유령 같은 파수꾼이 조용히 그를 깨운다고 했다. 그 촌로의 영혼이 어둠을 뚫고 강가의 진흙 계단을 돌아다녔던 것일까? 아니면 자연의 법칙에 대한 생리적 깨달음이었을까? 모를 일이다. 다만 신비로울 뿐.

내 경우를 말하자면, 내 안의 파수꾼은 아마도 다소 연습 부족인 듯하다. 최선을 다하긴 한다. 하지만 지나치게 근심이 많다. 너무 걱정을 많이 하다 보니 시곗바늘 셈하는 것을 그만 잊어버리고 만다. 나는 나 자신에게 말한다. '5시 반, 부탁한다.' 그러면 그는 2시 반에 갑자기 나를 깨운다. 나는 시계를 본다. 그는 어쩌면 내가 시계 태엽 감는 것을 잊어버렸는지도 모른다고 말한다. 나는 시계를 귀에 갖다 대본다. 멀쩡하다. 하지만 그는 여전히 시계가 뭔가 잘못된 것이라고 생각한다. 그는 5시 반이라는, 아니면 조금 더 되었을 거라는 자신의 주장을 굽히지 않는다. 그를 만족시키려고 나는 슬리퍼를 신고 아래층으로 내려가 거실에 있는 시계를 확인한다.

문제는 한밤중에, 가운과 슬리퍼 차림으로 집 안을 돌아다니는 인간에게 무슨 일이 일어나는가 하는 점이다. 이건 말할 필요도 없다. 대부분의 사람이 경험으로 안다. 모든 것, 특히 끄트머리가 날카로운 모든 것들이 그를 후려치는 비겁한 즐거움을 취한다. 튼튼한 장화라도 신고 있다면 문제가 아니다. 하지만 양말도 안 신고 털실로 짠 슬리퍼를 신고 있다면, 녀석들은 당신에게 다가와 당신을 뻥 차버린다. 나는 기분이 나빠져 침대로 돌아온다. 그리고 집 안에 있는 모든 시계들이 나에 대항한 음모를 펼친다는, 내 안에 있는 그의 말도 안 되는 소리들에 더는 귀를 기울이지 않고 30분 정도 뒤척이다 다시 잠이 든다. 4시에서 5시 사이 그는 10분 간격으로 나를 깨운다. 이쯤 되면 내가 왜 녀석에게 그 시각을 얘기했단 말인가 하는 생각이 든다. 5시가 되면 그도 지쳐 잠이 든다. 그리고 30분씩 셈이 느린 여자아이에게 자기 일을 맡겨버린다.

이 수요일만 해도 그는 내가 말한 시각에 대해 걱정하느라 여념이 없었다. 난 그와 엮이기 싫어서 그냥 5시에 일어나버렸다. 그런데 뭘 해야 좋을지 알 수가 없었다. 기차 시각은 8시였다. 짐도 다 싸서 전날 밤 자전거와 함께 펜처치 스트리트 역으로 보낸 터였다. 나는 서재로 갔다. 한 시간 정도 뭘 좀 써볼 생각이었다. 하지만 지금 생각해보면, 아침 먹기 전 이른 시각은 문학 관련 노력을 해보기에 적절한 타이밍이 아니다. 나는 세 단락 정도를 써내려간 후 소리 내어 읽어보았다. 내 작품에 관하여, 다소 불친절한 비평의 소리들이 있었다. 하지만 이 세 단락에 관해서는 아직 아무것도 씌어지지 않았다. 나는 그것들을 쓰레기통에 버려버리고 앉아, 쇠퇴한 작가들에게 연금을 주는 자선 단체가 있었나 하는 생각에 잠겼다.

이런 일련의 상념에서 빠져나오려고, 나는 주머니에 골프공을 넣었다. 그리고 드라이버 하나를 골라들고 목장으로 나갔다. 양 두 마리가 풀을 뜯고 있었는데, 그들은 나를 발견하고는 강력한 호기심을 보이며 따라다녔다. 한 마리는 다정하고 호의적인 암양이었다. 나는 그 암양이 이 게임을 이해했다고 생각지 않는다. 다만 이른 아침에 그런 순진한 짓을 하는 모습에 호감이 갔던 모양이다. 내가 골프채를 휘두를 때마다 그 암양은 소리를 질렀다.

"와~ 와~ 와~!"

암양은 마치 자기가 샷을 날린 듯 즐거워하는 것처럼 보였다.

다른 한 마리로 말하자면, 심술궂기가 이를 데 없어서, 친구가 살려주는 나의 기를, 딱 그만큼 떨어뜨려주는 능력을 가졌다. 호의적이지 않던 그 암양은 내가 골프채를 휘두를 때마다 이렇게 코멘트 했다.

"우~ 우~ 우~!"

사실, 어떤 샷은 정말 괜찮았다. 그 암양이 그렇게 나온 건 그저 반항 심리일 뿐이었다. 게다가 짜증나게도 나는 그것을 훤히 다 알 수 있었다.

아, 유감스러운 사태가 발생하는 바람에, 나의 사랑스러운 골프 공 하나가 좋은 암양의 코를 퍽 박고 말았다. 그리고 그 모습을 본 나쁜 암양이 대번에 웃음을 터뜨렸다. 듣기 싫고 천박한 웃음소리였다. 좋은 암양이 너무 놀라 움직이지도 못하고 제자리에 우뚝 서 있는 동안, 나쁜 암양은 처음으로 자신의 코멘트의 어조를 바꾸었다.

"와우~ 와우~ 와우~ 와~우~!"

좋은 암양 대신에 나쁜 암양에게 공을 날릴 수 있었다면, 반 크라운이라도 주었을 것이다. 세상이 왜 이런가. 왜 착하고 사랑스러운 존재들만 고통받는가 말이다.

나는 목장에서 애초에 의도했던 것보다 더 많은 시간을 보냈다. 에델버타가 와서 벌써 7시 반이고 아침 식사 준비가 다 됐다는 말을 했을 때, 내가 아직 면도도 하지 않았다는 사실이 떠올랐다. 에델버타는 내가 급하게 면도하는 것에 질색을 한다. 사람들에게 가없은 영혼이 저지른 자살 시도의 흔적처럼 비쳐지는 것을 두려워하는 것이다. 그렇게 되면 결과적으로 이웃들 사이에 우리가 같이 살기는 하지만 행복하지 못하다는 소문을 퍼뜨리게 된다고 했다. 그러면서 덧붙이기를, 내 외모는 사람들이 장난삼아 이 말 저 말 하면서 웃어넘길 만한 외모는 아니라고 했다.

전체적으로 보면, 나는 에델버타에게 긴 작별 인사를 하지 않아도 되는 것에 대해서는 만족한 편이었다. 그녀가 울며 주저앉는 모습을 보는 위험을 자초하고 싶지 않았다. 하지만 아이들에게는 당부의 말을 겸한 작별 인사를 몇 마디 할 수 있었으면 좋았을 것이다. 특히, 녀석들이 크리켓 기둥으로 사용하고 싶어 할 내 낚싯대에 관해서.

아, 나는 정말이지 기차 시간에 맞추려고 뛰어가는 게 싫다. 역에서 4백 미터쯤 떨어진 곳에서 나는 조지와 해리스의 모습을 보았다. 그들 역시 뛰고 있었다. 나란히 뛰어가는 동안 해리스가 헉헉거리며 알려준 정보에 따르면, 그들이 뛰게 된 원인은 새로 산 부엌 스토브에 있었다. 그날 아침 처음으로 사용을 해봤는데, 무슨 이유에서인지, 강낭콩들이 툭툭 튀어 오르고 요리사는 여기저기 데었다는 것이다. 해리스는 우리가 돌아왔을 때쯤에는 그들이 새 스토브에 적응되어 있었으면 좋겠다고 했다.

우리는 간신히 기차에 올라탈 수 있었다. 객차에 앉아 숨을 고르며 아침에 일어난 사건들에 대해 생각해보노라니, 마음속에 포저 삼촌에 대한 기억의 파노라마가 생생히 펼쳐지기 시작했다. 1년에 250일, 삼촌은 일링 커몬 역에서 9시 13분 기차를 타고 무어게이트 스트리트로 향하곤 하셨다.

삼촌네 집에서 기차역까지는 걸어서 8분 거리였다. 삼촌은 항상 이렇게 말씀하셨다.

"25분 정도 넉넉히 시간을 잡고 천천히 걸어가는 게 좋단다."

그리고 삼촌은 항상, 기차 시간 5분 전에 출발해서 뛰어가셨다. 이유는 모르겠지만, 이것이 교외 지역의 관습이었다. 그 시절에는 상당수의 건장한 시티 지구(영국 금융, 상업계의 중심지) 젠틀맨들이 일링 지역에 살았고 이른 아침 런던으로 향하는 기차를 탔다. 그들은 모두 늦게 출발했다. 예외 없이 한 손에는 검정색 가방과 신문을, 다른 한 손에는 우산을 들었다. 그리고 그들은, 비가 오건 날이 좋건, 역을 향해 남아 있는 4백 미터를 뛰어갔다.

특별히 할 일이 없는 사람들, 특히 아이 보는 여자들과 심부름하는 소년들이, 가끔씩은 떠돌아다니는 행상인들과 한 무리가 되어, 날 좋은 아침 그들이 지나는 모습을 지켜보면서 선두에 선 사람들에게 박수를 쳐주기도 했다. 하지만 별로 볼 만한 구경거리는 아니었다. 잘 달리지도 못했고 빨리 달리지도 못했기 때문이다. 하지만 그들은 열심히 달렸고 최선을 다했다. 그들의 대열은 운동 기능과 관련된 차원에서라기보다는, 애쓰는 모습을 바라볼 때 생겨나는 자연스런 존경심의 차원에서 사람들에게 다가갔다.

가끔씩 소소하게 승부를 점쳐보는 사람들도 있었다.

"십중팔구, 저 흰 조끼 입은 신사야."

"저 취관(吹管)처럼 생긴 친구는 글렀어. 굴러가지나 않는 이상."

"오색나비에게 한 표!"

오색나비라는 별명은 곤충학적 취향을 가지고 있던 한 젊은이가, 내 삼촌의 이웃이기도 한 퇴역 장교에게 붙여준 별명이었다. 그는 움직이지 않을 때는 모습을 숨겼다가, 운동만 하면 온몸에 채색이 살아나는 신사였다.

삼촌과 몇몇 사람들은 《일링 프레스》에 지역 경찰의 태만함에 관하여 통렬히 불평하는 편지를 써서 보냈다. 그러면 편집주간은 '하층 계급', 특히 서쪽 교외 지역 사이에 번져가고 있는 '예절의 타락'에 관하여 힘찬 논설을 써내려갔다. 하지만 특별히 변하는 건 없었다.

　그렇다고 해서 내 삼촌이 아침 일찍 일어나지 않았다는 뜻은 아니다. 부디 오해는 마시길. 다만 마지막 순간에 늘 문제가 발생했을 뿐이니까. 아침을 먹은 후 그분이 일으켜야 하는 첫 번째 사고는 신문을 잃어버리는 일이었다. 우리는 포저 삼촌이 뭔가를 잃어버렸다는 것을, 놀라운 분노를 표출하는 그의 표정(가끔은 일반적인 세상을 바라볼 때도 그런 표정이 나오긴 했지만)을 통해 단박에 알 수 있었다. 포저 삼촌은 절대로 다음과 같이 말하는 법이 없었다.

　"나는 부주의한 사람이다. 나는 모든 것을 잃어버린다. 나는 내 물건을 어디다 두었는지 알지 못한다. 나는 나 혼자서는 그것을 찾을 만한 능력이 없다. 그러므로 나는 내 주위에 있는 모든 사람들을 성가시게 한다. 이제 때가 되었다. 나는 내 자신을 개조해야 한다."

　오히려 어떤 특별한 추론의 과정에 따라서, 그분은 자신이 뭔가를 잃어버릴 때마다 그것을 집 안에 있는 다른 모든 사람들의 탓으로 돌렸다.

　"1분 전까지만 해도 내가 손에 쥐고 있었단 말이다!"

　어쩌란 말인가. 마치 요술쟁이들이 자신과 함께 살다가 다만 그를 귀찮게 하려는 심산으로 마술을 부려 물건들을 없애버렸다는 투다.

　"정원에 두지 않았을까요?"

　숙모가 제안해본다.

　"내가 왜 그걸 정원에 두었겠소? 신문을 정원에 두어서 뭐 하게? 나는 기차 안에서 신문을 읽고 싶단 말이오!"

"주머니는 살펴보셨어요?"

"하여간 여자들이란! 내가 그걸 주머니에 두고서, 여기 이렇게 몇 분 동안 서 있을 거라고 생각하는 거요? 당신 나를 바보로 아는 거요?"

이때쯤 누군가가 말한다.

"이건 뭐죠?"

그리고 그에게 잘 접힌 신문을 건넨다.

"제발 사람들이 내 물건을 좀 가만히 두면 좋겠는데 말이야."

그는 그르렁거리며, 사납게 신문을 낚아챈다.

그는 가방을 열고 신문을 넣으려다 흘긋 신문을 본다. 그리고 이런 부당한 일이 어디 있단 말인가 하는 표정을 지으며 할 말을 잃은 채 서 있다.

"왜 그러세요?"

숙모가 묻는다.

"그제 신문이잖소!"

대답은 하지만 너무나 깊은 마음의 상처를 입어 소리를 칠 수도 없는 지경이다. 그는 신문을 테이블 위에 던져버린다.

가끔씩 어제 신문만 되어도 변화라고 할 만할 것을, 그놈의 것이 늘 그제 신문이었다. 아, 화요일은 예외였다. 화요일에는 토요일 신문이 나타났다.

우리는 결국 신문을 찾아낸다. 삼촌이 깔고 앉은 경우가 더 많긴 하지만. 그러면 그제야 삼촌은 웃는다. 하지만 친절한 미소라는 생각은 버리는 게 좋다. 그의 미소에는 자신의 운명의 주사위는 가망 없는 바보 무리 사이에 던져졌다고 느끼는 사람에게서 나타나는 피곤함이 역력하다.

"늘 이렇지! 바로 코앞에서……!"

그는 자신의 문장을 끝마치지 않는다. 그는 자신의 자제력에 대해 자부심을 가지고 있다.

이 문제가 마무리되면 삼촌은 현관을 향해 나간다. 마리아 숙모가 그곳에 아이들을 모아놓고 삼촌에게 잘 다녀오시라는 인사를 준비시킨다.

숙모는 설사 이웃집에 다니러 가는 경우라 할지라도 꼭 집안 식구들 모두에게 다정한 작별 인사를 건넨 후에야 비로소 집을 나선다. 사람 일은 모르는 거라면서.

물론 아이들 중 한 명이 보이지 않는다. 이 사실이 알려지는 순간, 나머지 여섯 명은 한순간의 주저도 없이 흩어져 잃어버린 멤버를 찾느라 야단법석이 된다. 그들이 어디론가 사라지고 나면 잃어버린 멤버가 근처 어딘가에서 스스로 모습을 드러낸다. 늘 자신이 없어진 이유에 대한 가장 그럴듯한 변명거리가 있다. 그는 나머지 멤버들의 뒤를 쫓아다니며 그들에게 자신의 존재를 알린다. 이런 식으로 모두 다른 누군가를 찾아다니느라 적어도 5분이 소요된다. 삼촌은 그새 우산을 찾고 모자를 잃어버린다. 마침내 가족의 모든 일원이 현관 앞에 모이면, 거실 시계가 9시를 알리기 시작한다. 이 시계는 언제나 냉정하고 통찰력 있는 차임벨을 울리며 삼촌을 당황스럽게 한다. 삼촌은 흥분한 나머지 어떤 아이에게는 키스를 두 번 하고, 어떤 아이는 놓쳐버린다. 그러다 누구에게 키스를 했는지 누구에게 하지 않았는지 잊어버리고 결국 처음부터 다시 시작해야 하는 상황에 이른다. 삼촌은 가족들이 일부러 이쪽 저쪽 뒤섞이며 자신에게 혼란을 준다고 말씀하시곤 했다. 나는 그런 얼토당토않은 소리가 어디 있냐는 주장을 할 각오는 되어 있지 않다. 그를 곤란하게 만들려고 한 아이가 언제나 불만이 잔뜩 서린 얼굴을 하고 있다. 삼촌이 가장 아끼는 아이다.

상황이 그럭저럭 잘 돌아간다 싶으면, 장남이 나선다. 그는 집 안에 있는 모든 시계가 5분씩 늦기 때문에 전날 학교에 늦었다고 한다. 이 말을 들은 삼촌은 잽싸게 현관으로 달려간다. 그런데 가방도 우산도 챙기지 않았다는 것을 깨닫게 된다. 숙모가 멈추게 할 수 없는 모든 아이들이 우르르 그를 따라간다. 그들 중 둘은 우산과 씨름하고, 나머지는 가방을 맡았다. 삼촌을 보내고 현관으로 돌아오면 우리는 현관 테이블 위에 삼촌이 잊어버리고 간 가장 중요한 물건이 놓여 있다는 것을 알게 된다. 우리는 생각한다. 집에 돌아오시면 무슨 말씀을 하실까.

우리는 9시가 조금 지나서 워털루 역에 도착했다. 그리고 즉시 조지의 실험을 실행에 옮기기 시작했다. 우리는 책을 꺼내 〈마차를 탈 때〉라는 장을 펼쳤다. 그리고 마차를 향해 걸어가 모자를 벗고 마부에게 말을 붙였다.

"굿모닝."

이 남자는 예절에 관한 한 어떤 외국인(진짜건 가짜건)도 따를 자가 없는 태도의 소유자였다. 친구를 불러 말을 잡고 있으라고 한 뒤, 그가 마부석에서 뛰어내렸다. 그리고 더할 나위 없이 공손하게 절을 했다. 그는 국가의 이름으로 말한다며 영국에 오신 것을 환영한다고 했다. 여왕 폐하가 런던에 안 계신 게 유감이라는 말을 덧붙이는 것도 잊지 않았다.

우리는 그에게 아무런 대답도 할 수가 없었다. 이런 종류의 대화는 책에 나와 있지 않았다. 그를 '마부'라는 호칭으로 부르자, 그는 다시 한 번 바닥에 머리가 닿을 것처럼 절을 했다. 우리는 그에게 웨스트민스터 브리지 로드로 우리를 데려다주는 선량함을 베풀어 줄 수 있겠느냐고 물었다.

그는 한 손을 가슴에 얹더니, 기꺼이 그러겠노라고 했다.

〈마차를 탈 때〉 장의 세 번째 문장을 인용하며 조지가 요금이 얼마인지를 물었다.

이 질문은, 마치 우리의 대화에 더러운 뭔가가 끼어들었다는 듯, 그의 기분을 상하게 한 것 같았다. 그는 기품 있는 외국인들에게서는 절대로 돈을 받지 않는다며 대신 추억이 될 만한 기념품을 제안했다. 예를 들어 다이아몬드 스카프 핀이라든가, 황금 코담배 갑이라든가, 여하튼 우리를 기억할 수 있는 소소한 것들이면 충분하다고.

사람들이 조금씩 모여들었고 농담이 다소 마부에게 지나치게 유리한 방향으로 흐르는지라, 우리는 더는 협상 없이 마차에 올라탔고, 갈채 속에 그 자리를 떴다. 그리고 애스틀리 극장을 지나, 우리가 딱 원하는 장소인 것처럼 보이는 한 신발 가게 앞에 마차를 세웠다.

그곳은 아침에 셔터 문이 올라가는 순간 주위에 상품들을 토해 내는, 배가 아주 많이 부른 그런 가게들 중 하나였다. 신발 상자들이 인도에 또는 인도와 차도 사이에 켜켜이 쌓여 있었다. 문과 창문 주위에 둘러친 줄에도 신발들이 주렁주렁 매달렸다. 차양 위에도 마치 무슨 때 묻은 덩굴처럼, 검정색, 갈색 신발들 한 무더기가 얹혀 있었다. 안쪽은 그야말로 신발들의 천국이었다. 우리가 들어 갔을 때 가게 주인은 끌과 망치를 가지고 새 상자를 열고 있었다.

조지가 모자를 벗으며 말을 붙였다.

"굿모닝."

남자는 뒤를 돌아보지도 않았다. 처음부터 인상이 좋지 않았다. 그는 "굿모닝"인지 뭔지 모를 소리를 혼자 툴툴거리더니 다시 하던 일을 계속했다.

조지가 말했다.

"제 친구 X의 소개로 이 가게에 오게 되었습니다."

이런 대답이 이어져야 했다.

"X씨는 아주 훌륭한 신사분이시지요. 그분 친구를 손님으로 모시게 되어 기쁘게 생각합니다."

하지만 그에게서는 그런 대답이 들려오지 않았다.

"그런 사람 모릅니다. 들어보지도 못했네요."

돌발 상황이었다. 책에서는 신발 살 때 사용할 수 있는 서너 가지 표현을 제안하고 있었다. 하지만 조지는 X씨 관련 표현이 그중 가장 예의 바를 것이라고 생각하고, 이 표현을 선택한 것이다. 예상 시나리오는, 가게 주인과 X에 관해 이런저런 이야기를 나누다 상호 이해와 우정의 분위기가 형성되면, 자연스럽고 볼썽사납지 않게 우리가 그곳에 온 목적을 슬쩍 내비치는 것이었다. 물론 우리의 목적은 신발을 사는 거다. '싸고 좋은 신발!' 하지만 물질에만 집착하는 이 천박한 가게 주인은 이런 우아한 소매 거래에는 아무런 관심이 없어 보였다. 이런 타입과는 단도직입적으로 거래를 하는 것이 능사라는 결론이 났다. 조지는 X를 버리고 전 페이지로 돌아가 아무렇게나 한 문장을 골랐다. 적절한 선택이라고 볼 수는 없었다. 신발 가게 주인에게 사용하기에는 좀 넘쳤다고나 할까. 사방이 신발이었다. 그것들 때문에 숨이 막혔다. 이런 상황에서 선택된 조지의 표현은 영락없는 우둔함의 증거일 뿐이었다.

"누가 그러는데, 여기 가면 신발이 있다고……."

처음으로 그 남자가 망치와 끌을 내려놓고 우리를 바라보았다. 그는 굵고 거친 목소리로 천천히 말했다.

"내가 여기 신발을 왜 갖다 놨겠소? 나 원 참, 냄새 맡을 일 있나?"

그는 조용히 말을 시작해놓고선, 흥분을 이스트 삼아, 점점 더 목소리를 키워가는 그런 타입의 사람이었다.

"내가 여기서 뭘 하고 있는 걸로 보이쇼? 내가 무슨 신발 수집간 줄 아시나? 내가 왜 가게에 나와 이 짓들을 하고 있겠소? 운동 삼아 그러는 줄 아쇼? 내가 이것들과 사랑에라도 빠진 줄 아쇼? 한시도 떨어지고 싶지 않게? 구경이나 하려고 이것들을 이렇게 쌓아놓았다고 생각하는 게요? 본인들이 지금 무슨, 국제 신발 전시장에라도 와 있는 줄 아시나 보지? 이것들이 왜 여기 있겠소? 이게 무슨 유물들인가? 신발 가게를 열어놓고 신발 팔지 않는 가게 주인 들어본 적이나 있소? 가게 예쁘게 보이려고 신발로 장식을 해놨겠소? 나를 도대체 뭐로 보는 게요? 내가 무슨 바보 멍청이인 줄 아나, 이런!"

나는 조지가 그 책에서 발견할 수 있는 최고의 문장을 선택하고 그것을 입 밖에 냈다는 사실을 인정함으로써 그의 명예를 살려주고자 한다. 그는 말했다.

"그럼 다음에, 보여주실 신발이 더 있을 때 다시 오겠습니다. 그 때까지 안녕히!"

우리는 마차로 돌아와, 우리에게 무슨 말인가를 하며 신발로 장식된 입구 한가운데 서 있는 가게 주인을 뒤로하고 그곳을 떠나왔다. 그가 하는 말은 들리지 않았다. 그러나 지나가는 행인들은 사뭇 재미있어 하는 듯 보였다.

조지는 다른 가게에 들러 다시 실험을 하자고 했다. 자기는 꼭 침실용 슬리퍼를 사고 싶다고 했다. 하지만 우리는 다른 도시에 도착할 때까지 구입을 연기하는 게 좋겠다고 그를 설득했다. 책에 소개된 이런 종류의 대화에 익숙하거나, 아니면 선천적으로 좀 친절하기라도 한 상인들이 많은 도시가 있을 것이라고 말해주었다.

하지만 모자 문제에 관해선 그도 단호하게 나왔다. 그는 모자 없이는 여행할 수 없다고 했고, 그래서 우리는 블랙프라이어스 로드에 있는 작은 가게 앞에 마차를 세웠다.

이 가게의 주인은 유쾌하고 눈이 반짝거리는 체구가 작은 남자였는데, 우리를 방해했다기보다는 도와준 편이었다.

조지가 책에 나와 있는 대로 "모자가 있습니까?"라고 물었을 때 그는 화내지 않았다. 그는 잠시 생각에 잠긴 채 턱을 긁적거렸다.

"모자라…… 잠깐 생각을 좀 해보지요. 아, 네, 있습니다."

그의 온화한 얼굴에 긍정적인 기쁨의 미소가 흘렀다.

"네, 이제 생각이 나는군요. 확실히 모자가 있습니다. 그런데 무슨 일 때문에 그러시는지?"

조지는 그에게, 캡, 그러니까 여행용 캡을 하나 사고 싶은데, 거래의 핵심은 그것이 '좋은 캡'이어야 한다고 설명했다.

남자가 고개를 푹 숙였다.

"아, 그렇군요. 유감입니다. 그 부분에 대해서는 대답을 해드릴 수가 없겠습니다. 제값을 못하는 나쁜 캡을 원하셨으면, 창문 닦기에나 좋은 캡이라면 당장이라도 찾아드릴 수가 있는데요. 그런데 좋은 캡이라니, 그건 안 되겠습니다. 우린 그런 물건은 취급하지 않습니다. 아, 잠시만요."

그는 조지의 안색에 드리우는 실망의 기색을 계속해서 주시했다.

"잠시만 기다려보세요. 성급한 판단은 금물입니다. 여기 캡이 하나 있는데."

그는 서랍으로 다가가서 열었다.

"좋은 캡은 아닙니다. 하지만 제가 파는 다른 것들처럼 나쁜 것도 아니지요."

그는 캡을 손바닥 위에 올려놓고 앞으로 내밀었다.

"어떻게 생각하십니까? 쓰고 다닐 수 있으실지?"

조지는 거울 앞에서 그것을 써보았다. 그리고 책에 나와 있는 다른 표현을 선택하여 말했다.

"이 모자는 저에게 충분히 잘 맞습니다. 하지만 말해주세요, 당신은 이 모자가 제게 어울린다고 생각하십니까?"

남자는 뒷걸음질을 치더니 멀리서 바라보며 말했다.

"솔직히 그렇다고 여겨지지는 않습니다."

그는 조지에게서 고개를 돌리더니 해리스와 나를 바라보았다.

"친구 분의 매력은 뭐랄까 정의하기 힘든 구석이 있습니다. 쉽게 잡히지 않는다고나 할까요? 분명히 거기 있는데 잘못하면 놓치기가 십상이죠. 이 모자를 쓰고 있으면, 제 생각엔, 잘해도 놓치기가 십상일 것 같습니다."

이 지점에서 조지는 이 특이한 남자와의 연극을 즐길 만큼 즐겼다는 생각이 들었던 모양이다.

"괜찮습니다. 이러다간 기차를 놓치겠군요. 얼맙니까?"

남자는 대답했다.

"캡의 가격에 관해서라면, 선생님, 제 의견으론 원래 가치의 두 배로서, 4파운드 6실링이 되겠습니다. 갈색 포장지를 원하십니까? 아니면 흰 포장지를?"

조지는 포장지는 필요 없다고 했고, 주인에게 은화 4파운드 6실링을 치른 후 밖으로 나왔다. 해리스와 나는 그의 뒤를 따랐다.

펜처치 스트리트에서 우리는 마부와 5실링으로 협상을 봤다. 그는 다시 한 번 우리에게 정중하게 절을 하고는, 오스트리아 황제에게 자신의 안부를 전해달라고 했다.

기차 안에서 우리는 2대 1로 게임에서 졌다는 데에 동의했다. 풀 죽은 조지는 창문 밖으로 책을 던져버렸다.

보트에는 짐과 자전거가 안전하게 도착해 있었다. 12시, 우리는 드디어 출발했다.

5

필수 여담 — 시작은 교훈을 담고 있는 이야기로 —
이 책의 매력 중 하나 — 성공하지 못한 신문 이야기 —
그들의 자랑 : 재미와 정보의 결합 — 그런데 문제 : 무엇이 재미고 무엇이 정보인가 —
인기 있는 놀이 — 영국 법에 관한 전문가적 식견 — 이 책의 또 다른 매력 —
진부한 곡조 — 아직도 남아 있는, 이 책의 세 번째 매력 —
소저(小姐)는 어떤 숲에 살았던 것일까 — 블랙 포레스트에 대한 묘사

한 아가씨를 사랑하게 되어 그녀를 아내로 삼고 싶어 한 스코틀랜드 남자가 있었다. 그쪽 사람 특유의 신중함이 몸에 밴 사람이었다. 그는 주위 사람들의 사례를 통해, 많은 전도유망한 결합이, 상대방을 완벽한 사람이라고 믿어버리는 신부나 신랑의 잘못된 가치 판단의 결과로 실망과 절망감만을 남긴 채 끝이 난다는 것을 알게 되었다. 그는 자신에 관한 한 이상의 어떠한 좌절도 없게 하리라 결심했다. 그리하여 그는 다음과 같은 청혼 방식을 택했다.

"난 그저 가난한 젊은이일 뿐입니다, 제니. 돈도 없고 땅도 없어요."

"하지만 당신에겐 당신 자신이 있잖아요, 다비!"

"그게 무슨 소용이 닿는 거면 좋겠군요. 나는 잘생기지도 못했

86

습니다."

"아니, 아니에요. 당신보다 더 못난 사람들이 얼마나 많은데요."

"개인적으로 본 적은 없지만, 신경 쓰지 말아야겠다고 생각합니다."

"얼굴값 하느라 여자들 꽁무니나 쫓아다니며 가정에 불화를 가져오는 사람보다는 믿을 수 있는 당신 같은 사람이 더 나아요."

"그렇게 생각하지 마십시오, 제니. 가장 큰 말썽을 일으키는 건 잘생긴 사람들이 아니니까요. 나는 줄곧 여자들 꽁무니를 쫓아다니는 청년이었습니다. 그러니 난 당신에게 지루한 골칫덩이가 될 겁니다."

"아, 하지만 당신에게는 친절한 마음씨가 있잖아요, 다비! 그리고 당신은 진정으로 나를 사랑하잖아요. 난 그걸 알 수 있어요."

"나는 당신을 상당히 좋아하는 편입니다, 제니. 비록 이런 감정이 얼마나 지속될지에 대해서는 말씀드릴 수 없지만요. 난 내 방식으로 하게 내버려두기만 하면 사람도 좋은 편입니다. 하지만 나에게는 악마 같은 성질이 있어요. 제 어머니가 그건 보증합니다. 아버지를 닮았다고 생각합니다. 나이가 든다고 더 나아지지는 않을 겁니다."

"아, 다비, 당신은 정말 자신에 대해 너무 혹독한 평가를 하는군요. 당신은 정직한 사람이에요. 당신보다 내가 더 당신을 잘 알아요. 당신은 좋은 가정을 꾸려줄 거예요."

"그럴지도 모릅니다, 제니! 하지만 확신이 서질 않습니다. 좋은 남자라 할지라도 술의 유혹을 뿌리칠 수 없다면 아내와 아이는 슬퍼할 테니까요. 위스키 향을 맡으면, 나의 목구멍은 마치 타이 호수의 연어라도 된 듯 타오른답니다. 마시고 마시고 또 마셔도 채워지지가 않아요."

"하지만 다비, 취하지 않았을 때 당신은 좋은 사람이잖아요."

"그럴 겁니다, 제니. 누가 나를 성가시게 굴지만 않으면요."

"그리고 내 곁에 있어줄 거죠, 다비? 나를 위해 일도 할 거잖아요?"

"당신과 같이 살지 못할 이유는 없는 것 같습니다, 제니. 하지만 일하는 문제에 관해서라면, 나한테 그렇게 말하지 말아주었으면 해요. 그런 말은 듣고 있기 힘들거든요."

"어쨌든, 최선을 다할 거죠, 다비? 목사님 말씀에도 있잖아요. '그 누구도 이 사람보다 나은 사람이 될 수는 없을 것입니다.'"

"아, 제니. 어떻게 말을 해야 할까요? 그 부분이 제가 제일 약한 부분입니다. 당신이 그 부분에 대해 상당한 신뢰를 가져도 되는 것인지 저는 확신이 없습니다. 우리는 모두 약하고 죄 많은 존재들일 뿐이에요, 제니. 그리고 당신은 나보다 더 약하고 나보다 더 죄 많은 남자를 찾아내지 못할 겁니다."

"네, 그래요, 알았어요. 당신은 정말 솔직하군요. 많은 사람들이 가련한 처녀들에게 입에 발린 약속들을 하지요. 지키지도 못할 거면서 말이에요. 결국 상처 받는 건 여자들이고요. 다비, 당신은 내게 솔직하게 말해주었어요. 그러니 당신을 받아들일 수 있을 것 같아요. 앞으로 어떻게 될지는 살면서 보자고요."

그 후로 어떻게 되었는지에 대해서는 전해지는 바가 없다. 하지만 어쨌든 간에, 어떤 상황이 닥친다 해도, 우리의 제니는 자신의 거래에 대해 불평할 권리가 없어 보인다. 그리고 그녀가 불평을 했든 하지 않았든(여자들이 늘 논리에 따라 혀에 명령을 내리는 것은 아니니까. 그리고 보면 그 문제에 관한 한 남자도 예외는 아니군) 적어도 다비 자신은 어떤 비난도 정당하지 못하다는 생각에 잠기며 만족해했을 것이다.

나 역시 이 책의 독자들에게 그만큼 솔직해지고 싶다. 나는 이 책의 결함에 대해 양심적으로 털어놓고 싶다. 나는 누군가 오해 때문에 이 책을 읽게 되기를 원치 않는다.

이 책에는 유용한 정보가 하나도 없다.

이 책을 읽고 난 후에 독일과 블랙 포레스트에 가봐야지 생각하는 독자가 있다면, 책 덮으시라. 템스 강 어귀 모래톱에 도착하기도 전에 길을 잃고 말 테니까. 문제는 길을 잃는 게 그나마 개중 가장 나은 상태라는 거다. 영국에서 멀어지면 멀어질수록 더 큰 난관이 기다릴 테니까.

나는 유용한 정보의 전달을 나의 '강점'으로 보지 않는다. 날 때부터 이런 믿음을 가지고 있었던 건 아니다. 경험적으로 차츰 생겨나더라.

초기에 언론에 발을 들였을 때, 나는 신문사에서 일을 했다. 현재 아주 잘 나가는 유명한 일간지들의 선구자 격이라고 할 수 있다. 우리의 자랑거리는 정보와 재미의 결합이었다. 무엇을 정보라 하고 무엇을 재미라 불러야 하는가는 독자들이 판단할 몫이었다. 우리는 결혼을 앞둔 사람들에게 조언을 했다. 길고 성실한 조언으로서, 그들이 잘 따라만 준다면, 우리 신문을 읽는 독자들을 전체 결혼계의 선망의 대상으로 만들어줄 만한 것이었다.

우리는 정확한 사실과 수치에 기인하여, 토끼를 길러 돈을 버는 방법에 대해서도 조언을 했다. 그렇다고 우리가 저널리즘을 포기하고 토끼 농장을 시작한 것은 아니니, 독자들은 이 점에서 조금 놀라지 않았을까 생각해본다. 빈번하게, 나는 믿을 만한 소식통을 통해 얻은 정보에 입각하여, 열두 마리의 선택된 토끼와 약간의 판단력을 가지고 토끼 농장을 시작한 어떤 사람이 급속한 성장 끝에 3년이 지나자 1년에 2천 수입을 올리게 되었다는 경위를 명백하게 기술했다. 자신도 어쩔 수 없는 일이었다. 그는 돈을 원하지 않았을지도 모른다. 돈을 벌어도 어떻게 써야 좋을지 몰랐을 수도 있다. 하지만 돈이 그에게로 왔다. 개인적으로는 1년에 2천씩 버는 토끼 농장 주인은 만나보지 못했다. 여러 종으로 잘 선별된 토끼 '열두 마리'를 가지고 시작한 사람들은 많이 알지만. 뭔가가 꼭 어딘가에서 잘못됐다. 토끼 농장에만 계속 있다 보면 판단력을 잃게 되는지도 모른다.

우리는 독자들에게 아이슬란드에 얼마나 많은 대머리 남자들이 있는지에 대한 정보도 제공했다. 우리가 아는 한, 우리의 수치는 정확함에 가까웠다. 훈제 청어 몇 마리를 이어 붙여야 런던에서 로마까지 갈 수 있을까 하는 정보는 런던에서 로마까지 훈제 청어를 쭉 늘어놔보고 싶어 하는 누군가에게 유용한 정보였을 것이다. 처음부터 정확한 양을 주문할 수 있었을 테니까. 여자들이 하루 평균 말하는 단어 수에 관한 정보도 있었다. 그리고 그 밖에 우리 독자들을 다른 신문 독자들보다 더 현명하고 훌륭하게 만드는 데 기여할 만한 이러저러한 수치 관련 정보들이 있었다.

우리는 독자들에게 고양이 발작을 치료하는 방법에 대한 정보도 제공했다. 개인적으로는 지금도, 그리고 그때도, 난 우리가 고양이 발작을 치료할 수 있다고는 믿지 않는다. 발작을 일으키는 고양이가 있다면, 난 팔거나 줘버리는 편을 택할 것이다. 하지만 독자들이 요구하는 정보를 제공하는 것이 우리의 의무였다. 그렇다, 어떤 명석하지 못한 인간이 알고 싶다면서 편지를 보내온 것이다. 나는 아침 황금 시간대를 고양이 발작 관련 정보를 찾으면서 보내야 했다. 정보를 찾아낸 것은 오래된 요리책에서였다.

왜 그게 거기 있었는지는, 글쎄 알 수 없는 일이다. 어쨌든 간에 그 책의 원래 주제와는 아무런 상관도 없는 항목이었다. 고양이로 무슨 맛난 걸 만들 수 있다는 암시 같은 건 없었다는 말이다. 고양이 발작을 치료한 후라고 해도 마찬가지다. 저자는 그저 순수하게 친절을 베푼다는 차원에서 이 내용을 끼워 넣은 것뿐이었다. 내가 할 수 있는 말이라곤, 그녀가 그러지 않았으면 좋았을걸 하고 생각했다는 것뿐이다. 결과적으로 상당수의 항의 편지가 날아들었고 적어도 네 명의 정기 독자를 잃는 원인이 되었으니까. 애초에 문의를 해왔던 그 남자는 우리의 조언을 따른 결과가 2파운드가량의 부엌 그릇 손상으로 나타났다는 편지를 보내왔다. 유리창이 깨진 것은 말할 것도 없고 자기는 아마 패혈증에 걸린 것 같다고 했다. 무엇보다도 고양이 발작이 전보다 더 심해진 것을 어떻게 책임질 거냐고 했다.

그러나 그것은 아주 단순하기 그지없는 처방전이었다.

무릎과 무릎 사이에 고양이를 앉히세요. 다치지 않게 조심조심 무릎으로 잘 잡습니다. 그리고 잘 드는 가위로 꼬리를 깨끗하게 싹 절개하세요. 어떤 부분도 잘라내거나 해서는 안 됩니다. 그렇게 되지 않도록 조심하세요. 명심하세요. 그냥 절개만 하는 겁니다.

그 남자에게도 설명했지만, 이 시술을 하기에 적절한 장소는 정원이나 석탄 창고였을 것이다. 바보가 아니고서야, 누가 이걸 부엌에서 할 생각을 했겠는가 말이다. 게다가 혼자서.

우리는 독자들에게 에티켓에 대한 정보도 제공했다. 귀족이나 주교에게 인사하는 법, 수프 먹는 법 같은 것 말이다. 부끄럼 많은 젊은이들에게는 응접실에서 우아함을 유지하는 법에 대해서도 가르쳤다. 그림으로 남녀에게 춤을 가르치기도 했다. 우리는 그림에서 묘사하는 것과 관련된 그들의 종교적 의심을 해결하고, 그들에게 스테인드글라스 창문의 명예가 될 만한 도덕률을 제공했다.

신문은 재정적 성공을 거두지 못했다. 아직 때가 아니었다. 결과적으로 직원이 많지 않았다. 기억하기로, 내가 속한 부서에서는 '엄마들을 위한 제안'도 담당했다. 나는 하숙집 주인 아주머니의 도움을 받아가며 이 기사를 썼다. 남편과 이혼하고 아이들 넷을 먼저 저세상으로 보낸 이 아주머니는, '가구 배치와 실내 장식 제안—디자인적 안목' 같은 집안 살림 문제에서만큼은 믿을 만한 권위의 소유자였다.

'초보자들을 위한 글쓰기 제안' 칼럼도 썼는데, 진심으로 바라건대 내게서 나온 제안들이 독자들에게 소용이 닿았으면 하는 바람이다. 나에게는 별로 효과가 없었기 때문이다.

일주일에 한 번은 '헨리 삼촌'이 '젊은이들을 위한 직언'을 써주었다. 그는 여러 가지 경험도 많고 새로 부상하는 세대들을 향한 애정이 각별한, 친절하고 온화한 노인이었다. 소싯적에 몸소 여러 가지 어려움을 겪은 바 있고 아는 것도 많았다. 지금까지도 난 '헨리 삼촌'의 제안을 읽는데, 이런 말을 하는 건 좀 뭐하지만, 아직도 훌륭하고 바른 말들인 것처럼 보인다. '헨리 삼촌'의 제안을 몸소 잘 따랐더라면 내가 지금보다는 훨씬 지혜롭고 덜 바보스럽고 스스로에 대해서도 만족하는 인간이 되어 있지 않았을까 하는 생각을 해본다.

토튼햄 코트 로드를 조금 지나 있는 원룸 아파트에, 남편이 정신 병원에 있는, 조용하고 지치고 조그만 여자가 살았는데, 그녀가 우리의 '요리 칼럼'과 '교육을 위한 제안'(우린 참 '제안'이 많았다), 그리고 내가 아는 바로는 아직까지도 언론계에 회자될 만큼 묘한 스타일로 씌어진, 한 페이지 반짜리 '최신 유행 정보'를 담당했다.

지난주 '글로리어스 굿우드'에서 입었던 거룩한 원피스에 대해 말해야겠어요. C 왕자도 왔었죠. 이 바보 같은 인간이 한 말을 반복하는 일은 없을 거예요. 이 사람 정말 끔찍한 바보거든요. 친애해야 하는 백작 부인은 질투가 질투가…….

가련한 여인! 그녀는 지금 잉크 얼룩이 여기저기 남아 있는 초라한 회색 알파카를 입고 있다. 어쩌면 어느 날 '글로리어스 굿우드'에서의, 아니면 다른 어디 야외에서의 하루가 그녀의 뺨에 생기를 불어넣어줄지도 모른다.

신문사 경영주(내가 아는 최고로 무식한 사람 중 하나였다. 특파원 하나에게 벤 존슨이 어머니 장례식 비용을 치르려고 '라블레(François Rabelais. 프랑스의 풍자 작가)'를 썼다고 아주 진지한 표정으로 알려줄 때는 언제고, 자신이 실수한 것이 밝혀지자 사람 좋은 표정으로 허허 웃던 모습이 생각난다)는 싸구려 대영백과사전을 들춰가며 '일반 정보' 페이지들을 담당했고, 전반적으로 볼 때 아주 훌륭하게 해냈다. 보조 수단으로 멋진 가위를 가지고 다녔던 회사의 사환이 '위트와 유머' 난을 책임졌다.

일은 어려웠고 월급은 초라했다. 우리를 지탱해준 것은 우리가 동시대 사람들의 교육을 담당하고 그들의 의식 수준을 고양시키고 있다는 자부심이었다. 세상의 모든 놀이 가운데 가장 보편적이면서 영원히 인기가 사그라지지 않는 놀이가 있으니, 그것이 바로 학교 놀이다. 아이들 여섯 명을 골라 문 밖 계단에 앉힌다. 당신은 책과 분필을 가지고 계단을 오르락내리락한다. 아기였을 때도 그 놀이를 하고 소년과 소녀가 되어서도 그 놀이를 하고 남자와 여자가 되어서도 그 놀이를 하고, 비쩍 마른 채 슬리퍼를 신고 무덤을 향해 걸어가면서도 그 놀이를 한다. 학교 놀이는 물리는 법이 없다. 언제나 흥미진진하다. 다만 한 가지 문제라면, 아이들 모두가 자신이 책과 분필을 잡을 차례가 되었다고 아우성치는 경향이 있다는 것. 확신하건대, 그 많은 결점에도 언론 행위가 사람들에게 인기 있는 이유는, 모든 언론인들이 자신이야말로 분필을 가지고 계단을 오르내리는 바로 그 아이라고 생각하기 때문이다. 정부, 사회 계급, 종교, 사회, 예술, 문학은 문 밖에 앉아 있는 다른 아이들인 셈이다. 언론인이 그들을 교육시키고 향상시킨다.

얘기가 또 새나가고 말았다. 이런 문제들을 주저리주저리 내뱉은 것은, 유용한 정보의 매개체가 되는 것에 대한 내 고질적인 반감을 변명하기 위해서였다. 이제 다시 본론으로 돌아가자.

'기구(氣球) 타는 사람'이라는 필명을 가진 누군가가 편지를 보내 수소 가스 제조 방법에 대해 문의했다. 제조 방법이야 간단한 문제 아닌가. 나는 대영박물관 도서관에서 자료를 조사했다. 하지만 분명히 이 '기구 타는 사람'인지 뭔지 하는 독자에게, 사고가 날 수 있으니 최대한 만전을 기하라고 경고했다. 더는 무슨 말을 해준단 말인가. 열흘 후 혈색 좋은 부인 하나가 열두 살짜리 아들의 손을 잡고 사무실로 왔다. 소년의 얼굴은 긍정적인 관점에서 눈에 띌 정도로 인상적이지는 않았다. 그때 부인이 아들을 앞세우더니 모자를 벗겼다. 드디어 상황 파악이 됐다. 소년의 눈썹이 깡그리 사라지고 없었다. 머리에 남아 있는 머리카락이라고 해봐야 드문드문 그슬린 자국뿐이어서, 소년의 머리통은 마치 검은 후추를 살짝 뿌린 매끈한 삶은 달걀 같았다.

"지난주 이맘때만 해도 잘생긴 소년이었습니다. 자연스런 고수머리였지요."

사태의 시작을 알리며, 부인이 격앙된 말투로 입을 열었다.

"무슨 일이 있었던 겁니까?"

편집장이 물었다.

"무슨 일이 있었던 거냐고요?"

부인은 토시에서 지난주 신문을 꺼내더니 편집장 앞으로 툭 던졌다. 수소 가스에 관한 내 기사에 줄이 쳐져 있었다. 편집장은 신문을 집어 들더니 그 기사를 훑기 시작했다.

"이 아이가 '기구 타는 사람'입니까?"

"그래요. 불쌍하고 순진한 어린아이기도 하지요. 자, 이제 이 아이 모습을 좀 보세요!"

"아마 다시 자랄 겁니다."

"그럴지도 모르지요."

부인이 여전히 높아만 가는 목소리로 말했다.

"하지만 안 그럴지도 모르는 거 아닌가요? 난 당신네들이 이 아이를 위해 무엇을 해줄 수 있는가 하는 점을 알고 싶을 뿐이에요."

편집장은 머리를 감겨주면 되겠냐고 했다. 처음엔 그 부인이 편집장에게 달려들 줄 알았다. 다행히 부인은 대화를 통해 해결을 보려 했다. 지금 생각해보면 그 부인이 원한 것은 소년의 머리 감겨주기가 아니라 보상금인 것 같다. 부인은 또한 우리 신문의 일반적인 특성과 효용성, 대중의 지지를 받을 자격, 기고자들의 감각과 지혜 등에 관한 몇 가지 개인적인 소견도 밝혔다.

"이런 사태가 발생하게 된 것이 저희 책임인지 잘 모르겠습니다."

편집장은 계속 이렇게 말했다. 그는 화를 잘 낼 줄 모르는 사람이었다.

"이 아이는 정보를 원했고, 그리고 정보를 얻었을 뿐입니다."

"웃기지 마세요. 그러시다간, 본인이 원하지 않던 일을 당하게 될 테니까요."

나는 편집장에게 웃기려는 의도가 없었다고 확신한다. 그는 경거망동하는 사람이 아니다. 한데 우리는 그 부인이 갑자기 다음과 같은 말을 할 줄 몰랐다. 너무 갑작스러워서 우리는 놀란 닭처럼 각자의 의자로 도망쳤다.

"당장 당신들 머리를 저렇게 만들어놓겠어요!"

저렇게라는 건 소년의 머리 상태를 뜻했다. 그녀는 또한 우리 편집장의 외모에 대해서도 몇 마디 소견을 덧붙였다. 사실 그다지 봐줄 만한 상태는 아니었지만 어쨌든 그 부인도 행실이 발랐다고 는 할 수 없다.

개인적으로는, 설혹 그녀가 우리를 위협하려고 언급한 그런 행 위를 실행에 옮겼다고 해도 재판에서 승소할 확률은 없었을 거라 고 본다. 하지만 우리 편집장은 법 쪽에 경험이 있는 사람이었고, 그의 원칙은 절대로 재판까지 가는 일은 없도록 하자는 쪽이었다. 그는 이렇게 말하곤 했다.

"어떤 남자가 거리에서 나를 붙잡고 내 시계를 달라고 한다면, 나는 거절할 거야. 강제로 뺏어가려고 하면, 비록 내가 싸움꾼은 아니지만, 내 시계를 보호하려고 최선을 다하겠지. 하지만 그가 재 판을 통해서 내 시계를 얻으려는 의사를 밝혀온다면, 나는 주머니 에서 시계를 꺼내 그에게 주어버릴 거야. 그리고 '그래도 싸게 먹 혔네' 하고 생각하겠지."

우리 편집장은 5파운드 지폐로 혈색 좋은 부인과의 문제를 종결 지었다. 우리 신문 한 달 수익과 맞먹는 액수였을 것이다. 그러고 나서 부인은 상해를 입은 자신의 아들과 함께 사무실을 나갔다. 그녀가 가고 나자 편집장은 나에게 친절한 목소리로 말했다.

"자네를 비난한다고는 절대 생각지 말게. 이건 자네 잘못이 아 냐. 그냥 운명의 장난인 거지. 풍속 관련 조언과 문학 비평에 정진 해주게. 자넨 그쪽은 정말 발군의 실력자니까. 하지만 '실용 정보' 쪽에선 손을 떼야겠어. 말했다시피, 자네 잘못이 아냐. 자네가 준 정보는 충분히 정확하네. 그것에 대해선 아무도 뭐라 할 사람이 없을 거야. 다만 자넨 그쪽 분야에 운이 없는 듯해."

나는 그의 충고를 잘 따랐다. 그렇게 해서 나도 구하고 다른 사람들도 구했다. 왜 그래야 하는지는 이해할 수 없으나 현실이 그런 걸 어쩌겠는가. 내가 어떤 사람에게 런던 로마 간 최고의 루트를 알려주면, 그는 스위스에서 짐을 잃어버린다. 아니면 도버 해협에서 거의 난파 지경에 이르거나. 내 충고를 듣고 카메라를 사면, 요새 사진을 찍었다고 독일 경찰이 쫓아온다. 한번은 누군가에게 스톡홀름에 사는, 죽은 아내의 여동생과 결혼하는 방법에 대해 열심히 설명해준 적이 있다. 그를 위해 보트가 헐 항(港)에서 출발하는 시각과 묵을 만한 호텔도 알아봐주었다. 내가 그에게 제공한 정보에는 처음부터 끝까지 단 하나의 실수도 없었다. 막힐 만한 구석이 하나도 없었다. 그런데 그는 이제 나에게 말을 걸지 않는다.

그러한 역사를 거쳐 나는, 정보를 제공하고 싶은 나의 불타는 열망을 서서히 잠재워가야만 했다. 그러므로 나는, 잘 안 될 수도 있겠지만, 이 책에서 실용 정보의 성격이 있는 어떤 것도 발견되지 않게 할 것이다.

도시에 대한 묘사도 없을 것이고, 역사적인 유물, 건축물, 도덕적 교훈도 없을 것이다.

언젠가 지적인 한 외국인에게 런던에 대해 어떻게 생각하냐고 물었다.

"아주 큰 도시지요."

"무엇이 가장 인상 깊은가요?"

"사람들이죠."

"다른 도시와 비교할 때, 그러니까 파리나 로마, 베를린 같은 도시들 말입니다, 어떻게 생각하십니까?"

그는 어깨를 으쓱했다.

"더 크지요. 우리가 무슨 말을 더 할 수 있겠어요?"

개미탑은 이거나 저거나 거의 비슷하다. 작은 생명체들이 박신박신 모여 있는 좁거나 넓은 거리들. 이들의 떠들썩함은, 그래 중요하다. 저희들끼리 뭐라고 고물거리려고 멈춰 서기도 한다. 고생스럽게 큰 짐을 이고 가는 행렬. 뜨거운 햇볕. 식량으로 가득 찬 곡물 창고. 이들이 자고 먹고 사랑하는 작은 구멍들. 작고 흰 뼈가 묻힌 구석. 이쪽 벌통은 크고 저쪽 벌통은 작다. 이 둥지는 모래 위에 있고 다른 둥지는 바위 아래 있다. 이것은 바로 어제 지었고, 저것은 아주 오래됐다. 제비들이 오기도 전이라는 소문이 있는데, 누가 알겠는가.

그러나 이곳에는 신화나 이야기가 없다.

사람이 사는 계곡에는 노래가 흐른다. 내가 당신에게 줄거리를 들려주면 당신은 그것에 운율을 실어 노래를 흥얼거릴 수 있다.

'한 아가씨가 살았네. 한 청년이 나타났네. 그들은 사랑에 빠졌지. 그러나 말을 타고 가버린 청년.'

수많은 언어로 입에서 입으로 전해온 지루한 노래다. 젊은 청년은 왜 그다지도 여행을 좋아하는 건지 원. 이곳 감상적인 독일 사람들은 그를 아주 잘 기억한다. 푸른 알자스 산맥에 사는 사람들도 그가 왔다는 사실을 기억한다. 내 기억이 정확하다면, 그는 스코틀랜드 중부에 있는 앨런 강의 둑에도 갔다. 영락없이 방랑하는 유대인(골고다 언덕으로 끌려가는 예수를 조롱한 죄로 세상에 종말이 올 때까지 방랑할 운명을 짊어지게 되었다는 전설의 유대인)을 닮았다. 사람들 말로는 아직도 사라져가는 그의 말발굽 소리에 귀를 기울이는 어리석은 소녀들이 있다고 한다.

아주 오래전 이 유서 깊은 땅에는 사람의 목소리가 가득한 집들이 있었고, 많은 전설들이 태어났다. 그리고 여기서 다시 한 번 당신에게 기본 규칙을 상기시키자면, 나는 당신이 스스로 요리를 하도록 내버려둘 것이다. 인간의 마음을 하나나 둘 선택하라. 한 다발의 욕망도. 그다지 많지는 않을 것이다. 많아봐야 여섯 개 정도. 선과 악을 골고루 뿌려 잘 섞은 후, 죽음이라는 소스로 향을 낸다. 당신이 원하는 때 원하는 장소에서 시식할 수 있다. '성자의 방', '유령의 성', '지하의 무덤', '용감한 연인들', 뭐라고 부르든 간에 다 같은 요리다.

마지막으로 이 책에는 풍경 묘사도 없을 것이다. 내가 게으른 탓이 아니다. 말했듯이 자제하는 것뿐이다. 풍경을 묘사하는 것보다 쉬운 일은 없다. 그러나 그것을 읽어 내려가는 것보다 피곤하고 불필요한 일은 없다. 기본(Edward Gibbon(1737~1794). 영국의 역사가. 《로마제국 흥망사》 등을 저술)이 헬레스폰트(터키 서부, 마르마라 해와 지중해를 연결하는 해협)를 묘사하면서 여행자들의 이야기를 믿어야 했고, 영국 학생들이 시저의 《갈리아 전기》를 통해 라인 강을 알게 되었던 시절만 해도, 거리가 얼마가 됐든 간에, 여행가들이 자신이 본 것을 최대한 성심성의껏 묘사하는 것이 마땅한 일이었다. 런던 플리트 가(街)의 풍경밖에는 몰랐던 닥터 존슨(Samuel Johnson(1709~1784). 영국의 시인이자 평론가)은 즐겁고도 유용하게 요크셔 황무지에 대한 묘사를 읽었을 것이다. 서리 주에 있는 가파른 산등성이, 호그즈백보다 높은 곳을 본 적이 없던 런던 토박이에게 귀네드 주에 있는 1085미터 높이 스노든 산에 대한 묘사는 경이로웠을 것이다. 그러나 우리는, 아니 증기 기관차와 카메라라는 우리를 위해 모든 것을 바꿔놓았다. 마터호른 산〔높이 4478미터. 알프스 산맥의 준봉이다〕 아래서 매년 테니스를 치고 리기 산〔높이 1797미터〕 정상에서 당구를 치는 사람은 그램피언 산맥〔스코틀랜드 중앙부에 뻗어 있는 산맥. 영국에서 가장 높은 벤네비스 산(1343미터) 등 고봉도 있지만 평균 높이 9백 미터〕을 아무리 정성스럽게 열심히 묘사해봐야 감사해하지 않는다. 유화 열두 점, 사진 백 장, 신문 삽화 천 개를 본 바 있고 나이아가라 폭포도 두 번 정도 본 사람은, 폭포에 대한 상세 묘사에 짜증을 낸다.

교양 있는 신사이자 시를 그 자체로 충분히 사랑하는 미국 친구 하나는, 자기가 영국 북서부 레이크 지방에 관해 더 정확하고 만족할 만한 개념을 갖게 된 것은 콜리지와 워즈워스가 써놓은 글들을 통해서라기보다는 18페니짜리 사진 책 덕분이었다고 했다. 문학 작품에 등장하는 풍경 묘사라는 주제에 관해서는, 그런 걸 쓰는 작가에게 감사하고 싶은 마음은 자기가 방금 저녁으로 뭘 먹었는지를 유려한 수사법을 동원하여 묘사해놓은 걸 보고 느끼는, 딱 그만큼이라고 했다. 하지만 이 부분은 또 다른 논쟁의 여지가 있다. 모든 예술이 다 자기 고유 영역이 있는 법이니까. 내 친구는 캔버스와 물감이 스토리텔링을 위한 적절한 도구가 아니듯, 단어를 통한 생생한 묘사 역시, 시각을 통해서라면 더욱더 정확하게 인지될 수 있는 인상들을 전달하는 서투른 수단일 뿐이라고 했다.

이 문제와 관련하여, 내 기억 속에 아직도 선명하게 남아 있는 어느 더웠던 오후가 떠오른다. 영국 문학 시간이었는데, 꽤 길었다는 것만 제외하면 흠잡을 데 없는 시를 읽었다. 작가의 이름은 부끄럽지만 잊어버렸다. 시의 제목도. 부끄럽다. 낭독이 끝나자 우리는 책을 덮었고, 친절한 백발의 노신사였던 교수는 방금 읽은 내용을 우리들 각자의 말로 표현해보라고 했다.

"자, 어서 말해들 보시게. 이게 무슨 내용인가."

"이 시는……."

맨 위쪽에 앉은 친구가 머리를 숙인 채 상당히 주저하며 입을 열었다. 마치 시의 주제가, 자기라면 절대로 언급하지 않았을 내용인 양 하는 태도였다.

"소저에 관해 다루고 있습니다."

"그렇지."

교수가 동의를 표했다.

"하지만 난 자네가 스스로의 단어로 표현해주길 원해. 말할 때 '소저'라곤 하지 않지. 자네 말이 옳아. 한 소녀에 관해 다루고 있네. 계속하게."

"한 소녀가……."

교수의 단어 교체가 그를 더욱더 어찌할 바 모르게 만들었다.

"숲에 살았습니다."

"어떤 숲인가?"

그 친구는 잉크 통을 주시하더니 다음에는 천장을 바라보았다.

초조해진 교수가 그를 독려했다.

"자자, 방금 전 10분 동안 이 숲에 관한 내용을 읽었잖은가. 분명히 그것에 관해서 무슨 말이든 할 수 있을 걸세."

"옹이진 나무들, 비틀린 가지들……."

그 친구가 다시 입을 열었다.

"아니지, 아니야. 자네가 시 구절을 반복하는 건 원치 않아. 자네 자신의 표현으로, 그 소녀가 살던 숲이 어떤 숲이었는지 말해보라니까."

교수는 초조한 듯 발을 까딱거렸다. 그러자 그 친구도 과감하게 나왔다.

"교수님, 그 숲은 평범한 숲이었습니다."

"이 친구에게 그 숲이 어떤 숲이었는지 말해주게나."

교수가 위에서 두 번째 학생을 지적하며 말했다.

두 번째 친구는 그 숲이 '초록색 숲'이었다고 했다. 이 대답은 교수의 화를 더욱 북돋웠고, 나로선 이유를 알 수 없지만, 두 번째 친구에게 멍청이라고 하더니, 위로 세 번째 학생에게로 발언권을 넘겼다. 그 친구는 마치 뜨거운 금속판 위에라도 앉았는지, 수기 신호를 이것저것 바꾸듯이 오른팔을 위아래로 흔들어댔다. 교수가 그에게 발언권을 주지 않았더라도 그는 입을 열었을 것이다. 말하고 싶은 것을 참느라 얼굴이 벌겠다.

"어둡고 우울한 숲입니다."

대답을 하고 나자 그 친구의 얼굴이 많이 편안해지는 듯했다.

"그렇지, 어둡고 우울한 숲일세."

교수는 그의 대답을 되풀이하며 인정한다는 표시를 했다.

"그런데 왜 어둡고 우울한 것일까?"

또 세 번째 친구가 대답했다.

"태양이 비치지 않기 때문입니다."

교수는 마침내 그 반에 있는 시인을 발견한 듯한 표정이었다.

"그래, 태양이 비치지 않기 때문이지. 아니면 햇살이 들어올 수 없기 때문이라는 표현이 더 낫겠군. 그런데 왜 그곳에는 햇살이 들어올 수 없지?"

"나뭇잎이 너무 무성하기 때문입니다."

"그렇지. 아주 좋아."

교수가 말했다.

"소녀는 어둡고 우울한 숲에 살고, 그곳은 나뭇잎이 너무 무성하여 햇살이 비쳐들 수 없다. 자, 그렇다면 이 숲에는 뭐가 자랄까?"

그는 네 번째 학생을 지적했다.

"나무가 자랍니다, 교수님."

"다른 건?"

"독버섯입니다."

잠시 침묵.

교수는 독버섯에 대해서는 확신이 서지 않는 것 같았다. 하지만 다시 텍스트를 확인해보고 난 뒤 그 학생의 말이 옳다는 것을 알게 됐다. 독버섯도 언급되었다.

"좋아, 독버섯도 자라는군. 다른 건? 숲 속 나무 아래는 뭐가 있지?"

"대지가 있겠지요, 교수님."

"아니, 아니, 그것 말고. 숲에 있는 나무들 옆에서 뭐가 자라난 말이야!"

"아, 관목 말씀이십니까, 교수님?"

"관목, 그렇지, 아주 좋아. 이제 좀 진전이 되는군. 이 숲에는 나무와 관목이 있다. 그것 말고는?"

그는 계단 아래쪽에 앉았던 조그만 학생 하나를 가리켰다. 그 친구는, 숲은 너무 멀어서 자신의 관심거리가 될 수 없다는 결론을 내리고, 혼자서 OX 3목 놀이를 하며 시간을 보내고 있었다. 갑작스런 질문에 당황스럽기도 하고 짜증스럽기도 했지만, 어쨌든 이 목록 표에 뭔가를 보태지 않으면 안 될 것 같은 기분에, 그는 급조하여 블랙베리를 댔다. 이건 실수였다. 시인은 블랙베리에 대해서는 아무런 언급도 하지 않았으니까.

"클롭슈토크(Friedrich Klopstock(1724~1803). 독일 서정시인)가 먹을 걸 생각해내지 않을 리가 있나."

자신의 재치 있는 말솜씨에 뿌듯해하며 교수가 말했다. 그러자 학생들 사이에서 웃음이 터져 나왔고 교수는 이것을 마음에 들어했다.

"자네."

교수가 중간에 앉은 학생을 가리켰다.

"나무와 관목 말고 숲에 뭐가 더 있지?"

"급류가 있습니다."

"맞아. 급류는 뭘 하나?"

"콸콸 흐릅니다, 교수님."

"아니, 아니지. 흐르는 것은 시냇물이고, 급류는?"

"포호(咆號)합니다, 교수님."

"급류가 포호한다. 왜일까?"

어려운 문제였다. 첫 번째 대답했던 친구(그다지 우수한 학생이었다고는 인정할 수 없다)가 소녀를 언급했다. 교수는 우리를 도우려고 다른 식으로 질문했다.

"급류는 언제 포호하지?"

다시 재난 구조를 위해 나선 우리의 세 번째 친구가 급류가 포호하는 때는 바위 아래로 떨어질 때라고 했다. 우리 중 몇몇은, 그런 사사로운 일에 포호까지 하다니 참 겁도 많군 하고 생각했다. 용기 있는 급류라면, 그저 아무 말 없이 일어나서 가야 하는 것이라고 생각했다. 바위 아래로 떨어질 때마다 굉음을 내며 울어댄다면, 참 가련한 영혼의 소유자가 아닌가 말이다. 하지만 교수는 그 대답에 사뭇 만족한 듯 보였다.

"소녀 곁에는 무엇이 살고 있나?"가 다음 질문이었다.

"새들이 삽니다, 교수님."

"그래, 새들이 숲에 살지. 다른 건?"

새들 때문에 머리가 피곤해졌는지 다른 생각이 나지 않았다.

"자자, 나무 위로 올라가는 꼬리 달린 동물들이 뭔가?"

우리는 한참을 생각했다. 그때 누군가 고양이를 언급했다.

실수였다. 시인은 고양이에 대해서는 아무런 말도 하지 않았다. 교수가 원하던 대답은 다람쥐였다.

숲에 대한 상세한 내용은 잘 기억이 나지 않는다. 다만 하늘에 대한 언급이 있었던 것으로 안다. 여기저기 나무들 사이로 하늘을 올려다볼 수 있는 조그만 틈들이 생겼는데, 아주 자주 하늘에는 구름이 끼었고, 제대로 기억한다면, 가끔씩 소녀는 비에 젖었다.

이 이야기를 꺼낸 이유는, 문학에서의 풍경 묘사라는 문제에 관련하여 암시하는 바가 있다고 생각되기 때문이다. 그때도 이해할 수 없었고 지금도 마찬가지인 것은, 왜 첫 번째 학생의 대답이 충분하지 못하다고 여겨져야 하는가 하는 점이다. 시인이 이름이 뭐

였든 그에겐 미안한 소리지만, 우리는 그의 숲이 '평범한 숲'이었다는 데 동의할 수 없다. 절대 평범한 수준은 아니었다.

나는 당신에게 블랙 포레스트에 관해 장황하게 묘사해줄 수도 있다. 블랙 포레스트의 시인인 헤벨의 작품을 번역해줄 수도 있다. 바위투성이 협곡, 미소 짓는 골짜기, 소나무로 뒤덮인 비탈, 암석 왕관을 쓴 산꼭대기, 퐁퐁 흐르는 시냇물(깔끔한 걸 좋아하는 독일 사람들도 이것들을 빗물 통이나 배수관으로 흐르게 만들어놓지 않았다), 공기 좋은 마을, 외로운 농가들.

하지만 나는 당신이 이 모든 것들을 읽지 않고 그냥 쓱 넘겨버릴 것이라는 의심을 지워버릴 수가 없다. 당신이 상당히 양심적인 사람이거나 아니면 비교적 마음이 약한 축이어서 그런 행동을 하지 않는다 할지라도, 어쨌든 간에 나는 앞서 다 말한 것처럼, 고작해야 당신에게 어떤 인상을 제공할 수 있을 뿐이다. 그리고 그런 건 소박한 안내서에 간단한 단어들로 아주 잘 요약되어 있다.

급경사를 이루는 라인 평야와 남서부로 접한 아름다운 삼림 지대. 사암과 화강암이 주요 지질학적 구조를 이룬다. 낮은 지역의 비탈면을 광범위한 소나무 숲이 뒤덮고 있다. 수많은 강이 흐르고, 사람들이 많이 모여 사는 골짜기는 토지가 비옥하고 경작이 잘되어 있다. 여관 시설도 양호하다. 하지만 낯선 사람과 지역 와인을 마실 때는 각별한 주의를 요함.

6

우리가 하노버로 가게 된 사연 — 외국에서 더 잘하는 일 —
학교에서만 통하는 외국어 대화 기술 — 이제는 말할 수 있는,
충격 실화 — 영국 청소년들에게 즐거움을 선사하는 프랑스식 농담 —
해리스의 부성 본능 — 물 뿌리는 예술가 — 조지의 애국심 —
해리스가 했어야 하는 일 — 그런데 그가 한 일 — 해리스는 죽지 않았다 —
잠들지 않는 도시 — 비평하는 말(馬)

금요일, 평탄하고 별 사건 없는 여정 끝에 우리는 함부르크에 도
착했다. 거기서 하노버를 거쳐 베를린으로 갔다. 최단 루트는 아니
었다. 그렇게 될 수밖에 없었던 사연에 대해서는, 가톨릭 부제(副
祭)의 양계장에 나타났다는 이유로 치안판사의 손에 맡겨진 흑인
처럼 설명할 수밖에 없다.

"네, 판사님. 경찰이 한 말이 옳습니다. 거기 있었습니다."

"그러니까 자백한다는 뜻입니까? 도대체 한밤중에 에이브러햄
부제의 양계장에서 자루를 들고 뭘 하고 있었던 겁니까?"

"말씀드리겠습니다, 판사님. 네, 그러겠습니다. 저는 멜론 자루
를 짊어지고 조던 선생님에게 갔습니다. 조던 선생님은 아주 친절
했습니다. 그리고 저에게 들어오라고 했습니다."

"그래요?"

"네, 판사님. 조던 선생님은 아주 친절하신 분입니다. 그리고 거기 앉아서 우리는 이야기를 나눴습니다. 계속해서 이야기를 나눴습니다."

"그러니까, 우리가 알고 싶은 것은 부제의 양계장에서 뭘 했냐는 겁니다."

"네, 판사님. 저도 지금 말하려고 했습니다. 조던 선생님 집에서 나왔을 때는 아주 늦은 시각이었습니다. 저는 생각했습니다. '율리시스, 어서 재빠르게 다리를 놀리도록 해. 안 그러면 곤란해질 거야.' 집사람은 아주 말이 많거든요. 아주 말이 많습니다."

"네, 그 문제는 접어두지요. 이 마을에는 당신 부인보다 더 말이 많은 사람들도 아주 많으니까요. 에이브러햄 부제 댁은 조던 씨 댁에서 8백 미터는 떨어져 있습니다. 어쩌다 그곳으로 가게 된 겁니까?"

"저도 방금 그걸 설명하려던 참입니다, 판사님."

"네, 거참 듣던 중 반가운 소립니다. 그래, 어떻게 된 겁니까?"

"생각을 좀 했습니다, 판사님. 네, 생각을 하다가 그만 딴 길로 빠진 거 같습니다."

그러니까 요는 우리가 좀 딴 길로 샜다는 거다.

하노버는 처음에는 이러저러한 이유로 별 흥미가 느껴지지 않다가 점점 좋아지는 도시다. 하노버에는 시가지가 둘 있다. 넓고 현대적이고 깔끔한 거리와 고상한 정원이 있는 신시가지가 한편에 자리하고, 그 옆에 나란히, 오래된 목조 건물이 좁은 골목길로 쑥 몸을 내민 16세기 마을의 모습도 보인다. 낮은 아치 길을 지나면 한때는 분명히, 수많은 사람들이 말들을 이끌고 몰려들었을, 회랑이 있는 안뜰의 모습이 보인다. 부자 상인 주인과 만족스러운 표정을 짓는 그의 퉁퉁한 부인을 기다리는 마차들 때문에 아치 길이 막히는 경우도 있었을 것이다. 지금 그곳엔 아이들과 닭들이 떼거지로 뛰어다닌다. 조각의 흔적이 남아 있는 발코니에는 더러운 빨래들이 걸렸다.

하노버에서는 이상하게도 영국적인 분위기가 풍긴다. 특히 일요일, 문 닫은 가게들과 뗑 뗑 울리는 종소리는 햇빛 좋은 날 런던의 모습을 떠오르게 한다. 이런 영국식 일요일 분위기를 나 혼자만 느낀 것은 아니었다. 심지어는 조지도 그렇게 느꼈다. 일요일 오후, 점심을 먹고서 시가를 피우며 잠깐 산책을 하고 돌아왔을 때, 해리스와 나는 거실에 있는 의자 중 가장 편안한 의자에서 평화롭게 자는 조지를 발견했다.

"영국식 피가 흐르는 남자에게 강력히 작용하는 영국식 일요일의 분위기엔 뭔가 특별한 게 있어. 그게 사라진다면 정말 유감일 거 같아. 새로운 세대도 이것을 잘 이어나가야 할 텐데 말이야."

우리는 의자 양쪽에 각각 자리를 잡고 조지의 작업에 합류했다.

사람들 말로는, 최고의 독일어를 배우려면 하노버로 가야 한다나. 문제는, 작은 도시에 불과한 하노버 바깥에서는 아무도 이 최고의 독일어를 이해하지 못한다는 거다. 그러므로 당신은 훌륭한 독일어를 말하면서 하노버에 머물든지, 훌륭하지 못한 독일어를 말하면서 여기저기 돌아다니든지, 한쪽을 선택해야만 한다.

몇 세기 동안 열두어 개 남짓한 공국으로 분리되었던 독일은 운 나쁘게도 지방 방언이 많다. 뷔르템베르크 사람들과 의사소통을 하려는 포젠 사람들은 프랑스어나 영어를 써야 한다. 웨스트팔리

아에서 비싼 교육을 받았음에도 메클렌부르크에 가면 꿀 먹은 벙어리가 될 수밖에 없는 어린 숙녀들은 부모들을 놀라게 하고 실망시킨다. 영어를 하는 외국인 역시 요크셔 지방이나 화이트채펄 왕실림(王室林)에 갖다 놓으면 똑같이 당황해서 어쩔 줄 몰라 할 것이다. 물론 이 네 가지 상황이 다 똑같은 경우라고 말할 수는 없다. 시골이나 교육받지 못한 계층에서만 방언을 사용하는 것이 아니다. 행정 구역별로 다 고유한 언어가 있다. 그리고 그것을 자랑스러워하며 열심히 지킨다. 교육받은 바이에른 사람은, 학문적인 측면에서 말하자면 북부 독일어가 좀 더 정확하다고 인정할 것이다. 하지만 그는 계속해서 남부 독일어를 사용할 것이고 자신의 아이들에게도 그 언어를 가르칠 것이다.

금세기 내로, 나는 독일이 이와 관련한 난제를 해결하려고 영어를 사용할 것이라 생각한다. 소작농 계급 이상인 모든 독일 소년 소녀들이 영어를 한다. 영어 발음이 덜 제멋대로라면, 몇 년 안에 (거듭 말하지만, 주관적인 관점이다) 영어가 세계적인 언어가 되리라는 데 의심의 여지가 없었을 것이다. 모든 외국인들이, 문법적으로 영어가 가장 배우기 쉬운 언어라는 데 동의한다. 독일 사람 역시, 모든 문장에 있는 모든 단어가 적어도 네 개의 각기 다른 규칙에 의해 지배되는 자신들의 언어와 비교할 때, 영어에는 문법이 없다고 말할 것이다. 적지 않은 수의 영국 사람들도 그런 말을 할 것이다. 하지만 틀렸다. 영어에도 문법이 있다. 그리고 머지않아 우리의 학교들도 이 사실을 깨닫게 될 것이고 문법을 우리 아이들에게 교육할 것이다. 어쩌면 문학계나 언론계에까지 영향력을 미칠 수도 있다.

그러나 현재로선 일단, 문법의 양이 무시해도 좋을 만한 정도라는 외국인들의 생각에 동의하는 듯하다. 영국식 발음은 우리의 진보에 상당한 걸림돌이 되고 있다. 단어의 철자는 다만 발음을 변장시키기 위한 목적으로 고안된 듯하다. 외국인이 얼마나 잘 알아맞힐 수 있을까 시험해보려는 계산이었다면 꽤 머리를 썼다고 볼 수도 있겠다. 하지만 문제는 한 1년 정도 지나야 한다는 것.

독일에서 언어를 가르치는 방식은 우리와 다르다. 독일 소년소녀들은 열다섯에 김나지움, 즉 고등학교를 나올 때가 되면, 그동안 배운 언어를 말하고 이해할 수 있게 된다. 우리에게도 우리 방식이 있는데, 가능하면 시간과 비용을 많이 들이되 되도록이면 변변찮은 결과를 획득한다는 점에서, 독일식 방식과 동등하다고 말할 수는 없다. 영국에서 괜찮은 중상층 학교를 다닌 영국 소년은 프랑스 남자와 천천히 더듬더듬 간신히, 여자 정원사와 숙모에 관한 대화를 나눌 수 있다. 문제는 그 남자에게 여자 정원사도 없고 숙모도 없을 경우인데, 이 경우 대화가 이루어질 가능성은 희박하다고 볼 수 있다. 어쩌면 그 소년이 정말 예외적으로 똑똑해서 시간을 묻고 답하거나 날씨에 대해 몇 마디 할 수 있을지도 모른다. 달달 외운 수많은 불규칙 동사를 그저 줄줄 말하는 경우도 있겠다. 하지만 어린 영국인이 암송하는 자신들의 불규칙 동사를 주의 깊게 들어주는 외국인은 많지 않다. 또는 이상야릇하게 변형된 프랑스 관용어를 기억해낼 수도 있다. 현대 프랑스인들은 생전 들어보지도 못했거나, 아니면 들어도 이해하지 못하는 것들로.

이렇게 된 원인은 십중팔구,《안 선생 기초 입문》을 가지고 프랑스어를 배웠기 때문이다. 영국에 몇 년 체류했던 어떤 익살스런 프랑스 사람이 재미 삼아 쓴 책인데, 원래 저작 의도는 영국식 입담에 대한 풍자였다. 이 관점에서 볼 때는 괜찮은 책이다. 그는 자신이 쓴 원고를 런던에 있는 한 출판사에 보냈다. 담당자는 약삭빠른 사람이었다. 그는 원고를 다 읽은 뒤 저자를 불렀다.

"아주 재미있는 원고입니다. 너무 웃어서 눈물이 다 날 지경이었습니다."

"그렇게 말씀해주시니 감사하군요. 불필요하게 공격적이지 않으면서 진실성을 잃지 않으려고 노력했습니다."

"재밌긴 한데 말입니다. 악의 없는 농담이란 콘셉트로 출판되면 실패할 확률이 크다고 봅니다."

저자의 표정이 어두워졌다.

담당자가 말을 이었다.

"유머가 너무 세고 과장되었다는 비난을 받을 수도 있습니다. 지성인들이야 재미있어하겠지만, 사업적인 관점에서 볼 때 그쪽 독자 수는 영 변변치가 않거든요. 하지만 좋은 생각이 있습니다."

담당자는 사무실에 단둘만 있는 것을 재차 확인하려고 주위를 둘러보더니, 앞으로 몸을 숙이면서 속삭였다.

"학교 교재로 출간하는 겁니다!"

저자는 놀라서 할 말을 잃었다.

"제가 선생들을 잘 압니다. 이 책은 선생들에게 어필할 겁니다. 선생들의 교수 방법과 딱 맞아떨어질 겁니다. 어디 가서 이 책보다 쓸모없는 교재를 발견하겠습니까. 강아지들이 구두약을 핥듯, 이 책에 입맛을 다실 겁니다."

저자는, 예술을 탐욕에 희생시키며, 그의 제안에 동의했다. 그들은 제목을 바꾸고 단어 하나를 추가했다. 하지만 내용은 처음 그대로였다.

결과는 대성공이었다.《안 선생 기초 입문》은 영국 언어 교육의 수호신이 되었다. 이 책이 더는 그 편재성을 유지하지 못한다면, 언어 교육의 효용성에 더욱더 못 미치는 다른 무언가가 나왔기 때문일 것이다.

하지만 이런 상황임에도, 영국 학생이《안 선생 기초 입문》에서 극미하기 그지없을 것이 뻔한 프랑스어 지식을 익히는 것조차 방해하려는 의도가 있었는지, 영국 교육계는 우리의 학생에게 프랑스 '원어민' 강사의 도움을 받게 하는 핸디캡을 추가한다. 이 프랑스 원어민 강사는, 말이 나왔으니까 말이지 엄밀히 말해서 벨기에 사람이고, 분명히 나쁜 사람은 아니다. 그리고 사실 상당히 유창하게 자기 언어를 이해하고 구사할 수 있다. 하지만 그의 자질은 거기까지다. 그는 누군가에게 뭔가를 가르치는 부분에 관해서는 분명한 무능력의 소유자다. 그래서 어찌 보면 그는 교육자로서가 아니라 레크리에이션 담당자로 선발된 게 아닌가 싶다. 그는 언제 봐도 재미나게 생겼다. 기품 있는 외모의 프랑스인은 영국 학교에 고용될 수 없다. 태어나기를 남들에게 별로 해될 거 없는 기이함을 갖고 태어나야, 고용인에게 대접받을 수 있다. 학생들은 당연히 그를 걸어 다니는 농담으로 여긴다. 학생들은 일주일에 두 시간에서 네 시간, 이 어리석은 광대극에 쓸데없이 할애되는 시간을 기다린다. 지루함의 연속인 학교 생활에서 맛보는 즐거운 막간 시간이기 때문이다. 프랑스어를 배우는 아들이 자랑스러운 아버지는 아들이자 상속인을 데리고 프랑스 디에프로 간다. 아들이 택시도

부를 줄 모른다는 사실을 알게 되었을 때 그는 교육 체계가 아니라 죄 없는 우리의 희생양을 타박한다.

　내가 발언의 주제를 프랑스어에만 한정하는 이유는, 우리가 학생들에게 가르치려는 유일한 언어가 프랑스어이기 때문이다. 독일어를 하는 영국 학생은 애국자가 아닌 것으로 멸시받기가 십상이다. 하지만 그렇다고 해도 이런 방식으로 프랑스어를 가르치는 데 꼭 시간을 낭비해야 하는 건지는 잘 모르겠다. 어떤 언어에 대해 아무것도 모르는 것은 죄가 아니다. 그래도 괜찮다. 하지만 업무 관계상 꼭 필요한 시사 평론가들과 여류 소설가들을 예외로 하고, 프랑스어를 좀 안다면서 자랑스러워하는 우리의 겉핥기식 지식은 우리를 조롱거리로 만들 뿐이다.

　독일 학교에서의 교수 방법은 다소 다르다. 매일 한 시간씩이 같은 언어에 할애된다. 수업 시간 중간에 막간 시간으로 집어넣어 전에 배운 것조차 다 잊어버리게 하는 역할로서가 아니라, 배움의 연속이라는 개념이다. 오락 시간을 위해 고용된 재미난 외국인도 없다. 원하는 언어는 독일어만큼 그 언어를 잘 아는 독일 교사에게 교육을 받는다. 어쩌면 이런 시스템은 독일 학생들이 외국어의 완벽한 억양을 익히는 데 도움을 주지는 못할 것이다. 하지만 다른 장점들이 많다. 학생이 선생을 '개구리〔프랑스 사람들의 별명. 경멸조〕'나 '소시지〔독일 사람들의 별명. 역시 경멸조〕'라고 부르는 일도 없을 것이고, 프랑스어 시간인지 영어 시간인지 모를 그 시간을 위해서 장기 자랑을 준비하지 않아도 될 것이다. 학생은 그저 자리에 앉아, 평화롭게 그 외국어를 배우려고 노력할 뿐이다. 졸업하고 나면 그는 주머니칼, 정원사, 숙모에 관해서만이 아니라, 대화의 주제가 무엇이냐에 따라 유럽 정치, 역사, 셰익스피어, 클래식 음악에 대해 말할 수 있게 된다.

앵글로 색슨족의 관점에서 독일 사람들을 보면서, 나는 이 책에서 그들에 대해 쓴소리를 할지도 모른다. 하지만 그들에게 배워야할 점도 분명히 많다. 교육 문제가 그러했던 것처럼, 상식과 관련된 문제에서도, 그들은 우리에게 백 개 중에 아흔아홉 개를 알려줄 수 있다. 우린 상대가 안 된다.

하노버 남서쪽으로 아름다운 아일렌리에드 숲이 있는데, 이곳에서 해리스가 지대한 역할을 한 슬픈 드라마가 생겨났다.

월요일 오후 우리는 많은 다른 사람들과 한 무더기가 되어 자전거를 타고 이 숲을 지났다. 아일렌리에드 숲은 햇빛 좋은 오후면 하노버 사람들이 즐겨 찾는 곳이었기 때문에, 그늘진 숲길에는 행복하고 한가로운 사람들이 가득했다. 그들 중에 마침 새 자전거를 타고 나온 젊고 아름다운 아가씨가 하나 있었다. 보아하니 초보자였다. 우리는 본능적으로 그녀에게 도움이 필요한 순간이 오리라 직감했고, 해리스는 습관성 기사도 정신에 입각하여, 그 아가씨 곁에 가까이 붙어 있자고 제안했다. 가끔 해리스 자신이 조지와 나에게 설명하는 때가 있기도 한 내용인데, 그에게도 딸들이 있다. 아니 보다 정확히 말하자면 딸이 하나 있고, 이 딸은 시간이 지나면 분명히 뜰에서 공중제비 넘기 연습하는 것을 멈추고 아름답고 존경받을 만한 숙녀로 자라날 것이다. 해서 해리스는 자연스럽게도 서른다섯 또는 그 또래 연령 대까지의 모든 아름다운 여성들에게 관심을 보인다. 본인 말로는 남 같지 않다나.

한 3킬로 정도 갔을 때였다. 우리보다 조금 앞쪽, 다섯 개의 길이 만나는 지점에 한 남자가 호스로 길가에 물을 뿌리는 모습이 보였다. 남자가 움직일 때마다 호스가 몸을 뒤틀며 거대한 벌레처럼 그의 뒤를 따라다녔다. 남자는 양손으로 그것을 단단히 붙잡고 이쪽으로 저쪽으로 조준하는가 하면, 파이프를 올렸다 내리눌렀다 하기도 하면서, 초당 1갤런 정도의 거센 물줄기를 쏟아 부었다.

"우리 것보다 훨씬 낫군."

해리스가 흥분하며 말했다. 해리스는 영국 제도에 대한 고질적 반감의 소유자다.

"간단하고 빠르고 경제적이잖아! 보라고, 한 사람이 5분 안에 이만한 범위를 다 책임지잖아. 우리 식으로 덜거덕거리는 수레를 사용했어봐. 30분은 족히 걸렸을 거야."

내 뒤에 타고 있던 조지가 말했다.

"그래. 이 방법은 그러니까, 자칫 잘못하다간 사람들이 길에서 비키기도 전에 물벼락을 내릴 가능성도 있는 방법인 거지."

해리스의 적수인 조지는 '영국식에 나쁜 거 없다' 주의였다.

해리스가 영국에 프랑스식 기요틴을 들여와야 한다는 말을 했다고 사뭇 분개하던 애국자 조지의 모습이 떠오른다.

"훨씬 깔끔하잖아."

해리스가 말했다.

"그러거나 말거나 무슨 상관이야. 난 영국인이야. 교수형으로도 충분하다고 생각해."

이게 조지의 대답이었다.

"우리 물수레에 단점이 있을지도 몰라."

조지가 말을 이어나갔다.

"하지만 그래봤자 다리에 약간의 불편함을 주는 정도일 뿐이잖아. 그거야 피할 수 있는 거고. 모퉁이나 위층까지 저 사람이 호스를 들고 너를 따라온다고 생각해봐."

"흥분되지 않아?"

해리스가 말했다.

"저 사람들 기술이 여간 아니라고. 사람들이 많이 모여 있는 슈트라스부르크 광장 모퉁이에서 어떤 사람이 일하는 모습을 봤는데, 한 치의 실수도 없더라고. 게다가 몸에 거의 물도 안 묻히더라니까. 간격 조정하는 것도 환상이고. 딱 너희들 발가락까지만 물을 뿌릴 수도 있어. 머리 위로 물을 넘겨서 발꿈치 쪽으로 물이 떨어지게 할 수도 있고. 그리고……."

이때 조지가 "잠깐 멈춰 봐"라고 했다.

내가 "왜?"하고 물었다.

"나무 뒤에서 이 쇼의 마지막을 지켜봐야겠어. 해리스가 말한 것처럼, 이 방면에도 훌륭한 일꾼들이 있을지 몰라. 하지만 이 사람은 왠지 뭔가 부족한 것처럼 보인단 말이지. 방금 개 한 마리를 흠뻑 적셨어. 지금은 표지판 적시느라 바쁘고. 어떻게 되는지 봐야겠어."

"말도 안 돼. 저 사람이 네게 물을 뿌리는 실수를 할 거라 생각해?"

해리스가 말했다.

"내가 확인하고 싶은 게 바로 그거야."

조지는 자전거에서 내리더니, 멋진 느릅나무 뒤에 자리를 잡고 파이프를 꺼내 담배를 채우기 시작했다.

혼자 2인용 자전거를 끌고 갈 수는 없는 노릇이어서, 나 역시 자전거를 나무에 기대 세워두고 그의 옆으로 가서 섰다. 해리스는 우리를 존재하게 해준 대지 어머니에 대한 수치 운운하며 고래고래 소리를 지르더니, 계속 자전거를 탔다.

그때 여자의 비명 소리가 들려왔다. 나무 옆으로 고개를 내밀어 살펴보니 아까 우리가 말한 젊고 아름다운 아가씨였다. 물 뿌리는 사람 때문에 논쟁을 벌이느라 깜빡 잊었던 것이다. 그녀는 자전거를 타고 호스에서 쏟아지는 물줄기 속을 착실하게 헤쳐 나갔다. 놀라서 자전거에서 내리지도 못하고 방향을 바꾸지도 못하는 것처럼 보였다. 물 뿌리는 남자는 취한 건지 눈이 먼 건지 여전히 물 뿌리기를 멈추지 않았다. 열두어 개의 목소리가 그를 향해 저주를 퍼부었다. 그러나 그는 들은 척도 하지 않았다.

이때 해리스가, 마음 깊은 곳에서 용솟음치는 부성 본능으로, 경우에 따라서는 아주 적절하고 옳은 행동이었을 수도 있을 만한 행동에 돌입했다(그가 나중에 보여준 것과 똑같은 침착함과 판단력을 가지고 행동했더라면, 그는 그 사건을 통해 시대의 영웅으로 떠올랐을 것이다. 하지만 현실은 모욕과 위협을 뒤로한 채 줄행랑을 쳐야 했다는 것뿐이다). 한순간의 주저도 없이 해리스는 남자를 향해 달려들었다. 그리고 그를 쓰러뜨리더니 호스 노즐 쟁탈전을 벌이기 시작했다.

그가 했어야 하는 일은, 상식 있는 사람이라면 그 물건에 손을 댄 순간 누구라도 그렇게 했을 바로 그런 행동은, 꼭지를 잠그는 일이었다. 그랬더라면 후에 그 남자와 축구를 하건 배드민턴을 치건 무슨 상관이었겠는가. 도와주려고 달려온 2, 30명 되는 사람들도 박수를 쳐줬을 것이다. 그러나 나중에 해리스가 한 말에 따르면, 그의 머릿속에는 남자에게서 호스를 빼앗아 벌로 똑같은 물세례를 퍼부어주어야겠다는 생각밖에 없었다. 물 뿌리는 남자도 같은 생각을 하는 것 같았다. 호스의 개인적 무기화. 그러나 그들의 사사로운 욕심의 결과는, 근처 50미터 이내에 있는 모든 죽었거나 살아 있는 것들의 집단적 습(濕)화였다. 홀라당 젖어버려서 더는 물세례를 받거나 말거나 상관없을 만큼 화가 솟을 대로 솟은 남자 하나가 전투의 현장으로 달려가 합류했다. 세 사람은 호스로 그 일대를 휩쓸기 시작했다. 호스가 하늘로 향했다. 아마 춘, 추분 때 그런 모진 비바람이 부는 걸로 안다. 호스가 아래쪽을 향했다. 세차게 흘러가는 물살이 사람들의 발을 적시고 허리를 적시고 사람들을 휘청거리게 했다.

그러나 세 사람 중 누구도 호스를 꽉 잡은 손을 놓지 않았다. 누구도 꼭지를 잠가야겠다는 생각을 하지 않았다. 모르는 사람이 봤으면 그들이 태곳적 원시 자연의 힘과 싸우는 줄 알았을 것이다. 45초 만에(조지가 그렇게 말했다. 그가 시간을 재고 있었다) 그들은 일대를 평정했다. 생명체라곤 하나도 남지 않았다. 오로지 물의 요정처럼 물방울을 뚝뚝 떨어뜨리는 개 한 마리가 남아 있었다. 그는 물의 마력에 의해 한번은 이쪽으로 또 한번은 저쪽으로 굴러 떨어지면서도, 그때마다 용감하게 자리에서 일어나 지옥에서 빠져나온 악의 세력을 향해 컹컹 짖어대기를 멈추지 않았다.

사람들은 자전거를 버려둔 채 숲으로 도망쳤다. 흠뻑 젖고 많이 화난 사람들은 나무 옆으로 고개를 내밀고 상황을 주시했다.

결국 상식 있는 한 사람이 그곳에 투입됐다. 모든 상황을 용감히 헤치고, 그는 아직 열쇠가 꽂혀 있는 수도전을 향해 기어가 그것을 돌렸다. 그러자 40그루의 나무에서부터 여러 가지 모양새로 젖은 인간 군상이 각자 무슨 소린가를 웅얼거리며 걸어 나오기 시작했다.

처음에는 판단이 서지 않았다. 해리스의 유해를 호텔로 옮겨가는 데 들것이 좋을지 빨래바구니가 좋을지. 해리스의 목숨을 구한 것은 조지의 민첩한 상황 판단 덕이었다. 조지는 젖지 않았기 때문에 사람들보다 더 빨리 해리스에게 갈 수 있었다. 해리스가 무슨 말인가를 해보려 했지만 조지가 말을 잘랐다.

"이거 타고 어서 출발해."

조지가 그의 자전거를 내밀며 말했다.

"사람들은 우리가 아는 사이인 줄 몰라. 비밀을 발설하는 일은 절대 없을 거야. 우리가 뒤에서 어슬렁거리면서 사람들을 방해할게. 총을 쏠지도 모르니까 지그재그로 자전거를 몰아."

나는 이 책에 한 치의 과장도 없이 사실을 정확하게 기록할 수 있기를 바란다. 그래서 나는 해리스에게 일어난 이 사건을 묘사하는 데, 꾸밈없는 설명 이외의 것이 끼어들지 않게 노력했다. 해리스는 이 이야기가 과장되었다고 주장한다. 하지만 그러면서도 한두 사람이 '살짝 젖었다'는 점에 대해서는 인정한다. '살짝 젖었다'는 표현이 적절한 것인지를 시험해보려고 25미터 떨어진 지점에서 수도전 호스로 그에게 물을 뿌려보겠다고 했더니, 실험을 거부했다. 그는 또 그 참상의 현장에 많아봐야 여섯 명 정도밖에 없었다면서, 40명이라니 말도 안 되는 소리라고 주장했다. 나는 그렇다면 하노버로 돌아가서 이 문제에 관해 거리 인터뷰를 해보자고 제안했는데, 해리스는 이것도 거절했다. 그러므로 나는, 많은 하노버 사람들이 지금까지도 비통함을 가득 안고 기억하는 이날의 사건에 대한 내 묘사에 한 치 거짓이 없었음을 주장하는 바다.

우리는 그날 저녁 하노버를 떠나 베를린에 도착했다. 시간대가 잘 맞아서 저녁도 먹고 산책도 할 수 있었다. 베를린은 실망스런 도시였다. 중심가는 너무 북적거렸고 주변가는 생기가 없었으며, 유명한 거리인 운터 덴 린덴은 샹젤리제 거리와 옥스퍼드 거리를 섞어서 만들었는지 특이할 것도 없고 크기만 했다. 극장은 묘하게 흥미를 끌었다. 무대 장식이나 의상보다는 연기가 우선이었다. 한 작품을 장기 공연하는 일은 없어서, 주말에 같은 베를린 극장에 가면 매일 밤 늘 새로운 작품을 감상할 수 있다. 오페라 하우스도 변변치 않았다. 두 개 있는 뮤직홀은 천박함과 통속성을 불필요하게 내비쳤고, 정돈도 안 되었고 너무 커서 안락함이 느껴지지도 않았다. 베를린 카페나 식당에서 가장 바쁜 시간은 자정에서 새벽 3시까지다. 그런데 그곳 단골들은 아침 7시면 다시 나타난다. 현대 생활의 커다란 문제인 잠자지 않고 살 수 있는 법을 해결했거나, 아니면 칼라일(Thomas Carlyle(1795~1881). 영국의 사상가이자 역사가. 물질주의와 공리주의에 반대하여 인간 정신을 중요시하는 이상주의를 주장했다)과 함께 영원한 무언가를 찾고 있거나.

개인적으로 나는 그런 늦은 시간대의 활동이 유행하는 도시는 상트페테르부르크밖에 모른다. 하지만 거기 사람들은 그렇게 아침 일찍 일어나지 않는다. 상트페테르부르크의 뮤직홀은 연극을 보고 난 후에 가는 이차 코스인데(빠른 썰매를 타면 30분이면 도착한다), 밤 12시는 되어야 문을 연다. 새벽 4시에 네바 강을 건너려면 서둘러야 한다. 여행자들은 새벽 5시에 출발하는 기차를 가장 선호하기 때문이다. 덕분에 러시아인들은 아침 일찍 일어나는 걱정에서 벗어날 수 있다. 그들은 친구들에게 '굿나잇' 인사를 하고, 저녁 식사 후에 편안하게 역으로 간다. 누구처럼 집안 사람들을 불편하게 하는 일은 없다.

베를린의 베르사유라 할 만한 포츠담은 호수와 숲 사이에 자리잡은 아름답고 작은 도시다. 이곳에 있는 조용하고 넓은 '상수시' 공원을 한갓지게 거니노라면, 날카로운 목소리의 볼테르와 함께 '자전거를 타고 있는' 마르고 코담배 냄새가 나는 프리드리히 2세의 모습이 떠오른다.(프로이센의 프리드리히 2세는 포츠담에 상수시 궁전을 지어 학자, 문인들을 초청, 학문과 예술을 논했다. 볼테르도 그중 하나로, 상수시 궁전에는 '볼테르의 방'이 있다. 상수시(sans souci)는 '걱정이 없는'이라는 뜻)

나의 충고에 따라, 조지와 해리스는 베를린에 오래 머물지 않고 드레스덴으로 가는 데 동의했다. 베를린이 보여주는 모든 것은 다른 곳에서 더 잘 볼 수 있는 것들이었고, 우리는 마차를 타고 도시를 한 바퀴 도는 것으로 끝내자고 결정했다. 호텔 문지기가 마부 하나를 소개시켜줬는데, 그는 자기가 안내를 하면 최단시간 내에 볼 만한 것들을 다 둘러볼 수 있다고 장담했다. 아침 9시에 호텔 앞에 대기한 그 마부로 말하자면 더는 바랄 게 없는 사람이었다. 활달하고 똑똑하고 정보도 많이 알았다. 알아듣기 쉽게 독일어를 해주었고, 정 의사소통이 안 된다 싶으면 영어도 더듬더듬 사용했다. 정말 그 사람 하나만 놓고 보자면 아무런 문제도 없었다. 다만 그의 말이 문제였다. 생전 그렇게 성격 안 좋은 말 뒤에 앉아보기는 처음이었으니까.

그 말은 처음부터 우리를 싫어했다. 내가 맨 처음 호텔에서 나왔는데, 고개를 돌리더니 차갑고 번들거리는 눈동자로 나를 위아래로 훑어보았다. 그러더니 자기 앞에 서 있던 다른 말 하나에게 눈짓을 했다. 녀석이 뭐라고 하는지 다 알 수 있었다. 얼굴에 다 씌어 있었다. 그는 자신의 생각을 감추려는 노력도 하지 않았다.

"한여름에 뭣들 하는 짓이람?"

뒤이어 나온 조지가 내 뒤에 섰다. 말이 다시 고개를 돌리더니 조지를 바라보았다. 그렇게 고개를 돌릴 수 있는 말이 있다는 게 신기했다. 사람들 관심을 끌려고 목으로 묘기를 부리는 기린은 본 적이 있지만, 이 녀석은 애스콧 경마장에서 먼지 풀풀 날리는 하루를 보내고 나서 오랜 친구들 여섯 명과 저녁을 먹은 후 잠자리에 들었을 때 꿈에 나타남직한 그런 종류였다. 내가 그의 뒷다리 사이로, 나를 바라보는 그의 눈동자를 바라볼 수 있었다면, 아마 내 놀란 표정이 거기 들어 있지 않았을까 싶다. 그는 나보다는 조지를 더 재미있어하는 눈치였다. 그는 다시 친구에게 고개를 돌렸다.

"독특하지 않아? 이런 치들이 사는 곳이 어디 있긴 한가 보네."

그러더니 그는 왼쪽 어깨를 핥으며 파리를 쫓기 시작했다. 나는 그의 옆에서, 어렸을 때 어미를 잃고 고양이 품에서 자란 게 아닐까 하는 생각을 했다.

조지와 나는 마차에 올라 해리스를 기다렸다. 잠시 후 그가 나왔다. 내 눈엔, 그가 비교적 단정해 보였다. 하얀색 플란넬 반바지 슈트를 입었는데, 더운 날 자전거 탈 때를 대비해 특별히 장만한 옷이었다. 모자가 다소 구색이 안 맞았지만, 햇빛을 가려주니 그걸로 충분했다.

말이 그의 모습을 보았다. 그러더니 말이 표현할 수 있는 한도 내에선 최대한 노골적으로 "하늘에 계신 신이시여!"라고 말한 뒤, 해리스와 마부를 인도에 세워두고 성큼성큼 프리드리히 거리를 내려가기 시작했다. 마부가 워~워~했지만 말은 들은 척도 하지 않았다. 그들은 우리 뒤를 좇아 달려왔고 도로딘 거리 모퉁이에서 우리를 따라잡았다. 나는 마부가 말에게 하는 말을 알아들을 수 없었다. 굉장히 흥분한 상태로 너무나 빨리 말했기 때문이다. 하지만 그래도 몇 마디가 들렸다.

"어쨌든 나도 먹고살아야지, 안 그래?"

"누가 네 의견을 물었어?"

"그런 게 무슨 상관이야, 우리 돈줄인데!"

말은 도로딘 거리에서 스스로 멈추며 마부의 말을 잘랐다. 그리고 이렇게 말하는 것 같았다.

"알았어. 그만하지. 일이나 하자고. 하지만 가능하면 뒷골목으로 가는 게 좋겠어."

브란덴부르크 문 맞은편에서, 마부는 말을 멈추고 내리더니 우리 쪽으로 왔다. 그는 베를린의 상류층이 거주한다는 티에르가르텐을 가리켰고, 그다음에는 라이슈타크 의회 건물에 대해 정확한 높이며 폭과 너비까지 소상히 설명했다. 다음 차례가 바로 그 문이었다. 그는 이 문이 사암으로 건축되었고, 아테네 아크로폴리스의 프로폴리아를 본떠 세워졌다고 했다.

바로 이때, 자기 발을 핥으며 한가로이 여가를 즐기던 말이 우리 쪽으로 고개를 돌렸다. 그는 아무 말도 하지 않았다. 그저 바라볼 뿐이었다.

마부가 왠지 초조해하는 듯했다. 그러더니 프로폴리아가 아니라 프로페예드리아를 본떴다고 했다(사실은 아테네 아크로폴리스의 프로필라이아를 본뜬 것임). 그러자 말이 린덴 가(街)를 향해 걷기 시작했다. 무엇도 그가 움직이는 것을 막을 수 없었다. 마부가 달래보았지만 아무 소용이 없었다. 움찔거리는 말의 어깨를 보아하니, 이렇게 말하는 것 같았다.

"문 봤잖아, 그러면 된 거 아냐? 그런데 당신은 도대체 당신이 무슨 말을 하는지 알고는 하는 소리야? 설사 당신이 안다고 해도 마찬가지지, 저 친구들이 알아듣기나 한대? 독일어 해?"

린덴 가에서도 내내 마찬가지였다. 말은 우리가 명소들을 보고 그 이름을 들을 때까지는 조용히 서 있어주었다. 하지만 구체적인 설명이나 묘사 같은 것이 나올라치면 잽싸게 움직이기 시작했다.

그는 이렇게 중얼거리는 듯했다.

"이 친구들은 그저 사람들에게 내가 이러저러한 것을 보았다는 말을 하고 싶을 뿐이야. 내 생각이 틀렸다면, 이 친구들이 보이는 것보다는 똑똑한 친구들이라면, 이 바보 같은 마부 녀석이 하는 말보다 더 나은 정보를 가이드북에서 찾아내겠지. 교회 첨탑의 높이가 얼마인지 도대체 누가 알고 싶어 한단 말이야? 들은 지 5분도 안 돼서 잊어버릴걸. 머릿속에 애초에 아무것도 없는 치나 아니면 몰라. 피곤해 죽겠네. 이봐, 좀 서둘러주면 안 될까? 집에 가서 점심이나 먹자고!"

지금 생각해보면, 그 흐릿한 눈동자를 가진 말에게 과연 그런 판단력이 있었을까 하는 생각이 든다. 하지만 안내인의 말을 들을 때 가끔씩 그런 간섭이 반갑게 느껴지는 순간이 있다는 것만은 분명하다. 그런데 그때 우리는 말에게 감사하는 대신 저주를 퍼부었다. 스코틀랜드 사람이 하는 말처럼, 우리에겐 '신의 은총을 감사하지 않는' 경향이 있다.

7

베를린을 지나 막 드레스덴으로 접어들었을 때, 한 15분 동안
내내 아주 주의 깊게 창문 밖을 바라보던 조지가 말했다.

"독일에선 왜 편지함을 나무에 걸어두는 거야? 왜 우리처럼 문
앞에다 달아두지 않는 거야? 편지를 가져오려면 나무로 올라가야
하잖아. 게다가 배달하는 사람들한테도 못할 짓이잖아. 지치는 거
야 말할 것도 없고, 몸집이라도 좀 있는 사람이어 봐, 바람 부는 밤
에 얼마나 위험하겠어? 뭐 힘든 일인가? 그냥 좀 낮추어서 박아두
면 되는 거잖아. 왜 항상 가장 좋은 가지 위에 걸어놓느냔 말이지.
아냐, 어쩌면 내가 이 나라를 잘못 평가하고 있는 건지도 몰라."

조지는 말을 이어나갔다. 새로운 생각이 떠오른 것 같았다.

"어쩌면 여러 가지 면에서 우리보다 앞서 있는 독일 사람들은
비둘기 우체국을 완성했는지도 몰라. 하지만 그랬더라도, 새들더

러 편지를 땅에 가까운 곳으로 배달해놓으라고 훈련을 시켰으면 좋았잖아. 평범한 중년 독일 사람이라도 저런 곳까지 편지를 가지러 가는 건 쉽지 않은 일이야."

나는 그의 시선을 따라 창문 밖을 바라보았다. 그리고 말했다.

"저건 편지함이 아니야. 저건 새 둥지라고. 그래, 네가 이 나라를 잘못 평가한 거야. 독일인들은 새를 사랑해. 하지만 작은 새들을 좋아하지. 새들은 혼자서 아무 곳에나 집을 지어. 예쁜 걸 좋아하는 독일인들이 보기에 예쁜 모양새는 아니야. 색을 곱게 칠한 것도 아니고 석고상도 없고 깃발 하나 걸어놓지 않으니까. 둥지가 완성되면 새들은 둥지 밖에서 살아. 땅바닥에 이것저것 떨어뜨리지. 나뭇가지며, 먹다 남은 벌레 부스러기 같은 것들 말이야. 우아한 생활을 한다고 볼 순 없어. 남들 다 보는 데서 아내와 사랑을 나누고 싸우기도 하고 애들 먹이도 먹이니까. 그런 걸 보는 독일인들이 놀랄 수밖에. 새한테 이렇게 말할 거야.

여러 가지 면에서 나는 네가 좋단다. 너를 바라보는 것도 좋아. 네 노랫소리를 듣는 것도 좋아. 하지만 네 행동 방식은 좋지가 않구나. 이 작은 상자를 가지고 가도록 해. 여기다가 내 눈에 띄지 않도록 네 쓰레기들을 처리하도록 하렴. 노래하고 싶을 때는 밖으로 나와도 좋아. 하지만 네 집 안 물건들은 밖으로 보이지 않도록 해주겠니? 이 상잘 쓰도록 해. 정원 더럽게 만들지 말도록 하는 거다, 알겠니?"

독일에 있으면 공기에서 질서에 대한 사랑의 냄새를 맡게 된다. 독일 아이들은 딸랑이로 박자를 맞추고, 독일 새들은 둥지보다는 사람이 준 상자를 더 좋아하게 되어, 여전히 나무나 울타리에 둥지를 짓는 몇몇 교양 없는 주변인 새들을 경멸 어린 시선으로 바라본다. 시간이 지나면 모든 독일 새들이 일제히 적절한 주거 공간을 가지게 될 것이다. 독일인들은 난잡하고 산만한 새의 노랫소리를 좋아하지 않는다. 거기에는 질서란 것이 없기 때문이다. 음악을 사랑하는 독일인들은 새의 노랫소리에 질서를 부여하려고 노력할 것이다. 특별히 모이주머니가 잘 발달된 어떤 건장한 새는 자신을 통제하는 훈련을 받을 것이고, 새벽 4시에 숲에서 쓸데없이 자신의 재능을 낭비하기보다는, 공포된 시간에, 피아노 반주에 맞춰, 야외 맥주 집에서 노래를 부르게 될 것이다. 상황은 이렇게 흘러간다.

독일인은 자연을 사랑한다. 자연은 길이 받들어야 할 영광된 웨일스 하프와 같다. 독일인은 정원에 대한 관심이 대단하다. 그들은 정원 북쪽에는 장미 일곱 송이를 심고 남쪽에도 일곱 송이를 심는다. 그리고 같은 크기와 모양으로 자라지 않으면, 너무나 걱정이 되어서 밤에 잠을 잘 수가 없다. 꽃마다 지지대를 받쳐준다. 이것 때문에 꽃의 모습이 제대로 보이지 않지만, 지지대가 거기 있어서 제 몫을 다해준다는 사실에 만족한다. 인공 샘 주위에는 아연이 낀다. 독일인은 일주일에 한 번 이것을 들고 부엌으로 가져가 문질러 닦는다. 가끔은 식탁보처럼 넓고, 일반적으로는 울타리를 두른 잔디밭의 지리학적 중심에는 중국 개 한 마리가 놓여 있다. 독일인들은 개를 무척 좋아하는데, 대체적으로 중국산을 선호한다. 뼈를 묻으려고 잔디밭에 구멍을 파지도 않고, 뒷다리로 화단을 헤쳐놓지도 않기 때문이다. 중국 개야말로 딱 독일인들을 위한 이상적인 개다. 갖다 놓은 지점에서 꼼짝도 하지 않고, 가지 말라고 하는 곳에 가는 법이 없다. 애견가 클럽에서 최근 제시한 모든 규칙을 한 치 어긋남이 없이 완벽하게 맞출 수가 있다. 그게 아니면 중국 개들은 독일인들의 환상을 채워주거나, 아니면 뭔가 독특한 것을 가지고 있다는 만족감을 주기도 한다. 다른 개들한테는 안 되는데, 중국 개들한테는 교배 제한이 없다. 중국에는 파란 개도 있고 핑크빛 개도 있다. 약간 독특하게는 머리가 두 개인 개도 있다. 좀 심한가? 미안하다, 잘못했다.

가을의 어느 정해진 날이 되면, 독일인들은 꽃과 관목을 땅바닥에 다 뉘고 중국산 덮개로 덮어버린다. 그리고 봄의 정해진 날이 되면, 덮개를 걷고 다시 일으켜 세운다. 날 좋은 가을날이라든가 늦봄이라든가 하는 막연한 건 좋지 않다. 진정한 독일인은 자신의 일정이 태양계 시스템 같은 것에 의해 불규칙한 간섭을 받는 것을 허락하지 않는다. 통제할 수 없기 때문에 그들은 무시한다.

독일인들이 가장 좋아하는 나무는 백양나무다. 다른 무질서한 나라에서는 맘대로 모양이 변하는 떡갈나무나 가지를 마구 뻗는 밤나무, 아니면 너울대는 느릅나무의 매력을 노래할지도 모른다. 그러나 그런 고집스럽고 무질서한 것들은 독일인들에겐 눈엣가시다. 백양나무는 심어놓은 곳에서만 자란다. 그리고 심어놓은 대로만 자란다. 규칙에 벗어나게 자신의 모양을 변형시켜야겠다는 생각을 하지 않는다. 맘대로 가지를 뻗거나 휘겠다는 생각도 하지 않는다. 백양나무는 독일인이 심어놓은 대로 곧장 똑바로 자란다. 그래서 점점 더 독일인들은 다른 품종의 나무들을 모두 뽑고 백양나무를 심는 중이다.

독일인들은 시골을 좋아한다. 하지만 여자들이 거칠고 야성적

131

이면서도 세련됨을 잃지 않는 인물을 좋아하듯이, 독일인 역시 뭔가 좀 차려 입은 듯한 시골을 좋아한다고나 할까. 독일인들은 숲을 거니는 걸 좋아한다(나중에 뭘 먹으려고). 하지만 길이 너무 가파르면 안 되고, 한쪽으로는 물이 흐르는 벽돌 도랑이 있어야 한다. 한 20미터 간격으로 앉아서 쉴 수도 있고 이마를 찡그릴 수도 있는 의자가 놓여 있어야 한다. 독일인들에게 풀밭에 앉아 쉰다는 것은 상상할 수 없는 일이다. 독일인들은 언덕 정상에서 풍경을 바라보는 것을 좋아한다. 그러나 무엇을 바라보아야 하는지 알려주는 석판이 있어야 하고, 자신이 이제껏 조심스럽게 가지고 온 소박한 맥주와 독일식 햄치즈롤을 먹을 수 있는 테이블과 벤치가 있는 것을 좋아한다. 덧붙여서 나무에 '~하지 마시오'라는 표지판이 붙어 있으면 편안해한다.

독일인들은 야생의 풍경도 싫어하지 않는다. 너무 야생적이지만 않으면. 하지만 너무 야생적이라는 생각이 들면, 독일인들은 즉시 길들이려는 작업에 착수한다. 드레스덴 근처에서, 엘베 강으로 이어지는 아름답고 좁은 골짜기를 하나 발견했다. 구불구불한 길이 산 급류 옆에서 이어졌고, 급류는 1킬로 넘게 나뭇가지들이 어지러이 쌓인 강둑을 사이에 두고 바위와 조약돌을 헤치며 흘렀다. 나는 그 모습에 매료되어 강둑을 따라갔다. 그런데 강 모퉁이를 돌았을 때 갑자기 한 80명에서 백 명쯤 되어 보이는 인부들을 만나게 됐다. 그들은 그 골짜기를 정리하느라 바삐 움직였다. 강줄기를 예쁘게 다듬고 있었던 것이다. 물살을 방해하는 돌들은 모두 주의 깊게 제거되어 치워졌다. 양쪽 강둑에도 벽돌을 쌓고 시멘트를 발랐다. 인부들은 무성하게 드리운 나무와 관목 가지들을 알맞게 자르고, 어지럽게 뻗은 덩굴들을 뿌리째 뽑았다. 조금 더 가니 이미 끝난 작업의 풍경이 나타났다. 독일인들의 마음에 딱 맞게 재조정된 산골 계곡의 모습이었다. 넓은 강줄기의 성내지 않는 물살이, 꼭대기에 돌멩이 장식들이 죽 늘어선 두 개의 벽 사이에서 평평하고 잘 정돈된 바닥 위로 흘렀다. 물살은 1백 미터 간격으로 놓인 얇은 나무 플랫폼 세 개를 타고 부드럽게 흘러 내려갔다. 공간 확보를 위해 양옆에 있던 어지러운 것들은 깨끗이 정리했고, 규칙적으로 어린 백양나무를 심었다. 모든 어린 묘목 주위에 버드나무 가지로 만든 보호대를 둘러쳤고, 보호대에는 쇠장식을 했다. 앞으로 2년 안에 이 계곡 전체 작업을 끝내고, 자연을 사랑하는 정결함의 애호가들이 산책하기에 알맞은 장소로 만드는 것이 이 지역 행정 위원회의 희망이었다. 50미터 간격으로 앉을 만한 곳이 마련되고 경찰 표지판이 붙을 예정이었고, 8백 미터 간격으로 식당이 들어설 예정이었다.

메멜에서 라인 강으로 이어지는 곳에서도 같은 일을 했다. 지금도 베르탈의 모습이 눈에 선하다. 그곳은 한때 블랙 포레스트에서 가장 낭만적인 계곡이었다. 마지막으로 그곳을 걸었을 때 몇백 명의 이탈리아 인부들이 작업을 하는 중이었다. 작은 야생의 베르 강을 흘러야 할 곳으로 흐르게 하고, 강둑을 쌓고, 바위들을 없애고, 강물이 유유하고 걱정 없이 흘러갈 수 있도록 시멘트 디딤돌을 만들고.

아무런 구속도 받지 않는 자연이란 있을 수 없다. 독일의 자연은 행동거지를 조심하여 자라나는 아이들에게 모범이 되어야 한다. 독일 시인이, 영국 시인 사우디가 묘사한 것처럼 강물이 다소 부

정확하게 흘러 내려오는 모습을 본다면, 그는 너무 놀라 두운 시를 쓸 수 없을 것이다. 그는 당장에 경찰서로 달려가 보고할 것이다. 그러면 머지않아 강물의 거품 나는 모양새와 비명 소리는 사라질 운명에 처할 것이다.

관계자의 엄한 목소리가 강물을 향해 이렇게 말할 것이다.

"어허, 어허, 이게 대체 무슨 일이냐? 이래선 안 돼. 너도 잘 알지 않느냐. 진정하거라, 진정해. 대체 여기가 어딘 줄 알고."

지방 행정 위원회는 아연 파이프와 나무 플랫폼과 나사 모양 계단을 제공할 것이고, 강물에게 독일식으로 현명하게 마음을 가라앉히는 법을 보여줄 것이다.

독일은 잘 정돈된 땅이다.

우리는 수요일 저녁에 드레스덴에 도착했고 거기서 일요일까지 지냈다.

이것저것 생각해볼 때 드레스덴은 어쩌면 독일에서 가장 매력적인 마을이다. 하지만 그것도 한동안 살아야 진가가 발휘되는 거지 잠시 들렀을 때는 문제가 달라진다. 박물관과 갤러리, 성과 정원들, 아름답고 유서 깊은 환경은 한겨울 동안이라면 즐거움을 제공할 수도 있겠지만, 한 주 정도 있으려니 당황스럽더라. 드레스덴에는 확 흥분되었다가 금방 또 싫증이 나는, 파리나 빈 같은 매력이 없다. 드레스덴의 매력은 뭐랄까 다소 진중하게 독일적이고 오래 곱씹을수록 그 맛이 살아난다고 할까. 이곳은 음악가들의 메카다. 드레스덴에 있으면, 단돈 5실링으로, 오페라 하우스의 특별석에 앉을 수 있다. 나중에 다른 공연에 앉아 있을 수 없게 되는 불행한 덤도 따라온다. 영국, 프랑스, 미국 오페라 하우스 모두 마찬가지다.

드레스덴의 주요 사건들은 칼라일이 '죄의 인간'이라고 부른, 천 명이 넘는 아이들로 유럽을 모독한 일로 유명한 아우구스투스 2세를 제외하고는 생각할 수 없다. 그가 자신이 버린 애인들을 감금한 성들. 그들 중 한 명은 40년 동안 더 나은 지위를 요구했다니, 오 가련한 여인이여! 그녀가 비탄에 잠겨 죽어간 좁은 방들이 아직도 남아 있다. 이런 불명예스런 행동의 수치가 묻은 성들이 전장의 뼈처럼 주위에 흩어져 있다. 안내 책자에 나온 이야기들은 독일에서 교육받는 '젊은이'들은 안 듣는 게 좋은 그런 이야기다. 그의 실제 크기 초상화가 아름다운 츠빙거 궁전에 걸려 있다. 이곳은 사람들이 시장에만 있는 가축들의 모습에 지쳤을 때를 대비하여 그가 야생동물들의 투기장으로 지어놓은 곳이다. 그는 인간의 동물성을 진작 알아본, 눈썹이 검고 짙은, 솔직한, 그러나 교양과 취미를 갖춘, 인간―동물이었다. 지금의 드레스덴은 의심할 여지없이 그에게 많은 빚을 졌다.

하지만 드레스덴의 이방인들이 가장 많이 바라보는 것은 아마도 전차일 것이다. 이 거대한 교통 수단은 굽은 길과 모퉁이를 돌며, 마치 아일랜드 마부처럼 시간당 16킬로미터에서 32킬로미터의 속도로 거리를 질주한다. 모든 사람들이 이 수단을 이용한다. 유니폼을 입은 관리들만 예외인데 이들은 타면 안 된다. 이브닝드레스를 입고 무도회나 오페라에 가는 숙녀들이 양동이를 든 청소부들과 나란히 앉아 있다. 거리에 있으면 그들은 모두 중요한 존재들이다. 그리고 모든 것과 모든 사람들이 서둘러 자기 길을 가느라 바쁘다. 당신이 그들이 가는 길에서 어기적거렸는데도 구출

되었을 때 아직 살아 있다면, 회복되는 즉시 그들이 당신에게 벌금을 부과할 것이다. 그리고 당신은 그들을 주의해야 한다는 가르침을 얻을 것이다.

어느 날 오후 해리스가 혼자 자전거를 타고 나갔다 왔다. 저녁에 밴드 소리에 귀를 기울이고 앉아 있을 때, 해리스가 뜬금없이 말했다.

"독일인들은 유머 감각이 도대체 없어."

"왜 그렇게 생각하는데?"

내가 물었다.

"글쎄, 오늘 오후에 말이야. 전차에 올라탔단 말이지. 시내 모습을 보고 싶어서, 바깥쪽 그 작은 연단같이 생긴 데 서 있었거든. 그걸 뭐라고 부르지?"

"스테플라츠."

내가 말했다.

"그래, 그거. 아무튼 간에 전차 무지하게 이리저리 흔들리잖아. 모퉁이 돌 때 주의해야 되는 거 알지? 멈추거나 출발할 때도 그렇고 말이야."

나는 고개를 끄덕였다.

"거기 한 여섯 명쯤 서 있었거든. 그리고 물론 나는 그때까지는 아무런 경험이 없었지. 그런데 상황이 갑자기 벌어지고 말았고 내가 뒤쪽으로 휙 넘어졌어. 뒤쪽에 서 있던 건장한 신사 분한테 가서 쿵 부딪혔지. 그런데 그 사람도 중심을 잡지 못하고 쓰러졌고, 초록색 케이스에 넣은 트럼펫을 들고 서 있던 소년에게 부딪힌 거야. 아무도 웃지 않더군. 남자도 트럼펫 소년도. 그냥 서 있기만 하는데 뚱해 보이더라고. 미안하다고 할 참이었는데, 입 밖으로 말이 나오기도 전에, 전차가 속도를 줄이기 시작하는 거야. 그러니 이유야 정확히 알 수 없는 일이지만, 어찌어찌 해서 내가 또 앞쪽으로 확 튀어나가지 않았겠어. 그리고 백발 노인에게 가서 쿵 했지. 마치 교수님처럼 나를 바라보더라. 웃지는 않았어. 안면 근육 하나도 안 움직이더라."

"딴생각을 하고 있었나 보지."

"그럴 수는 없었을 거야."

해리스가 말했다.

"그 후로도 내가 한 사람당 세 번꼴로 가서 부딪혔으니까. 그 사람들은 모퉁이가 어디 있는지 아니까 매번 버틸 수가 있었지. 하지만 나는 여행객이잖아. 불리한 게 당연했지. 내가 거기 서서 이리저리 굴러다니면서, 이 사람 저 사람에게 부딪히는 모습이 정말 웃겼을 거야. 고급 유머라는 소리는 아니야. 하지만 대체로는 웃겼을 거란 말이지. 그런데 이 독일 사람들은 하나도 우스워하는 것 같지 않더란 말이지. 약간 걱정하는 것처럼 보이긴 했지만, 그게 다였어. 브레이크 앞쪽에 한 사람이 서 있었는데, 되게 작았거든. 내가 그 사람한테 다섯 번 넘어졌어. 내가 다 셌어. 다섯 번째쯤 되면 웃지 않을까 하고. 그런데 안 그렇더라고. 그냥 좀 피곤해 보이더라. 다들 정말 재미없는 인간들이야."

조지 역시 드레스덴에서 사건을 치렀다. 알트마르크트 광장 근처에 가게가 하나 있었는데, 창문으로 보니 마침 세일 중인 쿠션이 보였다. 원래 이 가게는 유리와 자기들을 취급하는 곳이었기 때문에, 이 쿠션들은 아마도 실험 정신의 성격이 강한 것으로 보였다. 비단에 수를 놓은, 아주 아름다운 쿠션이었다. 우리는 종종 이 가게 앞을 지나 다녔고, 매번 조지가 멈춰 서서 그 쿠션들을 바라보곤 했다. 그러면서 숙모가 좋아할 것 같다고 말했다.

조지는 여행 내내 숙모에 대해 무척 신경을 썼다. 매일 아주 장문의 편지를 썼고, 다른 도시에 들를 때마다 선물을 보냈다. 내 생각에 그는 과도하게 일을 벌였다. 그래서 나는 한두 차례 그에게 충고를 했다. 그의 숙모가 다른 사람들의 숙모도 만날 것이고 그들에게 선물과 편지 얘기를 다 하고 다닐 것이다. 그러면 전체 숙모계의 균형이 깨지고 만다. 나 역시 조카 된 사람으로, 조지가 현재 구축하는, 조카의 표준에 대한 쓸데없는 이상화에 반대하지 않을 수 없었던 것이다. 하지만 내 말을 들을 리가 있나.

토요일 점심을 먹은 뒤, 그 가게에 가서 숙모에게 드릴 쿠션 하나를 사오겠다고 한 뒤 그는 떠났다. 오래 걸리지는 않을 거라며 기다려달라고 했다.

우리는 내 생각엔 다소 오래다 싶을 정도로 기다렸다. 돌아왔을 때 그는 빈손이었다. 그리고 얼굴에 수심이 가득했다. 우리는 그에게 쿠션은 어떻게 됐냐고 했다. 그는 쿠션은 안 샀고 마음을 바꿨으며 숙모가 쿠션을 좋아할 것 같지도 않다고 했다. 분명히 뭔가가 잘못된 것이었다. 우리는 사건의 핵심을 파악하려고 애썼다. 하지만 그에게는 의사 교류를 할 의지가 없었다. 질문을 스무 개쯤 하고 났을 때는 대답도 아주 짧아졌다.

하지만 저녁에, 나와 둘이서만 있게 되자, 조지가 먼저 입을 열었다.

"독일 사람들은 정말 독특한 뭔가가 있어."

"무슨 일이 있었던 거야? 말해봐."

"난 쿠션을 사려고 했어."

"그래, 숙모에게 드리려고."

"안 될 이유가 어디 있어?"

순간 조지가 발끈했다. 숙모 얘기에 그렇게 민감한 반응을 보이는 사람이 또 어디 있단 말인가.

"왜 안 돼? 숙모에게 쿠션을 보내면 안 되는 이유라도 있어?"

"흥분하지 마. 내가 반대한대? 나는 네 의견을 존중해."

그는 성질을 가라앉히고 말을 이었다.

"쇼윈도에 네 개가 있더라고. 기억할지 모르겠는데, 다 모양이 비슷비슷했고, 분명히 각각 20마르크라는 표가 붙었거든. 솔직히 내가 독일어를 유창하게 하는 건 아니지만, 그래도 약간만 노력하면 하고 싶은 말은 할 수가 있어. 쏘아대지만 않으면 저쪽에서 하는 말도 감을 잡을 수 있고. 난 가게로 들어갔어. 젊은 아가씨 하나가 오더라. 예쁘장하고 조용하고 작은 소녀였지. 새침하기까지 했어. 정말이지 그런 소녀한테서 그런 일을 당하게 되리라곤 상상도 못 했어. 그렇게 놀란 건 내 평생 처음이야."

"왜 놀랐는데?"

조지는 이야기의 시작을 말하면서 듣는 사람이 이야기의 끝을 다 안다고 생각한다. 늘 이렇다. 피곤하다.

"그때 일어난 일 때문에 놀랐지. 내가 지금 너에게 하는 이야기 때문에 놀랐다고. 나보고 웃더라. 그러면서 원하시는 게 뭐냐고 묻더라고. 그 정돈 알아들어. 분명히 그 점에 관한 한 틀림이 없어. 나는 카운터에 20마르크를 올려놓고 말했지.

'쿠션 하나 주세요.'

그런데 내가 무슨 깃털 침대라도 달라고 한 것처럼 쳐다보지 뭐야. 난 잘못 들었나 하고 다시 한 번 큰 소리로 말했어. 근데 뭐야, 내가 턱을 쳤어도 그렇게 놀라거나 모욕당한 표정을 지었을까? 도저히 영문을 알 수 없었어. 아가씨가 나보고 이러는 거야. '지금 실수하시는 것 같네요.'

긴 대화를 시작해서 오도가도 못 할 처지에 빠지고 싶지가 않잖아. 그래서 실수는 없다고, 20마르크를 가리키면서 다시 말했어. '20마르크짜리 쿠션 주세요.'

다른 아가씨 하나가 오더라고. 이번엔 좀 나이가 있어 보였어. 첫 번째 아가씨가 그 아가씨한테 내가 한 말을 반복해서 말했어. 아주 흥분해서 말이야. 두 번째 아가씨는 자기가 방금 들은 말을 믿지 못하겠다는 표정을 짓더라고. 내가 쿠션 같은 걸 원할 종류의 사람은 아닌 듯한데 하는 표정이었어. 확실히 하려고 그 두 번째 아가씨가 직접 나에게 다시 물었어. '쿠션 달라고 하셨나요?'

난 대답했지. '네, 세 번이나 말했습니다. 다시 한 번 말하지요. 쿠션 하나 주세요.'

그랬더니 그 아가씨가 이러더라고. '드릴 수 없는데요.'

이쯤 되니까 화가 나더라고. 쇼윈도에 쿠션이 뻔히 보이고 게다가 세일 중인데, 왜 줄 수 없다는 건지 이해가 안 가잖아. 그래서 말했지. 아주 간단한 문장으로, 그리고 단호한 목소리로. '전 받아 가지고 가야겠습니다!'

그러자 세 번째 아가씨가 나타났어. 내 생각에, 그 가게 전체 인원이 다 나온 거 같더라고. 눈이 반짝반짝하고, 낯가림도 없어 보이는 아가씨였는데, 다른 상황이었으면 기분이 좋았겠지만, 이렇게 되니까 아가씨 셋이나 보고 있다는 게 짜증이 나잖아. 도대체 상황이 이해가 가야 말이지.

앞의 두 아가씨가 세 번째 아가씨한테 상황을 설명하기 시작했어. 그런데 얘기가 반도 안 끝났는데, 그 아가씨가 킥킥거리는 거야. 왜 그런 여자들 있잖아, 툭하면 까르르까르르 웃는. 좀 있으니까, 이번에는 자기네들끼리 뭔가 소곤거리기 시작했어. 툭하면 날 힐끔힐끔 쳐다보면서 말이야. 쳐다볼 때마다 그 세 번째 아가씨는 킥킥거리고. 그러더니 좀 있으니까 이번에는 셋이서 쿡쿡 웃기 시작하는데, 무슨 바보들도 아니고, 나 원 참. 내가 무슨 혼자 재주 넘는 광대라도 된 듯한 기분이었어.

겨우 움직일 만큼 정신이 되돌아왔는지 세 번째 아가씨가 나에게 다가왔어. 여전히 쿡쿡거리면서. 그리고 이렇게 말했어. '받으면 돌아가실 거예요?'

이게 도대체 무슨 소린가 했지. 그러니까 다시 한 번 말하더라. '쿠션요, 받으면 당장 사라지실 거냐고요?'

난 도대체 손님한테 이런 경우가 어디 있냐고, 너무 화가 나서 지금이라도 당장 가게를 나가버리고 싶다고 했어. 하지만 쿠션을 받지 않으면 절대로 나가지 않겠다고 했지. 밤새 가게에 죽치고 앉아서라도 반드시 쿠션을 사가지고 나가야겠다고 결심했으니까.

세 번째 아가씨가 나머지 두 아가씨들에게 가더라고. 난 쿠션을 가져다줄 거고 우리의 거래는 끝이 날 거라고 생각했지. 그런데 요상한 일이 일어났어. 다른 두 아가씨가 첫 번째 아가씨 뒤에 서더니, 세 명이 동시에 킥킥 쿡쿡 까르르 까르르 웃으면서, 도대체 무슨 일인지, 그녀를 내 쪽으로 밀기 시작하는 거야. 그리고 내가 무슨 일이 벌어지는 건지 미처 정신도 차리기 전에, 그 아가씨가 내 어깨에 손을 얹더니 발꿈치를 들고 내게 키스를 하는 거야. 그러고 나서 앞치마로 얼굴을 가리더니 도망을 가버리더라고. 두 번째 아가씨가 그 뒤를 따라갔지. 세 번째 아가씨가 문을 열어줬어. 어서 가세요 하는 것 같더라고. 나는 어리둥절해서 밖으로 나왔어. 20마르크를 그냥 남겨두고. 쿠션을 사러 갔고, 원래 키스 때문에 거기 간 건 아니었지만, 그렇다고 키스가 안 좋았다는 얘기를 하는 건 아니야. 하지만 다시 그 가게로 돌아가긴 싫어. 도대체 뭐가 뭔지 모르겠어."

"뭐라고 한 거야, 정확히?"

"쿠션 달라고 했다니까."

"그건 네가 네 마음속으로 원한 거고. 정확히 독일말로 뭐라고 했냐고."

"kuss〔쿠쓰〕."

"그런 일 당해도 싸네. kuss는 소리는 쿠션처럼 들리는데, 사실은 키스라는 뜻이야. 쿠션은 kissen〔키쎈〕이고. 넌 이 두 단어를 헷갈린 거야. 너만 이런 실수한 거 아냐. 다른 사람들도 그랬어. 뭐 내가 그랬다는 건 아니고. 하지만 넌 20마르크짜리 키스를 요구한 거고, 네 말대로라면 그 아가씨의 키스는 충분히 그 가격을 할 거 같네 뭐. 어쨌거나 해리스에겐 말하지 않는 게 좋겠어. 내 기억이 맞는다면, 녀석에게도 숙모가 있는 것 같으니까."

조지 역시 안 그러는 게 좋겠다고 했다.

8

프라하로 이동할 차례였다. 우리는 드레스덴 역의 커다란 홀에 앉아 기차 시간을 기다리고 있었다. 시간이 되지 않으면 플랫폼 안으로 들어갈 수 없다. 기차 시간은 이 분야의 상당한 권력자다. 서점을 어슬렁거리던 조지가 눈을 부릅뜨고 돌아왔다.

"나 봤어!"

"뭘 봐?"

너무 흥분해서 제대로 답변을 할 상황이 아니었다. 조지가 이렇게 말했다.

"여기 있어. 이쪽으로 와, 둘 다. 기다리면 직접 보게 될 거야. 농담 아냐. 실제 상황이야."

이맘때면 늘, 신문에 다소 진지한 어조로 바다뱀에 대한 기사가 등장하곤 하기 때문에, 나는 순간 조지가 이 바다뱀 얘기를 하는

143

줄 알았다. 그러나 잠시 생각해보니 바다에서 5백 킬로미터는 떨어진 유럽 한복판에서 그런 일이 일어난다는 게 말이 안 됐다. 질문을 더 하려는데 녀석이 팔을 덥석 잡았다.

"저것 봐! 이래도 내 말을 못 믿겠어?"

나는 고개를 돌렸다. 헉. 아마 살아 있는 영국인들 중에서도 본 적이 많지 않을 그런 모습이었다. 유럽인들이 흔히 생각하는 전형적인 영국 관광객의 복장을 한 남자가 딸과 함께 우리 쪽으로 걸어왔다. 피와 살이 있는 모습으로. 꿈을 꾸는 게 아니었다. 살아 있는 모습, 현실 속의 모습이었다. 유럽의 웃기는 신문에서 그려지고 유럽의 연극 무대에서 만나게 되는 영국식 신사와 영국식 숙녀.

그들은 모든 세부 사항에서 완벽했다. 남자는 크고 말랐고 머리카락은 모래색이었으며 코가 크고 긴 구레나룻이 있었다. 흰색과 검은색이 섞인 슈트 위로는 거의 발꿈치까지 내려오는 가벼운 오버코트를 입었다. 하얀색 펜싱 마스크는 초록색 베일로 장식했다. 오페라 안경이 옆구리에서 흔들렸고, 옅은 자주색 장갑을 낀 손에는 본인 키보다 조금 더 큰 등산용 지팡이를 들었다. 그의 딸은 키가 크고 비쩍 말랐다. 그녀의 드레스는 묘사가 불가능하다. 내 할아버지였다면 설명 가능했을 것이다. 그분에게 더욱 익숙한 스타일이었을 테니까. 내가 할 수 있는 말이라곤, 나에게는 불필요하리만큼 짧아 보였고, 이런 점을 지적해도 되는지 모르겠지만 발목이 다 드러나 보였으며, 그랬기 때문에 예술가적 관점에서 다소 은폐가 요구됐다는 것이다. 쓰고 있는 모자를 보니 히먼스(Felicia Dorothea Hemans(1793~1885)라는 영국 여성 시인을 가리키는 듯)가 떠올랐다. 이유는 설명할 수 없지만. 그녀는 아마 상표명이 '프루넬라(여자 구두 상피로 쓴 두꺼운 모직물)'인 것 같은 사이드 스프링 부츠를 신고, 팔꿈치까지 덮는 긴 장갑에 코안경을 썼다. 그녀 역시 등산용 지팡이(사방 1백 60킬로미터 이내에 산이라곤 없었는데 참 희한도 하지)를 들고 허리에 검은 가방을 찼다. 이빨은 토끼처럼 툭 튀어나왔고, 얼굴은 마치 죽마의 발받침처럼 보였다.

해리스는 카메라를 찾으러 달려갔지만 물론 쉽게 찾을 수 없었다. 안 그러면 해리스가 아니다. 해리스가 길 잃은 개처럼 왔다 갔다 하며 "내 카메라 어디 있어? 대체 내가 카메라를 어떻게 한 거야? 니들 내가 카메라 어디다 뒀는지 몰라?" 하면, 우리는 아, 해리스가 드디어 오늘 사진 찍을 만한 가치가 있는 것을 발견했구나 하고 생각한다. 조금 있다가 그는 카메라가 자기 가방 안에 있다는 것을 기억해냈다. 그곳이 원래 이런 상황에서 그게 있어야 하는 마땅한 장소일 뿐이다.

영국인 관광객들은 자신들의 처지에 만족하지 못했다. 행동 하나하나가 딱 그런 심경을 드러냈다. 그들은 걸을 때마다 입을 떡 벌리고 걸었다. 신사는 손에 베데커 여행 안내서를 들었고 숙녀는 회화 책을 들었다. 프랑스어로 말했지만 아무도 이해하지 못했고, 독일어로 말했지만 몇 마디 할 수 있는 실력이 아니었다. 남자는 관계자들의 관심을 끌려고 지팡이를 들어 쿡쿡 찔렀고, 숙녀는 누군가의 코코아 광고를 보더니 "세상에!" 하면서 고개를 홱 돌렸다.

정말, 그녀는 그럴 만했다. 광고주들의 고향인 영국에서조차도, 포스터를 보면, 코코아를 마시는 숙녀는 이 세상에 아무것도 원하는 것이 없어 보인다. 고작해야 1미터 정도 되는 인조 모슬린 천 정도나 원할까. 유럽에서 그녀는 다른 필수품 없이도 지낼 수 있다. 코코아는 음식이자 음료일 뿐 아니라, 코코아 제조업자의 아이디어에 따르면, 옷도 될 수 있다.

물론 그들은 이내 관심의 대상이 되었다. 약간 도움을 제공할 수 있었기 때문에, 그들과 5분 정도 대화를 나눌 기회를 얻었다. 그들은 붙임성 있는 사람들이었다. 신사는 나에게 자기 이름이 존스고 맨체스터에서 왔다고 했다. 하지만 맨체스터 어디서 왔는지는, 아니면 맨체스터가 어디 있는지는 잘 모르는 것 같았다. 어디로 가는 길이냐고 물었지만 그것도 대답하지 못했다. 상황에 달려 있다고 했다. 나는 사람들 많은 도시에서 걸어 다니려면 등산용 지팡이가 불편하지 않으시냐고 물었다. 그는 가끔은 방해가 된다고 인정했다. 나는 베일 때문에 앞이 답답하지 않으시냐고 물었다. 그는 파리들이 꼬일 때만 베일을 드리운다고 설명했다. 나는 숙녀에게 바람이 차지 않냐고 물었다. 그녀는 자기도 그런 생각을 했다면서 특히 모퉁이에 있을 때 그렇다고 했다. 이런 질문들을 여기 써놓은 식으로 연달아 한 것은 아니다. 일반적인 대화를 나누면서 적절하게 배치했기 때문에 관계를 좋게 하고 헤어질 수가 있었다.

나는 이들의 등장에 대해 많이 생각했다. 그리고 어떤 확고한 의견을 가지게 되었다. 나중에 어떤 사람을 프랑크푸르트에서 만났는데 그 사람에게 이 쌍에 대해 얘기했다. 그랬더니 그 사람은 자기는 그들을 파리에서 봤다면서, 파쇼다 사건(이집트의 파쇼다에서 영국의 종단 정책과 프랑스의 횡단 정책이 충돌하여 일어난 사건) 3주 후의 일이라고 했다. 스트라스부르크에서 만난 철강업 종사자 하나는 트란스발 주 문제(남아프리카 공화국 북동부에 있는 주. 케이프 식민지에서 영국 지배에 반기를 든 보어인들이 내륙으로 북상하여 트란스발공화국을 건국, 영국에 합

병되었다가 곧 독립을 되찾았다. 이후 금광맥이 발견되자 케이프 식민지 총리가 제이슨 침입 사건을 일으켰고, 이어 2차 보어전쟁이 일어났다) 때문에 긴장감이 감도는 동안 베를린에서 그들을 봤다고 했다. 그리하여 내가 내린 결론은, 이들은 국제 평화 유지라는 임무를 띠고 활동 중인 배우들이라는 것이다. 영국과 전쟁을 벌여야 한다고 주장하는 파리 대중의 분노를 가라앉히려고 프랑스 외무부에서는 이 감탄할 만한 한 쌍을 포섭하여 시내를 돌아다니게 했다. 재밌게 해주는 뭔가를 보면서 저걸 죽여야지 하는 생각을 동시에 하지는 못하는 법이다. 프랑스 사람들은 영국 신사와 영국 숙녀를 살아 있는 형체로 접하게 되었고, 그들의 분노는 웃음으로 폭발했다. 전략이 성공하자, 이 배우들은 독일 정부에 자신들의 서비스를 제안하게 되었고, 그 효과가 바로 우리가 몸소 하나가 되었던 바로 그때의 광경으로 나타난 것이다.

우리 정부도 이 교훈을 배워야 한다. 다우닝 가에 작고 뚱뚱한 프랑스 사람 몇 명을 배치해두었다가 필요한 일이 있을 때마다, 어깨를 으쓱으쓱거리고 개구리 샌드위치를 먹으면서 나라 안팎을 돌아다니게 해도 좋을 것이다. 더럽고 지저분하게 산발을 한 독일 사람 몇도 확보해두었다가 긴 담뱃대로 담배를 피우고 '조(so)' '조(so)' 하면서 걸어 다니게 해도 좋을 것이다. 사람들은 웃으면서 말할 것이다.

"저런 인간들이랑 전쟁을? 안 하는 게 낫겠다."

정부에서 거부한다면, 평화 단체 여러분들은 어떤가. 내 제안에 생각이 없으신지.

프라하 체류는 조금 연장하지 않을 수 없었다. 유럽에서 가장 흥미로운 도시 중 하나기 때문이다. 그곳의 모든 돌에 역사와 로맨스가 아로새겨져 있으며, 주변에 전쟁터가 아니었던 곳이 없다. 프라하는 종교 개혁을 낳은 도시고, 30년 전쟁을 부화시킨 도시다. 하지만 프라하의 창문들이 조금만 덜 크고 조금만 더 사용하기 불편했더라면, 프라하는 많은 재난에서 무사할 수 있지 않았을까.

비극적인 참화는 시 청사 창문에서 아래쪽에 있는 후스 파의 창 끝을 향해 가톨릭 의원들 일곱 명을 던졌을 때 시작되었다. 두 번째로는 흐라드쉰에 있는 구 왕궁 창문에서 황실 의원들이 던져졌다. 이후 다른 중대한 문제들이 프라하에서 결정되었다. 폭력 없이 끝난 것으로 보아 지하실에서 논의되었음이 분명하다고 사람들은 생각한다. 프라하에서 태어난 진정한 프라하인들에게 창문은 늘, 하나의 중요한 논법으로서, 강한 유혹의 대상이었다. 이곳 성당에는 존 후스가 서서 연설을 했던 벌레 먹은 연단이 아직 남아 있다. 사람들은 오늘날 똑같은 연단에서 교황을 신봉하는 사제의 목소리를 들을지도 모른다. 콘스탄츠 교외에는 덩굴로 반쯤 가려진 거친 돌 토막 하나가 남아 후스와 제롬이 화형을 당했던 그 지점을 표시해준다. 역사는 아이러니를 좋아한다. 바로 이 성당에, 1천 1백 개의 신경과 하나의 인성(人性)을 가진 지구가 우주의 중심이라고 생각하는 실수를 저지른 천문학자 브라헤가 묻혀 있다. 그것만 아니면 별 관찰은 훌륭하게 잘한 사람이다.

종교 개혁가 지슈카와 30년 전쟁 당시 황제군 총사령관을 지낸 발렌슈타인 역시, 궁전 근처의 더러운 오솔길들을 내달렸던 때가 있었을 것이다. 프라하 사람들은 발렌슈타인에게 '영웅'의 칭호를 주었다. 그가 자신들의 시민이었다는 것을 정직하게 자랑스러워

한다. 발슈타인 광장에 있는 음울한 성에는 그가 기도하던 회의실이 신성한 장소로 보존되어 있다. 정말 그에게 영혼이 있었다고 생각하는 것일까? 이 성의 구불구불하고 가파른 길들은 열두 번은 숨이 막혔을 것이다. 타보르 파(후스 파 중에서 전투적인 일파. 성서를 글자 그대로 해석하자고 주장했다)의 추격을 받는 지기스문트(카를 4세의 둘째 아들로, 1419년 보헤미아의 왕이 되었다. 콘스탄츠공의회를 소집하여 교회 분열을 수습했다. 공의회에서 후스의 처형을 결정했다)의 도망치는 군사들 때문에, 신성로마 가톨릭교도들의 추격을 받는 창백한 프로테스탄트 신교도들 때문에. 색슨족 때문에, 바이에른인 때문에, 프랑스인 때문에. 스웨덴 구스타브 2세의 추종자들과 프로이센의 프리드리히 대왕의 전투 기계들은 이 성문 앞에서 포효하며 전투를 치렀다.

유대인들 역시 프라하의 역사에서 빼놓을 수 없다. 때로 그들은 가톨릭교도들을 도와, 그들이 가장 즐겨하는 소명인 학살에 동참했다. 유대교 예배당 둥근 천장에 걸린 깃발은 페르디난드 2세가 스웨덴 프로테스탄트들에 저항할 수 있도록 도와준 용기를 증거한다. 프라하의 유대인 지구는 유럽 최초였으며, 아직도 서 있는 작은 예배당에서 프라하의 유대인들은 8백 년 동안 예배를 드려왔다. 그동안 여자들은 밖에서 그들을 위해 제공된, 거대한 벽에 난 귓구멍을 통해 경건하게 예배에 귀를 기울여왔다. 근처 유대인 공동 묘지인 '생명의 집'은 죽은 이들로 인해 금세라도 터져버릴 것 같다. 거기가 아니면 아무 데도 이스라엘의 뼈를 쉬게 할 수 없다는 세기의 불문율 때문이다. 아래쪽에 있는 찡그린 얼굴의 원주인이 위쪽으로 툭툭 올려놓은 듯, 그곳에는 낡고 부서진 묘비들이 켜켜이 쌓여 있다.

유대인 지구의 담장은 오래전에 허물어졌다. 하지만 프라하에 사는 유대인들은 아직도 그들의 냄새나는 구역 안에 끈질기게 머문다. 마치 금세라도, 그곳을 도시에서 가장 멋진 구역으로 변신시켜줄 것을 보장하는 새로운 거리들이 들어서기라도 할 것처럼 말이다.

드레스덴에 있을 때 사람들이 우리에게 프라하에 가면 독일어를 하지 말라고 충고했다. 몇 년 동안 소수 게르만족과 다수 슬라브족 간에 쌓인 악감정이 보헤미아에 맹위를 떨쳤기 때문에, 프라하의 어떤 거리에서 독일인이라는 착각을 받았다간, 민족 내에서의 현재 지위가 예전 같지 않은 사람에겐 불편이 있을 수 있다는 것이었다. 하지만 우리는 프라하의 어떤 거리에서 독일어를 말했다. 달리 방법이 없었다. 그쪽 방언은 워낙에 오래된 데다 과학 체계적인 진화가 이루어졌다는 말이 있다. 알파벳이 마흔두 개나 되는 게, 우리 같은 사람들에게야 중국어와 다를 바가 없다. 단숨에 익힐 수 있는 언어가 아니라는 말이다. 우리는 전반적인 상황으로 볼 때 독일어 쪽을 계속 미는 것이 위험 요소가 덜하다는 결론을 내렸고, 사실 해로운 일도 일어나지 않았다. 왜 그랬을까? 내 생각은 이렇다.

프라하 사람들은 굉장히 정확한 사람들이다. 우리가 쓰는 독일어에는 아주 경미하다고 할 만한 억양 차이나 아주 소소한 약간의 문법적 결함이 생겼을 것이다. 그러니 프라하 사람들은, 보기에는 전혀 그렇게 안 보였겠지만, 우리가 진정한 독일인이 아니라는 것을 눈치 챘던 것이다. 아니 뭐 꼭 그랬다고 주장하는 것이 아니라 그랬을지도 모른다는 거다.

하지만 불필요한 위험을 피하려고, 우리는 안내인의 도움을 받으며 관광을 했다. 내가 아는 한 완벽한 안내인은 없다. 이번에도 이 사람에겐 중대한 두 가지 결함이 있었다. 우선 영어가 상당히 약했다. 사실 영어라고 말할 수도 없는 수준이었다. 국적 불명의 언어였다. 하지만 완전히 그의 잘못이라곤 할 수 없다. 그는 어떤 스코틀랜드 여자에게서 영어를 배웠다. 나는 그쪽 말을 잘 이해하는 편이다. 현대 영문학을 따라가려면 그 정도야 필수다. 하지만 슬라브족 억양에다, 가끔씩 게르만족 억양도 섞이는 스코틀랜드 영어를 이해하려고 지성을 혹사시키는 데도 한계가 있다. 처음 한 시간 동안은 이 남자가 숨이 막혀서 컥컥거린다고 생각했다. 금방이라도 우리 앞에서 죽을 것만 같았다. 하지만 시간이 점차 지나자 우리도 익숙해져서, 그가 입을 열 때마다 등을 쳐주고 단추를 풀어줘야 되지 않을까 하는 생각에서 벗어났다. 나중에는 그가 하는 말도 어느 정도 이해하게 되었는데, 그래서 불행하게도 그의 두 번째 결함을 발견하게 되었다.

그는 최근에 발모제를 발명한 후 지역 약국 하나를 잡고 제품 선전을 부탁해둔 모양이었다. 그가 우리에게 해준 설명의 반은, 프라하의 아름다움이 아니라, 이 제품의 사용이 인류에게 가져올 이점에 관한 것이었다. 표정과 제스처만 보면 프라하의 풍경과 건축물에 관한 설명이 풍부하게 이어지는구나 싶었을 테지만, 실상 우리가 늘 그렇듯 묵묵히 들어야 했던 것은, 자기 제품의 필요성에 대해 너무나도 공감하는 그의 열정 어린 설명이었다.

결국 그를 그 주제와 떨어지게 하는 일은 불가능하게 되어버렸다. 잔해가 남은 성이나 서서히 무너지는 교회는 마치 시시한 것들이라는 양 짤막하고 무뚝뚝한 언급이 있었을 뿐이다. 상황이 그렇게 되자 퇴락하고 쇠퇴하는 것들에 대해 알고 싶다는 데카당스적 욕망이 샘솟았다. 안내인의 관점에서 보자면, 그의 의무는 우리를 시간이 만들어놓은 참화의 현장에서 머뭇거리게 하는 것이 아니라, 그것을 복원시킬 수 있는 수단으로 우리의 관심을 이끄는데 있었다. 머리가 깨진 영웅들, 아니면 머리가 벗겨진 성인들과 우리가 무슨 상관이란 말인가? 우리의 관심은 너무나 당연하게도 살아 있는 현실 세계로 향해야 했다. 풍성한 머리를 늘어뜨린 아가씨들 아니면, 설명서 그림을 통해 잘 알 수 있는 것처럼, '코프케오'의 적절한 사용을 통해, 뻣뻣한 수염이 난 젊은이들에게도 자라날 수 있는 풍성한 머리카락에게로.

무의식적으로, 그의 마음속에서 세계는 두 개로 양분되어 있었다. 과거(사용 전), 보기 싫고 관심 없는 세계. 미래(사용 후), 비옥하고 귀엽고 '모든 이에게 신의 축복이 있는' 세계. 그러니 중세 역사의 현장에 대한 안내인 자질이 있었을 리가 없다.

그는 우리가 묵는 호텔로 그 제품 세 병을 보내왔다. 처음에 그 사람과 대화를 시도하던 중 우리가 모르는 사이 그런 요구를 한 것 같았다. 개인적으로 난 이 제품에 대한 어떤 평가도 하고 싶지 않다. 오랜 시간에 걸친 실망감이 나에게서 감정을 앗아가버렸다. 그렇지만 아무리 희미하다고 해도 영원히 사라지지 않고 남는 파라핀 냄새를 맡다 보면 한마디 하지 않을 수가 없다. 특히 결혼한 남자의 경우엔 더더욱 그렇다. 나는 이제 샘플도 사용하지 않는다.

내 건 조지에게 주었다. 조지가 리즈에 사는 아는 사람에게 보내겠다면서 달라고 했기 때문이다. 나중에 알고 보니 해리스 역시, 바로 그 사람을 위해서, 조지에게 자기 걸 주었다고 했다.

프라하를 떠난 이후로 줄곧 양파 냄새가 사라지지 않았다. 조지도 자기한테서 그 냄새가 나는 줄 알았던 모양이다. 그는 유럽 음식에는 마늘을 참 많이 사용한다고 했다.

해리스와 내가 조지에게 우애 넘치는 친절을 베풀어준 것은 프라하에서였다. 한동안 살펴보니 조지가 필젠 맥주를 너무 많이 마셔댔다. 이 독일 맥주는 특히 날씨가 더울 때면 도저히 뿌리칠 수 없는 음료다. 하지만 지나치게 마시면 좋지 않다. 머리를 어떻게 하지야 않지만, 시간이 지나면 허리 둘레가 망가진다. 나 역시 독일에 갈 때마다 다짐한다.

"난 독일 맥주는 마시지 않을 거야. 소다수나 약간, 화이트 와인이나 마셔야지. 어쩌다가 엠스 강물이나 잿물을 한 잔씩 마실 수는 있겠지만, 하지만 맥주는 안 돼. 절대로 안 되는 건 아니지만 거의 절대로……"

이것은 내가 모든 여행객들에게 권하는 훌륭하고 쓸모 있는 결심이다. 다만 나 자신이 이 결심을 지킬 수 있었으면 좋겠다는 작은 바람을 가졌다. 내가 그렇게 말렸지만, 조지는 속도와 강약을 절대로 조절하지 않았다. 다만 절도 있게 독일 맥주는 좋다고 했다.

"아침에 한 잔, 저녁때 한두 잔 정도야 아무런 문제가 안 돼."

조지의 말이 옳을지도 모른다. 해리스와 내가 걱정한 건 그가 여섯 잔째를 마셨을 때부터니까.

"조지 말로는 유전이래. 평생 목이 마르는 가문인가?"

"아폴리나리스 워터(본 근처 아폴리나리스부르크에 있는 샘에서 채취한

153

다. 식탁에 두고 먹는 알칼리성 미네랄워터)도 있잖아. 레몬만 조금 짜 넣으면 아무런 해도 없는 음료야. 게다가 이제 몸도 생각해야지. 이런 식으로 가다간 타고난 우아함을 다 잃어버리게 될 거야."

우리는 이 문제를 두고 오랜 토론을 벌였다. 그리고 우리를 도와주시는 신의 섭리에 힘입어 계획을 하나 세웠다. 도시 조경 차원에서 마침 새 동상 하나를 만든 참이었다. 누구의 동상이었는지는 기억이 안 나지만, 기본적으로 거리 동상이 늘 그렇듯 흔한 거리 동상이었고, 거리 동상이 늘 그렇듯 흔한 어떤 인물의 동상이었고, 늘 그렇듯 목을 뻣뻣하게 든 동상이었으며, 늘 그렇듯 말을 탔고, 또 늘 그렇듯 말은 뒷다리로만 서서 앞다리에게 발길질할 시간을 주었다는 것을 말해드릴 수 있다. 하지만 자세히 들어가면 이 동상에게도 개성이 있었다. 보통은 검이나 봉 같은 것을 들게 마련인데, 이 남자는 힘차게 내민 손에 깃털 달린 모자를 들었다. 말 역시 보통은 꼬리가 폭포처럼 늘어지게 마련인데, 이 말은 당당한 태도와는 다소 맞지 않아 보이는 소박한 규모의 꼬리를 소유했다. 꼬리가 그래서야 그다지 의기양양하게 달릴 수 있을 것 같지 않았다.

이 동상은 카를 교의 한쪽 끝에서 그리 멀지 않은 작은 광장에 서 있었다. 하지만 임시로 그곳에 세운 것이었다. 어디에 세울지 결정을 내리기 전에, 도시 관계자들이 매우 센스가 있게도 어디 세워야 가장 멋져 보일지 시험을 해보기로 한 것이다. 당연히 그들은 그 동상과 똑같은 동상을 세 개 만들었다. 나무로 측면만 대충 만든 것이어서 가까이서 볼 만한 지경은 아니었지만, 멀리서 보면 필요한 효과를 나타내기에 충분했다. 이것들 중 하나는 프란

츠 요제프 다리 입구에, 두 번째 것은 극장 뒤에 있는 공터에, 세
번째 것은 벤젤 광장 중심에 세워졌다.

"조지가 이 사실을 모른다면(우리는 우리끼리 한 시간 정도 산책을 했
다. 조지는 숙모에게 편지를 쓴다고 호텔에 남았다), 조지가 이 동상들을
아직 안 봤다면, 이것들을 이용해서 녀석을 더 반듯하고 더 날씬
한 남자로 만들어줄 수 있을 거야. 바로 오늘 저녁에."

그래서 우리는 저녁을 먹으면서 조지를 살짝 떠봤다. 동상에 대
해 아무것도 모른다는 것이 확인되자, 우리는 그를 밖으로 데리고
나왔다. 그리고 샛길로 진짜 동상이 서 있는 곳까지 갔다. 늘 그렇
듯이 조지는 동상을 잠시 쳐다보더니 지나치려고 했다. 하지만 우
리는 조지를 잡아끌면서 좀 자세히 보라고 했다. 조지를 데리고
동상 주위를 네 바퀴 돌면서 모든 가능한 각도에서 동상의 면모를
보게 했다. 전반적으로 볼 때 조지를 지루하게 한 것 같은 느낌은
들었지만, 그래도 우리의 목적은 그에게 동상에 관한 깊은 인상을
심어주는 것이었다. 우리는 그에게 말을 탄 남자에 관한 이야기를
들려주었다. 동상을 만든 예술가의 이름과 동상의 무게와 크기도
일러주었다. 우리의 작업은 그의 사고 체계 속으로 동상이 들어가
게 만드는 것이었다. 이 모든 것이 끝날 무렵이 되자, 조지는, 잠시
였지만, 그가 아는 것 중에 동상에 관한 내용이 가장 많게 되었다.
우리는 조지의 의식이 동상을 흡수하게 만들었다. 그리고 마침내,
그가 다음 날 아침, 동상을 더 잘 볼 수 있을 때, 우리와 함께 다시
이 동상을 보러 온다는 조건 하에 그를 놔주었다. 그리고 확실히
하려고 수첩을 꺼내서 동상이 서 있는 장소가 어디인지 분명하게
적어두라고 했다.

그런 후 우리는 조지의 단골 맥주 가게에 갔다. 그리고 그의 옆에 앉아서, 독일 맥주가 잘 맞지 않았는데도 너무 많이 마셔대는 바람에 그만 정신이 돌아버려 살인 행각에 심취하게 된 사람들의 일화를 들려주었다. 그걸 너무 마셔서 젊어 세상을 뜬 사람들이 얼마나 많은 줄 알아? 남자들이 왜 아름다운 아가씨들과 영원한 이별을 하는지 알아? 다 독일 맥주 때문이야…….

10시가 되자 우리는 자리에서 일어나 호텔로 걸어가기 시작했다. 폭풍이 칠 것 같은 밤이었다. 무거운 구름이 달 위에 걸렸다. 해리스가 말했다.

"왔던 길로 가지 말고 다른 길로 가자. 강변길이 좋겠어. 달빛 아래 분위기가 그만이거든."

해리스는 걸으면서 자기가 알던 한 남자에 관한 슬픈 이야기를 들려주었다. 지금은 정신병원에 있는 사람이라고 하면서, 지금 이 이야기를 꺼내는 이유는, 그 남자를 마지막으로 본 게 바로 이런 날 밤이었기 때문이라고 했다. 해리스는 그들이 템스 강변을 걸었다고 했다. 그런데 그 남자가, 방금 웨스트민스터 다리 옆쪽에서 웰링턴 공작의 동상을 보았다고 주장하는 바람에 깜짝 놀랐다고 했다. 다 아는 것처럼 그 동상은 피커딜리 광장에 서 있다.

우리가 첫 번째 모조 동상과 딱 맞닥뜨린 것이 바로 정확히 이 순간이었다. 동상은 우리가 선 곳과 반대편 조금 위쪽, 울타리를 쳐둔 작은 광장 중앙에 서 있었다. 조지가 갑자기 움찔하더니 둑 옆쪽에 기대섰다.

"왜 그래? 어지러워?"

내가 물었다.

"응, 조금 그러네. 여기서 잠시만 쉬자."

그는 동상에 눈동자를 고정한 채 제자리에 우뚝 서 있었다. 그러더니 거친 목소리로 말했다.

"동상 말이 나왔으니 말인데, 정말 놀랍지 않아? 동상들은 다 똑같아 보인다니까."

"그 점에 관해선 동의할 수 없어. 그림이라면 또 몰라. 어떤 그림들은 다른 그림들하고 정말 똑같아 보이기도 하니까. 하지만 동상에 관해서라면 차이점이 분명하잖아. 아까 오후에 우리가 본 동상만 해도 그래. 말을 탄 한 남자를 나타내고 있잖아. 프라하에 말 탄 남자들의 동상이 적지 않지만, 어디 하나라도 비슷해 보이는 게 있나?"

해리스가 말했다.

"무슨 소리야? 다 비슷하잖아. 늘 그 말이 그 말이고 그 사람이 그 사람이잖아. 다들 똑같다고. 그렇지 않다고 말하는 건 말도 안 되는 소리야."

그는 해리스에게 화가 난 것 같았다.

"왜 그렇게 생각하는데?"

내가 물었다.

"왜 그렇게 생각하냐고? 그게…… 그러니까 저기 서 있는 저 망할 놈의 걸 좀 보란 말이야!"

"저기 어디? 뭐?"

내가 말했다.

"저거 말이야. 저길 좀 보라고! 뒷발로, 뭉뚝 꼬리를 해가지고 서 있는 말 안 보여? 저 남자도 똑같잖아, 모자도 안 쓰고, 똑같잖아!"

"아까 본 그 동상 말하는 거야?"

이번에는 해리스였다.

"아냐, 누가 지금 그 소리야? 저기 서 있는 저 동상 얘기잖아!"

"무슨 동상?"

조지는 해리스를 쳐다보았다. 하지만 해리스는 조금만 노력했으면 훌륭한 아마추어 배우가 되었을 수도 있는 친구다. 그의 얼굴에 친구를 향한 애처로움이 놀라움과 뒤섞여 떠올랐다. 그러자 조지는 이번엔 나에게로 시선을 돌렸다. 나는 안간힘을 쓰며 해리스의 표정을 따라하려고 노력했다. 그리고 질책의 시선을 조금 곁들이는 것도 잊지 않았다.

"마차 부를까? 뛰어가서 잡아올게."

나는 되도록이면 친절한 목소리로 조지에게 말했다.

"마차는 무슨 마차야!"

조지가 평정심을 유지하지 못하고 무례하게 대답했다.

"너희들은 농담도 이해 못 해? 이거야 원, 한심하다, 한심해."

조지는 이렇게 말하며 다리를 건너기 시작했다. 우리는 뒤를 따라갔다.

"그랬구나, 농담이었어. 정말 다행이다."

조지를 따라잡은 해리스가 말했다.

"뇌가 물렁해지면서 헛것이 보이는 경우를······."

"조용히 좀 해! 오지랖 하고는!"

조지의 태도는 정말 무례함의 극치였다.

우리는 강변에 있는 극장 근처로 길을 잡았다. 조지에게는 그게 지름길이라고 했다. 그리고 그건 사실이었다. 극장 뒤쪽에 있는 공터에 들어서자 두 번째 동상이 나타났다. 그것을 본 순간 조지가 또다시 움찔하더니 제자리에 서고 말았다.

"왜? 어디 안 좋은 건 아니지?"

해리스가 친절하게 물었다.

"이 길이 지름길이 아닌 것 같아."

"지름길 맞아."

"어쨌든 난 다른 길로 갈 거야."

조지가 발걸음을 돌렸다. 우리는 아까처럼 다시 그의 뒤를 따라 갔다. 페르디난드 거리를 따라가는 동안 해리스와 나는 사립 정신병원에 대한 얘기를 나누었다. 해리스 말로는 영국 정신병원은 운영 상태가 좋지 못하다고 했다. 친구 하나가 정신병원 환자인데…….

"넌 정신병원에 무슨 친구들이 그렇게 많냐!"

마치 어딘가에 해리스의 친구 대다수를 받는 정신병원이라도 있다는 듯, 아주 모욕적인 어조였다. 하지만 해리스는 화를 내지 않았다. 그는 그저 조용한 목소리로 이렇게 말했다.

"하긴 생각해보면 정말 이상한 일이긴 하지. 어떻게 그렇게 많은 친구들이 갑자기 그런 상태에 빠질 수가 있는지 말이야. 좀 걱정이 되는 게 사실이야."

벤젤 광장 코너에서 우리보다 몇 발짝 앞선 해리스가 멈춰 섰다.

"여기 참 괜찮지 않아?"

주머니에 손을 찌르고 감탄 어린 시선으로 광장을 바라보며 해리스가 말했다.

조지와 내가 해리스의 곁으로 가서 섰다. 2백 미터쯤 앞, 광장 중앙에 이 무시무시한 세 번째 동상이 서 있었다. 내 생각엔 세 개 중 가장 나아 보였다. 가장 진짜 같았다. 황량한 하늘을 배경으로 뚜렷한 동상의 실루엣이 드러나 있었다. 뒷발로 선 말, 이유를 알 수 없는 뭉뚝한 꼬리, 깃털 꽂힌 모자로 구름 걷힌 달을 가리키는 맨머리의 남자.

"괜찮으면……."

조지는 기어들어가는 듯한 목소리로 말했다. 좀 전에 표출되었던 공격성은 이제 완전히 사라지고 보이지 않았다.

"마차를 타고 싶다. 근처에 있을까?"

"안색이 안 좋아. 머리지, 그렇지?"

해리스가 여전히 친절한 목소리로 말했다.

"그런 거 같아."

"어쩐지, 그런 것 같더라. 짐작은 했지만 얘기를 꺼낼 수가 있어야 말이지. 너도 뭐가 보이는 거지, 그렇지?"

"아니, 그런 건 아니야. 뭔지는 정확히 모르겠어."

조지는 다소 재빨리 대답했다.

"내가 알아."

해리스가 진지하게 말했다.

"내가 말해줄게. 네가 마셔댄 독일 맥주가 문제야. 내가 아는……."

"네가 아는 사람 얘기 좀 그만해! 다 사실이라고 인정해줄 테니까. 하지만 듣고 싶지는 않아, 그러니까 그만 좀 해."

"네 몸이 받지 않는 거야."

"오늘부터 안 마실게. 네 말이 맞을지도 모른다는 생각이 드니까. 나하고 안 맞는 거 같아."

우리는 조지를 호텔로 데리고 왔다. 조지는 침대에 들었다. 행동 거지가 아주 온화했고, 사뭇 감사해했다.

그로부터 얼마 후, 하루 종일 자전거를 탄 후 만족스런 저녁 식사를 마치고 쉬고 있을 때, 우리는 조지에게 시가를 한 대 건넨 후, 주위에 있는 물건들을 모두 치운 다음 그를 위해 우리가 구상했던 이 전략을 털어놓았다.

"가짜 동상이 몇 개였다고?"

얘기를 다 듣고 나서 조지가 물었다.

"세 개."

해리스가 대답했다.

"세 개뿐이었어? 정말이야?"

"물론. 왜?"

"아, 아무것도 아니야."

조지는 해리스의 말을 믿지 않는 것 같았다.

31킬로미터가 넘게 줄을 서는 사람들 무리로 붐비는 것이 6시에서 8시까지다. 이곳에서는 바벨탑에서 메아리치는 것보다 더 많은 언어를 들을 수 있다. 서 있는 곳에서 12미터 안팎으로 폴란드 유대인과 러시아 왕자, 중국 만다린어와 터키 파샤어, 입센의 연극에서 방금 빠져나온 것처럼 보이는 노르웨이인, 프랑스 거리의 여인, 스페인 대공, 영국의 백작 부인, 몬테네그로 산지 사람, 시카고의 백만장자가 모두 보인다. 칼스바트는 방문객들에게 세상에 존재하는 사치란 사치는 모두 제공한다. 예외가 있다면 후추인데, 아무리 돈을 줘도 이 도시 반경 8킬로미터 내에서는 구할 수가 없다. 칼스바트 고객의 80퍼센트를 이루고 있는 간 질환 환자들에게 후추는 독약이기 때문이다. 치료보다는 예방이 낫기 때문에, 후추 반입은 철저히 차단된다. 그래서 칼스바트에서는 반입 금지 지역에서 벗어난 곳으로 가서 마음껏 후추를 맛볼 수 있는 '후추 파티'가 열리기도 한다.

중세의 풍모를 기대한다면 뉘른베르크는 실망스런 도시가 될 것이다. 예스러운 분위기와 그림 같은 풍광들이 많이 남았지만 그런 것들이 모두 현대적인 것들에 둘러싸이거나 방해를 받거나 하는 도시다. 예스런 것도 예전의 모습을 잃어버려 더는 예스럽다고 말할 수 없는 형편이다. 언뜻 보기에만 그래 보이는 거다.

그러고 보면 뉘른베르크는 여전히 아름다워 보이는 부인의 모습이 아닌가. 조명을 받아 반짝이는 새로 칠한 페인트와 치장 회반죽 아래서, 우리는 도시의 나이를 짐작할 수 없다. 하지만 자세히 들여다보면, 주름진 벽과 회색 망루들을 볼 수 있으니.

9

우리 셋 다, 이러저러 하다 보니, 뉘른베르크와 블랙 포레스트 사이에서 사건 사고를 저지르고 말았다. 해리스가 슈투트가르트에서 관리를 모욕함으로써 첫 테이프를 끊었다.

슈투트가르트는 사랑스런 곳으로, 깨끗하고 쾌적한 작은 드레스덴 같은 도시다. 매력을 추가한다면, 굳이 일부러 가서 봐야 되는 것들이 많지 않아서(중간 크기의 화랑 하나, 작은 유물 박물관 하나, 반만 남은 성 한 채) 이것들을 쑥 거치고 나면 남은 시간을 혼자 흠뻑 즐길 수 있다는 장점이 있다.

해리스는 자신이 관리를 모욕하는 줄 몰랐다. 그는 그 사람이 소방수인 줄 알았고(정말 소방수처럼 생겼다) 그래서 그에게 "바보 멍청이"라고 했다. 독일에서는 관리를 "바보 멍청이"라고 부를 수 없다. 하지만 분명히 이 사람은 그렇게 불러도 좋을 만한 인간이었

163

다. 사건의 진상은 이렇다.

시립 공원에 있던 해리스가 빨리 나오고 싶은 마음에, '아, 저기 문이 하나 열렸네' 생각하며 공원 철조망을 넘었다. 해리스는 못 봤다고 했지만, 분명히 철조망에는 '넘어가지 마시오'라는 팻말이 붙어 있었다. 근처에 선 남자가 해리스를 잡아 세우고 이 팻말에 대해 설명했다. 해리스는 감사하다고 말하고 그냥 지나쳤다. 그러자 남자가 다시 해리스를 따라오더니, 이 문제를 어물쩍 넘기려는 태도는 용납할 수 없다고 했다. 정상적인 절차를 밟으려고, 그는 해리스더러 다시 공원으로 들어가야 한다고 했다. 해리스는 팻말에 '넘어가지 마시오'라고 적힌 상황에서 다시 철조망을 넘어 공원에 들어간다면, 그건 법을 두 번 어기는 경우가 되지 않겠느냐고 지적했다. 그 남자는 한참 생각하더니, 난관을 해결할 방법이랍시고, 해리스더러 모퉁이 돌아서 있는 제대로 된 입구를 통해 공원으로 들어간 다음, 다시 그 문으로 나오라고 제안했다. 해리스가 이 남자에게 "바보 멍청이"라고 외친 게 바로 이 순간이었다. 그래서 우리 일정은 하루가 지연됐고, 해리스는 40마르크의 대가를 치러야 했다.

그다음 주인공은 바로 나로, 사건은 카를스루에서 자전거를 훔치면서부터 시작되었다. 자전거를 훔칠 생각은 아니었다. 다만 쓸모 있는 존재가 되려는 노력을 했던 것뿐이다. 기차가 막 출발하려는 참이었는데, 해리스의 자전거가 아직 짐칸에 있었다. 그러니까 난, 그렇게 생각했다. 아무도 나를 도와줄 수 없었다. 나는 짐칸으로 뛰어들어 간신히 자전거를 내렸다. 의기양양하게 플랫폼 밖으로 자전거를 끌고 나오는데, 우유통들과 함께 벽에 기대어 선 해리스의 자전거가 보였다. 내가 구출해낸 자전거는 해리스의 자전거가 아니었다.

참으로 당황스런 상황이 아닐 수 없었다. 영국이었다면, 역장에게 가서 내 잘못에 대해 설명했을 것이다. 하지만 독일에서는 이런 사소한 문제라 할지라도 한 사람에게만 설명하는 것이 허락되지 않는다. 여섯 명 정도한테는 설명을 해야 한다. 이들 중 한 명이라도 자리에 없거나 당신 설명을 들을 시간이 없으면, 다음 날 아침 설명이 끝날 때까지 당신을 붙잡아두는 사람들이다, 이 독일 사람들은. 그래서 나는, 할 수 있는 대로 빨리 이 물건을 어디 보이지 않는 곳에 치워버리고, 조용히 산책이나 다녀와야겠다고 생각했다.

마침 장작 두는 곳이 눈에 띄었다. 딱 안성맞춤인 장소였다. 나는 그 안으로 자전거를 끌고 갔다. 그런데 재수가 없게도 빨간 모자를 쓴 철도 관리 하나가 나를 보고 만 것이다. 은퇴한 육군 원수 같은 분위기를 풍기는 남자였다.

"뭐 하시는 겁니까?"

"길에서 거치적거리는 거 같아서요. 여기 넣어두려는 참입니다."

나는 가능한 최선을 다해서 내 말투에, 내가 뭔가 철도 관리들의 감사 인사를 받을 만큼 친절하고 사려 깊은 행동을 하는 중이라는 암시를 주려고 노력했다. 하지만 그는 아무런 반응이 없었다.

"선생 자전거인가요?"

"네? 아니요."

"그럼 누구 겁니까?"

그의 목소리는 조용하고 날카로웠다.

"글쎄요, 그건 잘 모르겠습니다만."

"어디서 나신 겁니까?"

이것이 그의 다음 질문이었다. 목소리에서 거의 모욕에 가까운 의심의 마음을 느낄 수 있었다.

"그러니까……."

나는 최대한 침착하고 의연하게 대답했다.

"기차에서 내렸습니다."

그리고 솔직하게 말을 이었다.

"사실은 제가 실수를 좀 저질렀거든요."

그는 내 말이 끝나기를 기다려주지 않았다. 자기도 그렇게 생각했다면서 호각을 불었다. 다음에 벌어진 일에 대해 생각하는 것은 개인적으로 별로 즐거운 일이 아니다.

기적과도 같이(신이 우리 중 누군가는 굽어 살피고 있다고 하지 않는가), 이 사건이 일어난 곳이 꽤 중요한 직책을 맡은 독일인 친구가 사는 카를스루에였기 망정이지, 다른 곳이었거나 그 친구가 달려와주지 않았다면 무슨 일이 일어났을지 정말 상상도 하기 싫다. 정말 아찔한 순간이었다.

맘 같아서는 내 명예에 아무런 오점 없이 그곳을 떠나왔다는 소식을 전하고 싶다. 하지만 그것은 진실이 아닐 터. 지금까지도 그곳 경찰들 사이에서는 그때 나를 그대로 놓아준 일을 심각한 과실로 여긴다.

하지만 이 모든 죄들은 조지의 불법 행위 앞에서는 의미가 퇴색되어버린다. 자전거 사건 때문에 모두 정신이 없어서, 어쩌다 보니 결과적으로 우리는 조지를 잃어버렸다. 알고 보니 경찰서 밖에서 우리를 기다렸다는데, 당시에는 알지 못했다. 어쩌면 녀석이 혼자 바덴으로 갔을 거라고 생각했다. 어서 그 지역을 벗어나고 싶기도 하고, 그리고 어쩌면 똑똑하게 생각할 정신도 없고 해서, 우리는 다음 기차에 올라타버렸다.

기다리다 지쳐서 역으로 돌아온 조지는 우리와 자신의 짐이 모두 사라진 것을 알게 되었다. 표는 해리스가 가지고 있었다. 내가 총무라 돈 관리를 했기 때문에 조지 주머니엔 잔돈 몇 푼밖에 없었다. 상황이 이렇게 되자 조지는 유유히 범죄의 길로 들어서게 된다. 후에 공식 소환장에 노골적으로 서술된 그의 범죄 행각을 읽으면서, 해리스와 나는 머리가 쭈뼛 서지 않을 수 없었다.

설명을 하자면, 독일 여행은 좀 복잡한 편이다. 출발지 역에서 가고자 하는 목적지 행 표를 산다. 이것으로 모두 해결이라고 생각하면 곤란하다. 그렇지 않으니까. 기차가 오면 당신은 기차에 오르려 할 것이다. 하지만 역무원이 다가와 장대하고 과감한 몸짓으로 손사래를 치며 말한다. "표를 보여주셔야지요." 난 또 뭐라고, 당신은 그에게 표를 내민다. 그런데 이게 웬걸, 그는 지금 이 표만으로는 충분하지 않다고 한다. 당신은 여행을 위한 첫걸음을 내디뎠을 뿐이다. 당신은 매표소로 돌아가서, 이른바 '급행 열차 표'를 추가 구입해야 한다. 이걸 가지고 돌아오면서 모든 고난이 다 지나갔구나 생각해선 안 된다. 기차에 탈 수는 있다. 거기까지는 된다. 하지만 아무 데나 앉으면 안 된다. 가만히 서 있어도 안 된다. 돌아다녀도 안 된다. '좌석 표'라는 다른 표가 더 있어야 하는데, 일정 노선에서 자리에 앉을 권리를 주는 표다.

곧 죽어도 표 한 장밖에 못 사겠다고 하는 사람들한텐 무슨 일이 일어날까? 기차 뒤에서 달려올 권리를 주는 걸까? 아니면 자기에게 라벨을 붙이고 짐칸에 들어갈 수 있게 되는 걸까? 그리고 '급행 열차 표'는 샀는데 고집을 피우거나 아니면 진짜 돈이 없어서 '좌석 표'를 못 사게 되면? 우산 칸에 들어가야 하는 걸까? 아니면 창문에 매달리면 갈 수는 있나?

다시 조지 얘기로 돌아가면, 주머니를 탈탈 터니, 딱 바덴 행 완행 열차 3등석 표를 살 돈이 나왔다. 역무원을 피하려고 그는 기차가 움직이기를 기다렸다. 그리고 기차 안으로 뛰어들었다.

그것이 그의 첫 번째 죄였다.

a. 움직이는 열차에 뛰어든 점

b. 그리고 역무원이 그렇게 하지 말라고 경고를 했는데도 그랬다는 점

두 번째 죄

a. 완행 열차 표를 사고도 급행 열차를 탄 점

b. 역무원이 돈을 더 내라고 했는데도 거절한 점

(조지 말로는 거절한 게 아니라고 한다. 단지 돈이 없다고 했을 뿐이라나.)

세 번째 죄

a. 3등석 표를 사고도 그 칸으로 가지 않은 점

b. 역무원이 돈을 더 내라고 했는데도 거절한 점

(다시 조지가 확실히 하자며 하는 말. 그는 주머니를 뒤집어 보이며 자기가

가진 돈 전부, 그러니까 독일 돈으로 8펜스를 주었다. 그리고 알았으니 3등석으로 가겠다고 했다. 하지만 그 기차에는 3등석이 없었다. 그러니 방법이 있나. 그렇다면 짐칸으로 가겠다고 했다. 하지만 그들은 들은 척도 안 했다.)

네 번째 죄
a. 값도 제대로 안 치른 주제에, 자리를 차지한 점
b. 복도를 걸어 다닌 점
(돈을 내지 않으면 자리에 앉을 수 없다고 했고, 그에겐 돈이 없었기 때문에, 조지로선 달리 방법이 없었다.)

하지만 독일에선 변명이 통하지 않는다. 카를스루에에서 출발하여 바덴에 도착할 때까지 조지에게 든 비용은 최고 기록 중 하나였다.

독일에 있으면 사람이 얼마나 쉽고 빈번하게 사고를 일으킬 수 있느냐 하는 문제를 곰곰 생각하다 보면, 이 나라가 평범한 영국 젊은이에게는 은혜이자 축복일 수 있다는 결론에 이르게 된다. 의학도에게, 런던 법학원의 연수생에게, 휴가 중인 영국군 중위에게, 런던의 삶은 지루함의 연속이다. 건강한 영국인은 비합법적으로 즐거움을 취한다. 그렇지 않으면 그것은 즐거움이 아니다. 어떤 것도 그에게 진정한 만족감을 주지 못한다. 축복이란 어떤 종류의 곤경에 처하는 것이다. 이 점과 관련하여 영국은 이들에게 많은 기회를 제공하지 못한다. 영국 젊은이가 규칙을 위반하고 곤경에 처하려면 굉장한 고집이 필요하다.

어느 날 원로 교구 위원과 이 문제에 대해 이야기를 나눈 적이 있다. 11월 10일 아침이었는데, 우리 둘 다 다소 걱정스런 표정으로 경찰 보고서를 읽었다. 젊은이들 몇이 전날 밤 크라이티어리언 레스토랑에서 소동을 일으켜 소환되었다는 내용이었다. 그 역시 아들들이 있었고, 나 역시 런던에서 오직 엔지니어링 공부에만 열중하는(물론 그의 어머니 생각이다), 내가 늘 아버지 같은 마음으로 보살피는 조카가 있었다. 운 좋게 우리가 아는 이름들은 구류에 처한 젊은이들의 명단 속에 들어 있지 않았다. 안심이 된 우리는 어리석은 젊은이들의 비행에 대해 이러쿵저러쿵 도덕적 판단을 시작했다.

교구 위원이 말했다.

"크라이티어리언이 아직도 이렇다니 참 신기한 일이지 뭔가. 내가 젊었을 때도 딱 이랬거든. 저녁쯤에는 늘 이런 소란이 있었지."

"무의미한 일입니다."

"지루한 일이지. 자넨 모를 거야."

주름 잡힌 얼굴에 꿈꾸는 듯한 표정이 떠올랐다.

"피커딜리서커스 광장에서 바인스트리트 경찰서까지 걸어가려면 말로 형언할 수 없게 피곤해. 하지만 달리 할 게 있어야 말이지. 아무것도 없었어. 가로등을 끄면 뭘 하나. 누가 와서 다시 켜버리는걸. 경찰을 모욕해도 시큰둥해. 우리가 자기를 모욕하는 줄도 몰라. 알아도 별 상관 안 하고. 취미가 있으면 코벤트가든 문지기에게 시비를 걸어보는 것도 좋지. 하지만 문지기들이 수가 좀 좋아? 운이 좋아서 넘어오면 5실링 나가는 거고, 아니면 금화 반 파운드 나가는 거고. 난 그쪽으론 취향이 잘 안 맞더라고. 한번은 마차를 몰았지. 2인승 이륜 포장마차였는데, 그거야말로 추격전의 최고봉이었거든. 딘스트리트에 있는 주점 밖에서 밤에 몰래 슬쩍했지. 그런데 골든스퀘어에서 아이 셋을 데리고 노부인이 마차를 세우지 않겠어. 아이들 둘은 울고 하난 반쯤 잠들어 있었어. 어떻게 해보기도 전에 아이들을 마차에 휙 태우더라고. 내 마차 번호를 적더니 합법적인 요금보다 1실링을 더 얹어주면서(그 여자가 그러더군) 어떤 주소를 대더라고. 노스켄싱턴 좀 지난 곳이라면서. 하지만 알고 보니 거긴 윌즈덴 맞은편이더군. 말은 지치고 시간은 흐르고 흘러 두 시간이 지났어. 내가 가담한 사건 사고 중 가장 속도감이 떨어지는 것이었지. 한 번인가 두 번인가 아이들한테 다시 아까 그 노부인에게 데려다주겠다는 말을 했던 것 같아. 그런데 내가 말을 하려고 문을 열 때마다 그중 가장 어린 사내 녀석이 냅다 악을 써대는 거야. 다른 마부들한테 아이들을 대신 좀 데려다달라고 부탁을 해보기도 했는데, 대부분 그 당시 유행하던 유행가 가사로 대답하더라고. '오, 조지, 너무 무리한 부탁을 한다고 생각지 않으시나요?'

그중 한 명은 혹시 생각한 메시지가 있으면 집에 있는 아내한테 전해줄 수는 있다고 했고, 다른 사람들은 팀을 짜서 나중에 연못에서 건져주겠다고 약속했어. 마부석에 올랐을 때만 해도 난 성미 급하고 나이든 연대장 하나를 사람도 없고 마차도 다니지 않는 지역으로 데리고 갈 거라고 생각했지. 원래 가려고 했던 곳에서 한 10킬로미터쯤 떨어진 곳으로 데리고 가서 그곳에 혼자 버려두고 와야지 했거든. 그 정도 되면 재밌겠거니 했어. 상황이 얼마나 잘 따라주느냐에 따라서 아니면 어떤 연대장이 걸려주느냐에 따라서 재미의 정도가 달라질 수 있다고는 예상했지. 하지만 애 녀석들을

171

데리고 교외로 나가게 될 줄이야 누가 꿈엔들 생각이라도 했겠냐고. 런던은 안 돼."

교구 의원은 한숨을 쉬며 말했다.

"런던은 불법 행위 애호가들에게 많은 기회를 줄 수 있는 데가 못 돼."

반면, 다시 독일로 돌아와서, 이곳은 충분히 사건을 저지를 기회를 주는 곳이다. 독일에는 아주 쉽게 할 수 있는 일인데 절대로 해선 안 된다고 규정해놓은 일들이 너무나 많다. 곤경에 처하고 싶은 영국의 젊은이들이여, 영국이 갑갑한 젊은이들이여, 독일행 편도 표를 살 지어다. 왕복 표는 안 사는 게 좋다. 유효 기간이 한 달인데, 그 시간 갖고는 턱도 없을 것이다. 독일의 경찰 안내 책자를 펼쳐보라. 그러면 그대들의 흥미와 흥분을 유발시킬 만한 행동 리스트를 만나게 될지니.

독일에선 창문 밖으로 이불을 걸어놔서는 안 된다. 그래 이걸로 시작하면 되겠다. 이불을 밖에 걸어놓으면 아침 먹기 전에 바로 문제를 일으킬 수 있다. 영국에서라면 창문 밖에 자기를 걸어놔도 아무 상관없을 것이다. 가로등을 가리거나 부수거나 아니면 아래 지나가던 사람에게 상해만 입히지 않으면 아무도 신경 쓰지 않는다.

독일에선 거리에서 이상한 옷을 입으면 안 된다. 겨울 동안 드레스덴에서 지내게 된, 내가 아는 스코틀랜드 사람 하나는 오자마자 색슨 정부와 마찰이 생겼다. 자신의 입는 의상 관련 문제를 논의하느라 며칠을 보내야 했다. 정부 관계자들은 그에게 그런 옷을 입고 뭘 하는 거냐고 물었다. 그는 붙임성 있는 사람은 아니었다.

그는 그냥 입고 있다고 했다. 그들은 왜 그런 옷을 입고 있냐고 했다. 그는 안 그러면 춥기 때문이라고 했다. 그들은 솔직하게 그의 말을 믿지 않는다고 했고, 마차에 태워 그를 원래 살던 곳으로 돌려보냈다. 이어서 영국 장관이 직접 나서서, 그가 입고 있던 스코틀랜드 의상은 존경받을 만하고 법도 잘 지키는 영국 사람들이 통상 입는 옷이라는 증언을 해야 했다. 독일 사람들은 외교적인 테두리 안에서 그의 말을 받아들였다. 하지만 오늘날까지도 자신들만의 사적인 의견을 고수한다. 그들은 영국 관광객들에게 익숙해 있다. 하지만 몇몇 독일 관리들과 함께 사냥 초대를 받았던 레스터셔 신사는, 자신이 왜 그런 기이한 행각을 벌였는가에 대한 해명을 하려고, 호텔을 나온 순간 경찰서로 직행해야 했다.

독일 거리에선 말, 노새, 당나귀에게 먹이를 주어서도 안 된다. 자기 것이건 남의 소유건 마찬가지다. 다른 누군가의 말에게 먹이를 주고 싶은 열망에 사로잡힌다면, 그 동물과 약속을 잡아야 한다. 그리고 반드시 절차를 밟고 공식 허가가 난 지역에서 먹이를 주어야 한다.

독일 거리에선, 아니 사실 어떤 공공 장소에서도, 유리잔이나 자기를 깨선 안 된다. 그런 일이 발생한다면 그 조각들을 하나도 남김없이 다 주워야 한다. 다 주운 다음 일에 대해선 나도 모른다. 다만 확실한 것은 그것들을 어디다 버려서도 안 되고, 어디 그냥 내버려두어서도 안 된다는 사실이다. 그러니까 어떤 식으로든 당신 곁을 떠나게 해서는 안 된다. 아마도 죽을 때까지 가지고 다니다가 당신과 함께 묻혀야 하는 것 같다. 다 삼켜버리는 건, 아마 가능할 것이다.

독일 거리에선 석궁을 던지면 안 된다. 독일 입법자들은 보통 사람의 비행(하고 싶은데 해서는 안 되는 그런 것들 있지 않나)을 좋아하지 않는다. 그들은 사람들이 저지를 수 있는 모든 비행에 대해 늘 노심초사한다. 독일에는 길 한복판에서 물구나무를 서면 안 된다는 법이 없다. 이런 행위에 대한 생각을 못 한 거다. 조만간 서커스 구경을 갔다가 곡예사가 곡예 넘는 걸 본 한 독일 정치가가 이 부분에 대해 아차 할 때가 올 것이다. 그럼 그는 곧장 작업에 착수하여 사람들이 길 한복판에서 물구나무서는 것을 금지하는 조항을 만들고 벌금을 정할 것이다.

그런데 이 점이 바로 독일 법의 매력이다. 독일의 비행에는 가격이 매겨져 있다. 영국에서처럼, '경고 조치로 끝날까? 아니면 40실링 벌금형을 받을까? 혹시 판사를 만나서 일주일 형을 받는 거 아냐' 하면서 밤새도록 고민할 필요가 없다. 경찰 안내 책자만 있으면, 테이블 위에 돈을 쫙 펼쳐놓고, 50페니히짜리 휴가 계획을 세울 수가 있다. 돈이 궁한 사람에게 권하는 제안. 걸어갈 수 있다고 지정해놓은 인도의 부분이 있다. 이와 반대되는 쪽에서 걸어보기를 권한다. 누가 그렇게 하지 말라고 경고하는 소리가 들려도 모른 척해야 한다. 구역을 잘 선택하고 조용한 골목길을 고르면, 3마르크 조금 넘는 비용으로 저녁나절 내내 걸을 수 있다.

독일 도시에선, 해가 지고 나면 떼를 지어 몰려다녀선 안 된다. 몇 명이 모여야 '떼'가 되는지는 모르겠다. 이 주제와 관련하여 몇몇 관리들에게 질문을 던졌는데, 누구 하나 정확한 숫자를 대는 이가 없었다. 한 독일인 친구에게도 이 문제에 대해 문의한 적이 있었다. 그는 아내, 장모, 아이 다섯, 여동생과 그의 약혼자, 조카

둘과 함께 극장에 가려던 참이었기 때문에 내가 혹시 이게 법에 걸리지 않겠느냐고 물었던 것이다. 그는 내 말을 아주 진지하게 받아들이면서 가족들을 훑어보았다.

"그렇지는 않을 거야. 알잖아, 우린 다 가족인데 뭐."

"그 '떼'라는 단어 속에 가족이 들어가는지 안 들어가는지는 알 수 없는 노릇이잖아. 그냥 '떼'라고만 해놨으니까. 무례하게 굴려는 건 아니야. 다만 언어 형태학적으로 볼 때 나 같아선 지금 이 상황도 충분히 '떼'에 해당한다고 볼 수 있다는 거지. 경찰이 나와 같은 견해를 가질지 안 가질지는 두고 보면 알게 될 테지만, 난 분명히 경고했어."

친구는 내 말에 콧방귀를 뀌었다. 하지만 그의 아내가, 경찰에 의해 가족이 뿔뿔이 흩어질지도 모르는 위험 상황을 굳이 감수할 필요가 뭐 있겠나 판단을 내렸고, 그의 가족은 알아서 몇 명으로 나뉘었다가 극장 로비에서 재회했다.

독일에선 창문 밖으로 물건을 던지고 싶은 충동을 억눌러야 한다. 고양이들이 울어댄다고 예외가 될 순 없다. 독일에서 처음 지내게 되었을 때였는데 몇 주 동안 고양이 때문에 잠을 잘 수가 없었다. 어느 날은 아주 미칠 지경이 되었다. 나는 군수품을 비축했다. 석탄 조각 몇 개, 단단한 배 몇 개, 타다 남은 초 두 개, 부엌 식탁에서 발견한 이상한 달걀 하나, 빈 소다수 병, 기타 등등. 그런 후 창문을 열고 시끄러운 소리가 들려오는 곳을 향해 무기들을 투하했다. 뭘 맞히거나 한 것 같지는 않다. 뭘 던져서 제대로 고양이를 맞힌 사람을 나는 알지 못한다. 눈에 뻔히 보일 때도 마찬가지다. 혹시 다른 걸 겨냥했다가 어부지리 격으로 건진 경우라면 몰라도.

여왕기 쟁탈 대회에서 우승을 한 명사수면 뭐 하나, 50미터 전방에서 엽총으로 쏴도 고양이 털 하나 못 건드릴걸. 진정 위대한 사격의 명수는 황소 눈이나 뛰어가는 사슴, 토끼 같은 것이 아니라 고양이를 맞혔다고 말할 수 있는 사람이다.

하지만 어쨌든 녀석들이 움직이긴 움직였다. 그 달걀이 효자 노릇을 했는지도 모른다는 생각이 들었다. 집어 들었을 때 정상적인 달걀처럼 보이지는 않았으니까. 나는 이제야 사건 종결이구나 생각하며 다시 잠자리에 들었다. 10분 후, 초인종이 시끄럽게 울어 댔다. 그냥 자려고 했는데 소리가 멈추지를 않아서 하는 수 없이 옷을 걸치고 현관으로 내려갔다. 경찰이 와 있었다. 그는 내가 창문 밖으로 던진 것들을 모두 들고 서 있었다. 달걀만 빼고. 분명히 수집가였을 것이다.

"선생 겁니까?"

"그랬죠. 하지만 이제 볼일 다 봤습니다. 그러니 아무나 가져도 됩니다. 원한다면 가지시죠."

그는 내 제안을 무시했다.

"창문 밖으로 던지셨더군요."

"네, 맞습니다."

"왜 그러셨습니까?"

독일 경찰의 질문은 정해져 있다. 질문의 내용과 순서에 관한 한 변형도 생략도 없다.

"창문 밖에 있는 고양이들에게 던졌습니다."

"어떤 고양이 말입니까?"

그럴 줄 알았다. 나는 최대한 비꼬는 어조로 부끄럽지만 어떤 고양이인지는 말할 수 없다고 대답했다. 개인적으로 처음 보는 고양이들이라고 했다. 하지만 인근 고양이들을 다 소집해주시면, 가서 울음소리로 녀석들을 식별해보겠노라고 했다.

독일 경찰은 농담을 이해하지 못했다. 다행이지 뭔가. 내가 알기로 제복 입은 독일인과 농담을 하려 들면 무거운 벌금이 매겨진다. 일명 '어디 감히 관리 앞에서 오만불손하게' 죄다. 그 독일 경찰은 나에게 고양이들을 찾아다주는 것은 경찰의 의무가 아니라고 대답했다. 그들의 의무는 다만 창문 밖으로 물건을 던진 내게 벌금을 매기는 것뿐이었다.

나는 그 사람에게, 독일에서는 고양이 소리 때문에 밤새도록 잠을 못 잘 경우 어떻게 하느냐고 물었다. 그는 고양이 소유주에게 항의서를 보낼 수 있고, 경찰이 그에게 계속해서 경고를 할 것이며, 필요하다면 고양이 괴멸 명령을 내릴 수도 있다고 대답했다. 누가 고양이를 없앨 것인지, 경찰에서 경고 조치가 이루어지는 동안 고양이 문제는 어떻게 되는 것인지에 대해 물었으나 그에게선 아무런 대답도 들을 수 없었다.

나는 그렇다면, 고양이 소유주를 찾아내려면 어떻게 해야 할 것 같냐고 물었다. 그는 한참을 생각하더니, 고양이 뒤를 밟아보는 게 어떻겠냐고 했다. 나는 더는 그 사람과 이 문제에 대해 말하고 싶은 생각이 없어졌다. 그냥, 그러면 상황이 더 악화될 것이라는 말로 문제를 종결지어버렸다. 그리고 그날 밤의 소동으로 벌금 12마르크를 내야 했다. 그 문제 때문에 나를 취조한 독일 관리 네 명 가운데 한 사람도, 이 사건 처음부터 끝까지의 내용에 관하여 웃기는 구석이 있다는 생각을 하는 사람은 없었다.

하지만 독일에서 일어나는 한, 인간이 저지를 수 있는 수많은 비행의 의미를 퇴색시켜버리는 짓이 있으니 바로 잔디밭에 들어가는 파렴치한 행동이다. 언제 어디서 어떤 상황이든 당신은 잔디밭에 들어갈 수 없다. 독일에서 잔디밭은 맹목적 숭배의 대상이다. 잔디밭에 발을 들여놓는 행위는 이슬람교의 기도 매트 위에서 춤을 추는 행위에 버금가는 신성모독죄가 된다. 개들도 예외가 아니다. 독일 개는 절대로 잔디밭에 발을 들이지 않는다. 독일에서 그런 개를 봤다면 그건 순수 혈통 독일 개가 아니라고 생각해도 좋다. 영국에선 개들이 잔디밭에 들어가지 못하도록 6피트짜리 철망을 세우고 부벽으로 지지를 한다. 위쪽에는 담장 못도 쾅쾅 박아놓고. 독일에선 잔디밭 가운데 표지판을 세운다.

'들어가지 마시오.'

그러면 순수 독일 혈통 개들은 이 표지판을 보고 돌아서 다닌다.

독일 공원에 갔을 때 한 공원지기가 모직 천으로 만든 신발을 신고 아주 조심스럽게 공원 안으로 들어가, 딱정벌레 한 마리를 들어서는 아주 심각하고 단호하게 자갈 위에 옮겨놓는 모습을 본 적이 있다. 일을 끝마친 그 남자는, 혹시 딱정벌레가 다시 잔디밭으로 돌아가려고 하지 않는지 엄중한 표정으로 지켜보며 서 있었다. 아주 부끄러워 보였던 딱정벌레는 서둘러 자리를 뜨더니, '출구'라고 표시된 길로 사라졌다.

독일 공원에는 그룹별로 다니는 길이 따로 분류되어 있다. 자유와 재산을 버릴 각오를 했다면 모를까, 자기 길이 아닌 길로 가는 사람은 없다. 분류는 다음과 같다. '바퀴 달린 것들을 위한 길', '걸어 다니는 사람들을 위한 길', '말 타고 가는 사람들을 위한 길', '가벼운 운송 수단을 위한 길', '무거운 운송 수단을 위한 길', '아이들이 다니는 길', '숙녀들만 다닐 수 있는 길'. 개인적으론 대머리 남자들이나 '신여성'들을 위한 길이 없다는 게 늘 마음에 걸렸다.

드레스덴 공원에서였는데, 일곱 갈래 길에서 어쩔 줄 몰라 하며 서 있는 노부인을 만난 적이 있다. 일곱 갈래 길 하나하나에 허용되지 않는 사람은 출입을 금한다는 위협적인 팻말이 서 있었다.

노부인은 내가 영어를 말하고 독일어를 읽을 수 있다는 사실을 알게 되자 나에게 물었다.

"미안한데, 젊은이. 내가 누구고 어느 쪽으로 가야 하는지 말해주겠나?"

나는 그녀를 유심히 관찰했다. 그리고 그 부인이 '성인'이며 '보행자'라는 결론에 도달했다. 나는 노부인이 가야 할 길을 가리켜주었다. 그쪽을 바라본 부인의 얼굴에 실망한 기색이 역력했다.

"그쪽으론 안 가고 싶은데, 이쪽 길로는 어떻게 안 될까?"

"무슨 말씀이세요, 할머니! 그쪽은 아이들이 다니는 길입니다."

"내가 저리 간들 누구한테 무슨 해를 끼칠 것도 아니잖아, 젊은이."

노부인이 웃으면서 말했다. 누구한테 해를 끼칠 사람은 아닌 것 같았다.

"저한테 결정권이 있다면야 무슨 상관이겠습니까? 믿고 이쪽으로 보내드릴 겁니다. 하지만 이 나라의 법이 말입니다. 할머니는 이제 다 큰 어른이시니까, 이쪽으로 가셨다간 벌금을 물릴 거란 말입니다. 감옥에 가실 수도 있고요. 할머니 길은 저쪽 길입니다.

저기 표지판 보이시죠? '보행자 길.' 제 말대로 그냥 저쪽 길로 가세요. 여기 이렇게 오래 서 계시면 그것도 법에 저촉됩니다."

"하지만 저쪽은 내가 가려는 방향이 아닌 걸 어떡해?"

노부인이 말했다.

"저쪽이 할머니가 '가야 하는' 방향인 걸 어떡합니까?"

나는 이렇게 말하고 우리는 헤어졌다.

독일 공원에는 '성인 전용' 특별 벤치도 놓여 있다. 독일 소년은 아무리 벤치에 앉고 싶어도 그 표지판을 본 이상 그냥 지나친다. 그리고 아이들이 앉을 수 있는 벤치를 찾는다. 그리고 진흙발로 벤치를 더럽히지 않도록 조심한다. 영국 리전트 공원이나 세인트 제임스 공원에 '성인 전용' 벤치가 있다고 치자. 인근 8킬로미터 거리에 있는 모든 아이들이 그 자리에 앉으려고 달려올 것이다. 이미 앉아 있는 아이들을 밀쳐내면서. 정작 '성인'은 거기 앉지도 못 할 것이다. 반면 어쩌다 표지판을 못 보고 거기 앉게 된 독일 소년은 누군가 자신의 실수를 지적했을 때 조용히 자리에서 일어나 머리를 푹 숙이고 사라질 것이다. 부끄러움과 회한으로 머리카락 뿌리까지 빨개진 채.

그렇다고 독일 정부가 아이들을 소홀히 다루느냐 하면 그건 아니다. 독일 공원에는 '아이들 전용' 공간도 마련되어 있고, 이곳에는 모래가 가득 쌓여 있다. 그곳에서 아이들은 마음에 들 때까지 진흙 파이도 만들 수 있고 모래성도 쌓을 수 있다. 독일 아이들에게, 이곳 진흙이 아닌 다른 곳 진흙으로 만들어진 파이는 비도덕적인 파이로 비쳐질 것이다. 비도적적인 파이는 독일 아이에게 아무런 만족감도 주지 못한다. 그의 영혼은 비도덕적 파이를 거부한다.

독일 아이는 이렇게 말할 것이다.

"저 파이는 안 돼. 저건 파이를 만들라고 정부에서 특별히 준비해준 진흙으로 만들어진 게 아니야. 저 파이는 안 돼. 저건 파이를 만들라고 정부에서 특별히 마련해준 공간에서 만들어진 파이가 아니야. 저 파이는 아무런 기쁨도 줄 수 없어. 저 파이는 불법 파이야."

그리고 자신의 아버지가 적절한 벌금을 치를 때까지, 자신이 맞아 마땅한 매를 맞을 때까지 그의 양심이 계속해서 그를 놓아주지 않을 것이다.

독일에서 맛볼 수 있는 또 다른 흥분의 소재는 가정용 유모차다. 독일 법 서적에는 유모차로 해도 되는 일과 해선 안 되는 일이 빼곡하게 적혀 있다. 그것을 읽고 나면, 법을 어기는 일 없이 유모차를 끌고 독일 시내를 다닐 수 있는 사람은 외교관뿐이라는 결론에 도달하게 된다. 유모차를 끌고 너무 천천히 가면 안 된다. 너무 빨리 가도 안 된다. 다른 사람 길에 끼어들어서도 안 되고, 누가 당신 길에 끼어들면 당신이 그 길에서 비켜야 한다. 유모차를 멈추고 싶으면, 멈추어도 좋다는 허락이 떨어진 특별 장소로 가야 한다. 그리고 그곳에 도착했다면 반드시 멈추어야 한다. 유모차를 끌고 길을 건너선 안 된다. 건너가야 하는 상황이 발생한다면 그건 당신 책임이고 당신 일이다. 아무튼 건너면 안 된다. 아무 데나 두어서도 안 되지만 아무 데나 끌고 다닐 수도 없다. 감히 말하건대 독일에서 유모차를 끌고 나갔다간 30분도 안 되어 한 달은 따라다닐 골칫거리가 발생하게 된다. 경찰과 소동을 벌이고 싶어 몸이 근질근질한 영국 젊은이들은 유모차를 끌고 독일로 건너오면 그만이다.

독일에선 10시가 지나면 반드시 현관문을 잠가야 한다. 11시가 넘으면 집에서 피아노를 치면 안 된다. 영국에 있을 때는 11시가 지난 시각에 피아노를 치고 싶다는 생각은 물론이고 다른 사람이 치는 피아노 소리를 듣고 싶다는 생각도 해보지 않았다. 그런데 하지 말라는 소리를 들어서 그런지, 독일에만 있으면 11시가 넘는 순간 피아노 소리가 유난히 그리워진다. 법을 사랑하는 독일 사람들에게 11시가 넘은 시각의 음악은 더는 음악이 아니다. 그것은 죄고, 따라서 아무런 만족감을 주지 못한다.

법에서 자유로울 수 있는 기회는 오로지 독일 학생들에게만, 지극히 제한된 범위 내에서 주어진다. 예를 들어 독일 학생은 술에 취해 도랑에서 잠들 수 있다. 따로 벌금은 없고, 다만 다음 날 아침 자기를 발견하고 집까지 데려다준 경찰에게 사례비만 지불하면 된다. 하지만 이 경우라 할지라도 대로는 안 되고 좁은 골목길 도랑을 선택해야 한다. 금방 정신을 잃을 것 같은 상황에서도 독일 학생은 남아 있는 에너지를 총동원하여, 걱정 없이 쓰러질 수 있는 길모퉁이에 도착해야 한다. 어떤 곳에선 초인종을 누를 수도 있다. 이런 지역의 집값은 다른 지역에 비해 좀 싼 편이다. 그리고 이 경우엔 어려움이 더 커지는데, 각 가정에서 비밀 번호를 정해놓기 때문이다. 각 가정에선 이런 식으로 사태의 진실성을 파악한다. 늦은 시각에 이런 지역의 가정을 방문할 때는 반드시 비밀 번호를 사전에 알고 있어야 한다. 안 그러면 물벼락을 맞을지도 모르니까.

독일 학생들에게는 밤에 가로등 끄는 것도 허락된다. 너무 많이 끄는 건 안 좋게 받아들여지기 때문에, 장난치기 좋아하는 학생은 하룻밤에 여섯 개 정도를 끄면서 좋아라 한다. 뿐만 아니라 2시 반까지는 길거리에서 노래를 부를 수도 있다. 어떤 식당에서는 아가씨 허리에 팔을 감는 것도 괜찮다. 하지만 보기 흉한 사태가 발생하지 않도록 하려고, 학생들 단골 식당의 여종업원들은 늘 성실한 중년층 가운데서 뽑는다. 그렇게 함으로써 독일 학생들은 두려움이나 수치심 없이 희롱의 즐거움을 맛볼 수 있다.

독일인들은 법에 관한 한 철저, 철저, 철저하다.

10

같은 종류의 휴양지들과 똑같은 휴양지라고 말할 수 있는 바덴에서부터, 우리는 성실하게 자전거 여행이라는 본연의 여행 취지로 돌아왔다. 열흘 투어를 계획했는데, 블랙 포레스트 여행을 완성시키려면 도나우 계곡이 빠질 수 없었다. 투틀린엔에서 지그마링엔까지 30여 킬로미터에 달하는데 독일에서 가장 아름다운(아마도) 계곡일 것이다. 옛 정취가 남은 마을들을 따라 도나우 강물이 굽이쳐 흘렀다. 초록 들판에 자리한 옛 수도원에는 아직도 허리에 줄을 동여맨 맨발의 탁발 수도사들이 남아, 손잡이가 구부러진 양치기의 지팡이를 들고 언덕배기에 있는 양들을 돌보았다. 강물을 따라 바위투성이 숲을 지나면 깎아지른 듯한 절벽의 꼭대기에 선 파괴된 요새와 교회, 또는 성을 만나게 된다. 보주 산맥도 살짝 접할 기회가 생기는데, 프랑스어로 말을 하면 인구의 반이 고통스러워하고, 독일어로 말하면 나머지 반이 모욕당했다고 생각하고, 영어 발음을 듣는 순간 전 인구가 업신여김을 당했다고 생각하는 곳이다. 어찌 됐거나 이방인과 이야기 나누는 것을 피곤하게 여기는 지역인 것은 분명하다.

우리는 우리 프로그램을 완전히 아주 성실하게 이행해내는 데는 성공하지 못했다. 인간의 수행 능력이란 늘 인간의 의도에 뒤처지는 것이 아니던가. 오후 세 시쯤 "5시에 일어나자. 5시 반에 가볍게 아침을 먹고 6시에 출발하자고"라고 말하면서 우리가 정말 그럴 수 있다고 믿는 것은 얼마나 쉬운 일인가.

"그러자고. 날이 더워지기 전에 많이 달려놓으면 좋잖아."

누군가 말한다.

"이맘땐 이른 아침이 하루 중 최고지, 안 그래?"

또 다른 누군가가 덧붙인다.

"물론이지."

"시원하고 공기도 끝내주지."

"어슴푸레한 빛도 운치가 있고."

첫날 아침까진 좋다. 일행은 5시 반에 모인다. 모두들 말이 없다. 개인적으로 한 명씩 살피자면 좀 날카로워진 상태다. 여차하면 식사 투정을 할 기세고, 다른 것들도 별로 예외가 아닐 것 같다. 갑갑한 분위기. 오후가 되면 '사탄'의 목소리가 들린다.

"내 생각인데 말이야, 딱 6시 반에 출발하는 건 어때? 그래도 충분할 거 같은데. 어떻게 생각해?"

'천사'의 목소리가 항의한다(기어들어가는 목소리).

"그래도 우리가 단체로 결심한 바가 있는데 지켜야 하잖아."

사탄이 대답한다.

"결심이 인간을 위해 생긴 것이지, 인간이 결심을 위해 생겨난 게 아니잖아."

사탄은 자신의 목적을 위하여 성서의 문구를 바꾸어 말할 수도 있다(《마가복음》2장 27절. "안식일이 사람을 위하여 생긴 것이지, 사람이 안식일을 위하여 생긴 것이 아니다.").

"게다가 일하는 사람들 생각도 좀 해줘야지."

천사의 목소리가 다시 말한다(더욱더 기어들어가는 목소리).

"하지만 여기선 다들 일찍 일어나잖아."

"안 그래도 되면 누가 그러겠어? 6시 반에 아침 먹겠다고 하자. 딱 정각에. 그러면 다들 편해질 거야."

그렇게 '죄'는 '선행'이 된다. 그리고 그들은 6시까지 잠을 잔다. 그렇게 하는 이유는 다른 사람들을 배려하는 마음에서 비롯되었다고 양심에게 말하면서. 양심은 믿지 않는다. 내가 아는 어떤 무리는 아침 7시까지 그러한 배려를 지속시킨 적이 있다.

그런 식으로, 한 쌍의 컴퍼스 다리로 측정한 거리는 한 쌍의 다리로 측정한 거리와 딱 맞아떨어지지 않는다.

"일곱 시간 동안 시간당 16킬로미터면 합계 114킬로미터군. 하루 일정으론 괜찮겠어."

"가파른 언덕이 있어?"

"오르막이 있으면 내리막도 있다니까 자꾸 그러시네. 좋아 그럼, 시간당 13킬로미터로 하자. 총합계 91킬로미터. 세상에! 시간당 13킬로미터라니, 이것도 못 하면 우린 차라리 환자용 목욕 의자에 들어가 앉아 있는 게 더 나아."

오후 4시, '의무'의 목소리가 들려온다(마냥 신나지는 않는 모양).

"저기 말이야, 이제 출발해야 하지 않을까?"

"왜 그리 서둘러? 여기 경치 좋잖아, 안 그래?"

"그렇긴 한데. 지금 장크트 블라지엔에서 40킬로미터 지점에 있거든."

"얼마라고?"

"40킬로미터, 아니면 조금 더 되려나?"

"아직 51킬로미터밖에 못 왔단 말이야?"

"그래, 그 정도 왔어."

"말도 안 돼. 지도가 뭐 잘못된 거 아냐?"

"그러게 말이야. 우린 아침부터 계속 달렸잖아."

"아니, 그렇게 말하면 안 되지. 우선 8시까진 출발도 못 했고."

"7시 45분에 출발했어."

"그래 7시 45분에 출발한 데다, 8백 미터 간격으로 쉬었잖아."

"그거야 경치를 보려고 그런 거지. 시골에 경치 보려고 오는 건데."

"언덕 오르는 것도 힘들었고."

"오늘 덥기는 또 얼마나 더워."

"어쨌든 앞으로 40킬로미터가 남았다는 말을 하는 것뿐이야."

"언덕이 또 있어?"

"두 개. 하나는 오르막."

"장크트 블라지엔까진 내리막이라고 하지 않았어?"

"그거야 마지막 16킬로미터를 말하는 거고, 우린 지금 40킬로미터가 남았다니까."

"장크트 블라지엔 전에 마을이 또 있나? 호수 근처에 뭐가 있었는데. 이름이 뭐였지, 뭐였지, 뭐라더라?"

"없어, 아무것도. 그리고 그건 위험한 생각이야."

"몸을 혹사하는 게 위험한 거지. 사람은 모든 일에 중용을 지켜야 해. 여기 있다! 작고 예쁜 티티제. 어때, 공기 좋을 거 같지?"

"좋아. 난 상관없어. 어차피 장크트 블라지엔에 가자고 한 건 너희들이었으니까."

"장크트 블라지엔을 고집할 필요가 뭐 있겠어. 티티제, 여기가 더 나을 거 같은데 뭐."

"가깝지?"

"8킬로."

일제히 하는 말.

"티티제에서 쉬자."

주행 첫날 이론과 실천의 간극을 발견해낸 것은 조지였다.

"난······."

그는 1인용 자전거를 탔고, 2인용을 탄 해리스와 내가 약간 앞섰다.

"언덕은 기차 타고 가는 줄 알았는데."

"그래, 가능하면 그렇게 하고 있잖아. 하지만 블랙 포레스트의 모든 언덕을 기차가 오를 수 있는 건 아니잖아."

"처음부터 의심이 들긴 했어."

조지가 불만 섞인 목소리로 말했다. 그리고 잠시 침묵이 이어졌다.

"그리고……."

그 주제에 대해 곰곰 생각하던 해리스가 다시 입을 열었다.

"언제나 내리막길이 나오기를 바라면 안 돼. 그럼 재미가 없잖아. 가끔 힘든 것도 견디고 그래야 하는 거야."

다시 침묵.

"너희들 말이야……."

이번에는 조지였다.

"나 생각하느라 너무 희생이 과한 거 아냐?"

"그건 또 무슨 소리야?"

해리스가 물었다.

"이 언덕을 올라가는 기차가 있는데도, 내 기분이 너무 풀어지는 것을 두려워한 나머지 일부러 기차 안 타는 거 아니냐는 거지. 개인적으로 난 이 언덕을 기차를 타고 오를 만한 자격이 있다고 생각해. 양심에 아무 거리낌이 없단 소리야. 일주일 동안 7시에 일어났잖아. 난 충분히 자격이 있어. 그 점을 좀 생각해주면 안 될까?"

우리는 조지가 한 말을 기억해두겠다고 약속했다. 그리고 다시 끈질긴 침묵 속에 주행이 계속되었다.

"저기 말이야……."

다시 조지였다.

"이 자전거 어디 거라고 했지?"

해리스가 답해줬다. 어디 제품이었는지 기억이 나지 않는다. 중요한 것도 아니고.

"확실해?"

"그래. 그런데 왜 그래, 뭐가 문제야?"

"그게 말이야, 포스터에서 봤던 거랑 다른 거 같아서."

"무슨 포스터?"

해리스가 물었다.

"이 제품 광고 포스터 말이야. 출발하기 하루 이틀 전인가 슬론가에 있는 광고 게시판에서 봤거든. 어떤 남자 하나가 이 자전거를 타고 있었어. 손에 현수막 같은 걸 들고서. 페달은 밟지도 않았어. 그건 대낮처럼 확실해. 그냥 자전거 위에 앉아만 있었거든. 자전거 혼자 잘 가더라고. 그런데 이 녀석은 모든 일을 나한테 맡겨두잖아. 게으르기가 짝이 없는 녀석이야. 내가 페달을 밟지 않으면 움직일 생각도 안 한다니까? 나라면 컴플레인을 걸겠어."

생각해보면 포스터대로인 자전거를 찾아보기란 힘든 일이다. 생각나는 포스터 중에, 자전거 위에 올라탄 사람이 실제로 무슨 일을 하는 것으로 묘사된 포스터는 단 한 개밖에 없다. 하지만 이 때 이 남자는 황소에게 쫓기고 있었다. 대개의 경우 예술가의 목적은 자전거를 타볼까 말까 주저하는 초보자에게 그 스포츠가 멋진 안장, 보이지 않는 천상의 힘에 의해 원하는 방향으로 움직여주는 페달로 구성되었다고 설득하는 것이다.

일반적으로 자전거에 타고 있는 것은 여성이다. 해서 사람들은, 정신적 고통에서의 완전한 자유와 결합된 완벽한 신체적 휴식을 원한다면, 물침대에서의 달콤한 잠은 자전거를 타고 언덕을 오르는 것에 비할 수가 없다는 생각을 하게 되고야 마는 것이다. 제아무리 여름날 구름 위를 날아다니는 요정이라 해도 자전거 소녀를 당할 수는 없다(포스터대로라면). 여름날 자전거를 타는 소녀의 복장은 가히 이상적이다. 시대에 뒤떨어진 여관 여주인들은 그녀에게 점심 식사를 제공할 수 없다고 말할지도 모른다. 인정한다. 속좁은 경찰들도 그녀를 구출해야 한다면서, 소환에 앞서 천으로 그녀를 휙 감아버릴지도 모른다. 하지만 그녀는 상관하지 않는다. 오르막길로 내리막길로, 독창적인 고양이마저도 부담을 느낄 만한 교통 수단 사이로, 증기 롤러에 금이 가게 할 수도 있을 것 같은 도로 위로, 그녀는 달린다. 사랑스럽고 여유롭다. 바람에 흩날리는 그녀의 아름다운 머리카락, 공기의 요정처럼 가냘프고 가벼운 몸매. 한쪽 다리는 안장 위에, 다른 한쪽은 가볍게 램프 위에 얹었다. 가끔 안장 위에 앉아 두 발을 발판 위에 놓고 담배를 피우며, 머리 위로 중국산 램프를 흔들기도 한다.

아주 가끔은, 그저 남자 녀석이 등장하기도 한다. 자전거 소녀 같은 곡예를 부릴 만한 능력은 갖추지 못했다. 고작해야 안장 위에 서 있거나 깃발을 흔들거나 자전거를 타면서 맥주나 쇠고기 수프를 마시는 정도다. 언뜻 보기에도 뭔가 생각할 거리가 많은 친군가 싶다. 아무 일도 하지 않고 몇 시간 동안 자전거 위에 가만히 앉아 있어야 하는데 생각할 것도 없으면 피 끓는 청춘이 어디 견디겠는가. 페달을 밟으며 높은 언덕의 정상을 향해 달려가는 친구들이 태양을 연호하거나 주위 풍경에게 시를 바치는 이유가 다 있는 거다.

가끔 포스터에 쌍쌍이 등장하는 경우가 있다. 선남선녀의 건전한 오락이라는 측면에서 볼 때, 예전 갑갑했던 객실이나 공원 같은 것에 비하면 현대의 하이킹은 그 형식적인 수준이 상당히 진보했다고 본다. 남자와 여자는 자전거에 오른다. 물론 제조 업체를 유심히 확인해야 한다. 그 업체가 맞는지. 다음은 있잖은가, 달콤한 이야기. 좁은 모랫길을 내려가면서, 시장이 열린 날 마을을 통과하면서, '버몬시 사의 자랑' '캠버웰 사의 위대한 발명'의 바퀴들은 즐거이 굴러간다. 그런 자전거는 페달을 밟을 필요가 없다. 방향 지시도 필요 없다. 자전거에게 모든 것을 맡겨두고 몇 시에 집으로 돌아갈 건지만 말해주면 된다. 그들이 요구하는 것은 그것뿐이다. 에드윈이 안장에 기대어 엔젤리나의 귓가에 달콤한 이야기를 속삭이면, 엔젤리나는 붉어진 얼굴을 감추려고 뒤쪽 지평선을 향해 고개를 돌린다. 언제 무슨 일을 해야 하는지 아는 마법의 자전거다.

언제나 빛나는 태양도 빼먹을 수 없다. 길은 언제나 잘 말라 있다. 뒤쪽에 엄한 부모가 따라오는 경우도 없고 숙모가 옆에서 참견하는 일도 없다. 악마 같은 꼬마 남동생이 모퉁이에서 호시탐탐 기회를 노리지도 않는다. 탄탄대로다. 아, 그런데! 왜 우리가 어렸을 때는 '버몬시 사의 자랑'과 '캠버웰 사의 위대한 발명'이 없었단 말인가!

포스터 속 자전거들은 문에 기대어 서 있을 때도 있다. 어쩌면 지쳤을 것이다. 오후 내내 젊은 청춘남녀를 위해 열심히 일하지 않았는가. 다행히 그들이 내려주어서 지금은 휴식을 취하는 것이다. 한 쌍의 젊은 남녀는 달콤한 나무그늘 아래 앉아 있다. 풀밭은 늘 풍성하고 젖어 있는 일이 없다. 그들의 발치로 시냇물이 흘러준다. 평화로운 휴식의 시간이다.

이것이야말로 포스터를 만든 예술가가 전달하고자 하는 메시지다. 평화로운 휴식의 시간.

그러나 포스터에 온통 그런 사람만 등장한다고 말할 수는 없다. 지금 생각난 건데, 아주 열심히 페달을 돌리는 신사들이 등장했던 포스터도 있었다. 아주 과도하게 몸을 혹사하는 정도였다고도 말할 수 있다. 고생이 심했는지 비쩍 마르고 눈도 퀭하다. 땀이 이마에 구슬처럼 송골송골 맺혔다. 포스터 너머에 언덕이 하나 더 있다간 쓰러지거나 죽을 것 같은 생각이 든다. 하지만 그래도 싸다. 그러게 그런 어리석은 짓을 하지 말았어야 했다. 이렇게 된 건 안 좋은 제조사의 자전거를 계속 탔기 때문이다. 포스터 한가운데 있는 똑똑한 젊은이들처럼 '푸트니'나 '배터시' 자전거를 탔으면 이런 힘든 상황은 피할 수 있었을 것이다. 그랬다면 오직 행복한 표정을 지으라는 요구만 받았을 것이다. 어쩌다 가끔 페달을 뒤쪽으로 살짝 돌려주는 수고는 필요했을 것이다. 혈기왕성한 젊은 자전거가 너무 속력을 내는 경우가 있으니.

이정표 위에 맥없이 앉은 지친 청년들이여! 내리는 비에 온몸이 젖는 줄도 모르고 페달을 밟았구나. 기진맥진한 아가씨들아, 머리가 착 달라붙었구나. 시간은 흘러가고 어디 욕이라도 하고 싶은데 방법을 모를 것이다. 끝도 없이 이어지는 길을 헉헉거리며 가는 대머리 남성분들! 움직이려 하지 않는 바퀴와 고통스러운 씨름을 하느라 얼굴은 벌게지고 낙담한 주부님들! 어찌하여 '버몬시 사의 자랑'이나 '캠버웰 사의 위대한 자랑'을 사지 않으셨단 말입니까? 왜 수준 낮은 자전거들을 이 땅에 굴리셨단 말입니까?

아니면 자전거 역시 다른 모든 이치와 같단 말입니까? 삶이란 어느 한구석도 포스터 같지는 않은 것일까요?

독일에 있는 것 중 절대로 지루하지 않은 매력적인 요소가 바로 또 독일 개다. 영국 사람들은 옛날 종에 질려간다. 모르는 종이 어디 있어야 말이지. 매스티프, 플럼 퍼딩, 테리어(검거나 희거나 털이 뻣뻣할 수는 있지만, 하여튼 언제나 성질 고약한), 콜리, 불독. 새로운 종이 없다. 하지만 독일에선 다르다. 독일에선 평생 한 번도 본 적 없는 종들을 마주치게 된다. 짖기 전까지는 개인지조차 모르는 종류들이다. 아주 신선하고 아주 흥미롭다. 지그마링엔에서 조지가 개 한 마리를 잡고 우리 관심을 끈 적이 있다. 대구와 푸들을 섞어놓은 것 같았다. 해리스가 사진을 찍으려고 했는데 울타리를 뛰어넘어 수풀 속으로 사라져버리고 말았다.

독일의 동물 사육자들은 무슨 생각을 하고 있는 것일까? 현재로선 모든 것이 비밀에 부쳐진다. 조지 말로는 그리펀(그리스 신화에 나오는 기이한 동물. 몸통은 사자, 머리와 날개는 독수리 형상이다)을 시도 중인 것 같다고 한다. 많은 사례가 이 이론을 입증한다. 그리고 사실 한두 차례 이 시도가 거의 성공한 것처럼 보이는 사례를 접하기도 했다. 그러나 개인적으론 이런 일들이 그저 단순한 사고에 지나지 않았을 거라고 생각한다. 독일인들은 실용적인 것을 추구하는 민족이다. 그리펀을 만들어낸들 어디 쓸데가 있겠는가. 단순히 기이한 형상을 원하는 것이라면 이미 닥스훈트도 있는 상황이다. 그 이상을 원한다는 게 말이 안 된다고 본다. 게다가 집에 있으면 그리펀도 여간 불편하지 않을 것이다. 사람들이 매일 꼬리를 밟고 지나다닐 테니까. 독일 사람들은 아마도 인어를 만들려고 애쓰는 중일 것이다. 인어라면 나중에 물고기 잡는 훈련을 시킬 수도 있을 테니까.

독일 사람들이 웬만큼 살아 있는 것들의 내적 품성 속에 존재하는 게으름을 싫어하는 민족이어야 말이지. 독일인은 개가 일하는 모습을 보기 좋아하고 독일 개는 일하는 것을 좋아한다. 이건 분명하다. 독일인의 눈에 영국 개의 삶은 비참 그 자체다. 강하고 활동적이고 똑똑한 어떤 생명체가, 단 하나 문제라면 성질이 조금 더럽다는 것이 있겠지만, 하루 24시간 완전히 절대적으로 게으르게 지내야 하는 운명을 타고났다고 생각해보라. 어떻게 그런 존재를 좋아할 수 있겠는가? 하지만 그쪽 입장에서도 자신이 세상의 오해를 받는다고 생각할 거고, 세상에 대한 원망에 가득 싸여 툭하면 사고나 일으키고 다니기가 십상이지 않겠는가.

반면 우리 독일 개의 마음속에는 해야 할 일들이 가득하다. 독일 개는 부지런하고 독일 개는 중요한 존재다. 우유 배달 수레를 끌고 걸어가는 그를 보라. 기부금 걷는 시간에 웃고 있는 교구 의원의 표정이 그처럼 만족스러울 수 있을까. 사실 그는 아무런 일도 하지 않는다. 수레를 끄는 건 인간이고 그는 짖을 뿐이다. 그것이 그가 생각해낸 노동의 분리 원칙이다. 그는 혼자 중얼거린다.

"이 노인은 짖지를 못하지. 수레는 끌 수 있으니 다행이야. 좋아."

노동하는 자신을 자랑스러워하는 개를 본다는 것은 얼마나 아름다운 일인가. 지나가는 다른 개가 혹시, 우유의 크림화 현상을 의심하며 조소를 보내올지도 모른다. 그럼 그는 제자리에 우뚝 멈춰 선다. 도로 상황은 안중에도 없다.

"뭐라고 했어? 우리 우유가 어떻다고?"

"우유에 대해선 뭐라고 안 했어."

지나가던 개가 아주 순진한 목소리로 대꾸한다.

"난 그저 날씨가 아주 좋다고 했을 뿐이야. 흰 분필 가격을 물었고."

"오호라, 분필 가격을 물으셨다? 그걸 알고 싶어?"

"그래. 왠지 너라면 알 거 같아서 말이야."

"물론 잘 알지. 분필은……."

"어서 이쪽으로 오지 못해!"

더위에 지친 노파가 말한다. 어서 빨리 일이나 끝내고 싶은 심정이다.

"네, 금방 갈게요. 하지만 이 녀석이 우리 우유에 대해 하는 소리들으셨어요?"

"그 녀석 하는 말은 신경 쓰지 마! 모퉁이에서 전차가 오잖아. 이러다가 사고 나겠다."

"네, 하지만 전 신경이 쓰여서 말입니다. 누구에게나 자존심이라는 게 있는 거잖아요. 분필 가격을 묻잖아요! 그러니 알려줘야죠!"

"네가 일을 다 망치고 말겠다. 내 이럴 줄 알았지."

이제 노파가 힘겹게 자신의 개를 끌어당기면서 소리친다.

"어서 이리로 오라니까! 집에 두고 왔어야 하는데, 괜히 끌고 나와서 내가 이 고생을……!"

전차가 그들을 향해 다가온다. 운전수가 고함을 지른다. 늦지 않게 사건에 관여하고 싶은 또 다른 커다란 개 한 마리가 빵 수레를 끌고 반대편 길에서 뛰어든다. 그 뒤를 꼬마아이 하나가 소리를 지르며 따라가고 있다. 사람들이 모여든다. 경찰이 서둘러 현장으로 다가온다.

"분필 가격은 말이야, 내가 너를 끝장내기 전 네 몸값의 스무 배다!"

"아, 그래? 그렇게 생각해?"

"그래, 그렇게 생각한다, 이 프랑스 푸들의 손자 같은 녀석아! 이 양배추 먹는……."

"어서 가자, 이 녀석아! 이 녀석이 이럴 줄 알았어! 이럴 줄 알았다니까!"

노파가 말한다.

하지만 그는 바쁘다. 노파의 말은 안중에도 없다.

5분 후, 빵 수레 소녀가 바닥에 떨어진 빵을 다 줍고 나자 교통 상황이 다시 정상화됐다. 경찰은 거리에 있는 모든 사람의 이름과 주소를 적고 사라졌다. 우리의 주인공은 뒤를 돌아본다.

"낭패긴 하네요."

하지만 머리를 흔들어 모든 근심을 털어버리며 명랑하게 말한다.

"하지만 녀석에게 분필 가격을 가르쳐줬으니까 됐어요. 다시는 우리 일에 이러쿵저러쿵하지 않을 거예요. 전 그렇게 생각합니다."

"나도 그랬으면 좋겠다."

노파는 우유가 흥건한 거리를 낙담한 시선으로 바라보며 말한다.

하지만 독일 개가 가장 좋아하는 스포츠는 언덕 꼭대기에서 다른 개를 기다리다가 쌩 하고 달려 내려가면서 하는 경주다. 이런 경우 옆에 있던 사람이 주로 하는 일은 그 뒤를 따라가는 것이다.

따라가면서 사방에 떨어진 물건이며 짐이며 양배추며 셔츠 같은 것들을 주섬주섬 챙겨야 한다. 독일 개는 언덕 아래에 멈춰서 기다린다.

"괜찮았죠?"

짐을 잔뜩 든 인간이 다가오면, 그가 헉헉거리면서 말한다.

"저 바보 같은 꼬마 녀석만 아니었으면 이길 수도 있었는데. 모퉁이를 딱 돌았는데 녀석이 길을 턱 막잖아요. 보이세요? 에잇! 이길 수 있었단 말이에요! 저 녀석이 왜 저렇게 소리 지르고 난린 줄 아세요? 내가 녀석을 그대로 밟고 지나갔기 때문이라고요? 왜 길은 안 비킨 거래요? 정말 문제예요. 애들을 저렇게 아무렇게나 두면 어떡해요? 다른 이들한테 방해가 된다는 생각을 못 하나? 그건 그렇고, 이걸 어째? 다 바닥에 떨어졌나 보네? 단단히 묶으셨어야죠. 이런 상황이 있을 거라고 미리 생각 못 하셨어요? 내가 시간당 30킬로미터 속도로 언덕을 내려올 거라는 상상을 못 하셨다고요? 내가 저런 늙다리 슈나이더한테 질 거라고 생각하셨단 말이에요? 절 그렇게 모르세요? 하지만 그만하죠. 그런데 정말 다 주워 오신 게 맞아요? 그렇게 생각하신다고요? 저라면 그렇게 생각하지 않을 걸요? 저라면 다시 언덕을 뛰어 올라가서 확인해볼 거예요. 피곤하다고요? 좋아요, 그럼! 나중에 뭐 잃어버렸어도 저 원망하시면 안 돼요, 약속하시죠?"

독일 개는 자기 확신이 아주 강하다. 어쩌나 자신만만한지 오른쪽에서 두 번째 길로 꺾어야 한다고 생각하면 죽어도 거기서 꺾어야 한다. 세 번째라고 말해봐도 아무 소용없다. 아주 긍정적이어서 언제나 제때 거리를 건널 수 있다고 생각하기 때문에, 수레가 부서지는 모습을 보기 전까진 생각을 굽히지 않는다. 하지만 아주 미안해한다. 그건 사실이다. 물론 소용없는 짓이다. 보통 크기가 어린 황소만 한 데다 같이 다니는 인간들이 걸핏하면 무릎이 약한 노인이나 노파 아니면 꼬마여서, 모든 것이 자기 맘대로다. 주인이 부과할 수 있는 최고의 벌은 집에 내버려두고 혼자 수레를 끌고 나가는 것이다. 하지만 독일인들은 마음이 너무 후덕해서 웬만해선 이런 행동을 하지 않는다.

그러니 독일 개가 자기가 아닌 다른 사람의 즐거움을 위해 수레를 끄는 견구(犬具)를 차는 것은 믿을 수 없는 일이다. 그리고 나는 독일 농부가 애써 작은 견구를 제작하고 작은 수레를 만드는 것은 순수하게 개에게 고마움을 표하려는 마음에서라고 확신한다. 벨기에나 네덜란드, 프랑스 같은 곳에선 수레를 끄는 개들이 가혹하게 다뤄지거나 과도한 노동을 강요당하기도 한다. 하지만 독일에선 그런 일이 있을 수 없다.

독일인들은 충격적일 정도로 동물에게 욕을 한다. 입에서 나오는 대로 말에게 욕이란 욕을 다 해대는 독일인을 본 적이 있다. 말은 개의치 않았다. 말에게 욕하다가 지쳐서 아내보고 나와서 도와달라고 하는 사람도 있었다. 아내가 나오자 그는 말이 한 일에 대해 이르기 시작했다. 아내도 남편만큼 붉으락푸르락하기 시작했다. 그들은 나란히 그 불쌍한 동물 옆에 서서 욕을 해댔다. 죽은 어미 말도 욕했고 아비 말도 가만 두지 않았다. 생김새와 머리에 든 것, 도덕 관념, 말로서의 자질에 관해서도 참기 힘든 말을 서슴지 않았다. 말은 한동안 모범이 될 만한 인내심을 가지고 그들을 참아냈다. 그리고 마침내 그런 상황에서 할 수 있는 최선의 행동을 했다. 말은 이성을 잃지 않았다. 다만 조용히 자리를 떴다. 아내는 다시 빨래를 하러 갔고, 남편은 여전히 욕을 해대면서 말을 따라 거리를 내달렸다.

독일인보다 더 친절한 사람들은 있을 필요가 없을 정도다. 동물이나 아동 학대는 이곳에선 금시초문인 일이다. 독일인들에게 채찍은 음악을 위한 도구일 뿐이다. 철썩 하는 소리는 아침부터 밤까지 들려오지만, 드레스덴 거리에서 채찍을 사용한 이탈리아 마부는 분개한 군중에게 거의 린치를 당할 뻔했다. 여행자가 마차에 편안한 마음으로 앉아, 마차를 끌어주는 자신의 온화하고 줏대 있는 친구가 과도한 노동의 요구를 당하지도 않고 잔인한 대접도 받지 않으리라는 확신을 할 수 있는 나라는 유럽에서 오직 한 곳, 독일뿐이다.

11

지치고 마을도 멀고 해서 하루는 농장에서 자기로 했다. 그곳의 매력은 포용력이었다. 옆방에는 소들이, 위층에는 말들이, 부엌에는 거위와 오리 들이 살았다. 개와 아이들과 닭들은 여기저기 맘대로 흩어져 있고.

옷을 입노라면 뒤쪽에서 꿀꿀 소리가 들린다.

"굿모닝! 여기 감자 껍질이 혹시 없나 해서. 아, 안 보이네요. 그럼 저는 이만!"

조금 후엔 꼬꼬댁 하는 소리가 들린다. 모퉁이에서 나이 든 암탉 하나가 목을 쭉 내민다.

"좋은 아침? 여기 벌레 한 마리 물고 와도 되려나 모르겠네요. 이 집에선 조용히 식사할 수 있는 방을 찾기가 워낙에 힘들어서 말이에요. 난 어렸을 때 먹는 속도가 아주 느렸거든요. 그런데 열두 마리를 딱 낳고 보니까, 나를 가만 두지 않을 거 같더라고요. 곧 내 걸 달라고 몰려들 거예요. 침대를 이용해도 될까요? 저기라면 아무도 모를 거 같은데."

애들 머리통도 여럿 보인다. 임시 동물원 구경이라도 나온 분위기다. 사내애들인지 여자애들인지 분간하는 건 불가능하다. 그저 사내애들이기만 바랄 뿐이다. 고리랄 만한 게 없어서 문을 닫아봐야 아무런 소용이 없다. 그리고 애들은 금세 또 문을 연다. 식사 시간엔 '돌아온 탕아'가 된 것 같은 기분이 든다. 돼지 한두 마리가 다가와 식사를 거든다. 늙은 거위 떼가 문가에서 불만 섞인 표정으로 바라본다. 놀란 표정으로 속삭이는 소리를 들으니, 당신에 대해 떠도는 소문 이야기를 하고 있다. 암소 한 마리가 무슨 일이 있나 하고 기웃거릴지도 모른다.

구성 인자들이 노아의 방주처럼 배합되어 블랙 포레스트의 이 가옥에는 특이한 냄새가 감돈다. 어디다 비유를 할 수 있는 냄새가 아니다. 이건 마치 장미에 벨기에산 림버거 치즈 냄새를 섞고 거기에 머릿기름 냄새를 더한 후 히스와 양파 냄새를 추가해서 복숭아와 비누 거품 향기로 장식한 다음, 그걸 바다 냄새, 시체 냄새와 함께 마구 뒤섞은 듯한 냄새다. 딱히 어떤 향이라고 정의내릴 수는 없는데, 그 모든 냄새들이 거기 한자리에 모인 것은 느낄 수가 있다. 세상에 존재하는 모든 냄새들의 향연이다. 이런 곳에 사는 사람들은 이런 배합을 좋아한다. 그들은 창문을 열지 않는다. 그랬다간 냄새를 잃어버리게 되니까. 소중히 밀폐한 채 냄새를 간직하는 것이다. 다른 냄새를 맡고 싶으면 밖으로 나가면 된다. 제비꽃과 소나무 냄새가 당신을 기다린다. 하지만 그곳은 집이 아니다. 들은 얘기지만 조금만 지나면 냄새에 익숙해져서 그 냄새가 그리워지고 종국엔 다른 냄새를 맡으면서는 잠을 잘 수 없게 된다고 한다.

다음 날은 걸어가야 할 길이 멀었다. 그래서 우린 일찍 일어나고 싶었다. 온 집 안을 소란스럽게 하지 않는 범위 내에서 가능하면 6시 정도쯤. 우리는 안주인에게 이게 가능할지 물었다. 안주인은 그럴 것 같다고 했다. 그런데 그때쯤이면 본인은 집에 없을 거라고 했다. 내일은 직접 13킬로미터 떨어진 마을에 갔다 오는 날이라면서 7시 전에 돌아오지는 못할 거라고 했다. 하지만 남편과 아들 하나가 그때쯤 점심을 먹으러 올 테니 걱정하지 말라고 했다. 아무튼 누가 됐건 깨워서 아침을 먹게 해주겠다고 했다.

그리고 우리는 알게 되었다. 누가 깨워줄 필요가 없다는 것을. 우리는 우리 스스로 알아서 새벽 4시에 일어났다. 시끄러운 소리 때문에 머리가 아파서 깬 것이다. 여름날 블랙 포레스트의 농부가 몇 시에 일어나는지에 대해선 말을 못 하겠다. 우리로선 그 식구가 밤새도록 깨어 있는 것 같았다. 아침에 일어난 농부는 제일 먼저 나무 밑창을 댄 견고한 부츠를 신고 집 안 구석구석을 돌아다닌다. 계단을 세 차례는 오르락내리락 해주셔야 잠이 깬다. 완전히 잠이 깨고 나면 다음에는 위층에 있는 마구간으로 가서 말을 깨운다. (블랙 포레스트의 가옥은 대개 가파른 비탈에 지어졌기 때문에, 마구간이 위에 있고 꼴간이 아래 있다.)

그럼 이번에는 잠에서 깬 말이 집 안을 한바퀴 쑥 훑으며 돌아다닌다. 농부는 이 모습을 확인한 뒤 아래층 부엌으로 내려가서 나무를 패기 시작한다. 나무를 충분히 패고 나면 기분이 좋아져서 노래가 절로 나온다. 상황을 살펴본 결과, 우리는 선례를 따르는 것이 최상의 선택이라는 결론에 도달했다. 조지조차도 그날만큼은 기꺼이 침대에서 일어났다.

우리는 새벽 4시 반에 간소한 아침 식사를 했다. 그리고 5시에 길을 떠났다. 길은 산 중턱으로 이어지는데, 마을에서 조사를 해보니 우리가 가려는 그쪽 길은 좀처럼 찾기가 힘든 종류의 길인 것 같았다. 모두들, 출발한 곳으로 다시 돌아오게 하는 그런 길을 만난 경험이 있을 것이다. 아니면 정작 그런 일이 일어났으면 하고 바랄 때는 좀체 일어나지 않아서, 결국 어찌 됐건 자기가 어디 있는지는 알게 되는 그런 경험 말이다. 처음부터 느낌이 좋지 않았다. 그리고 3킬로도 채 가기 전에 일이 벌어지고 말았다. 세 갈래길이 나타난 것이다. 벌레 먹은 푯말에 따르면 왼쪽 길은 우리가 생전 들어본 적 없는 장소로 향했다. 지도에도 없는 곳이었다. 가운데 길로 향한 푯말은 깨져서 어느 쪽 방향인지 알 수 없었다. 오른쪽 길은 다시 마을로 향하는 길이었다. 우리 셋 모두 이 점에 대해선 의견 일치가 됐다.

"노인이 언덕 쪽으로 쭉 가라고 했잖아."

해리스가 말했다.

"어떤 언덕?"

조지가 적절한 발언을 했다.

언덕이 여섯 개쯤 보였다. 몇 개는 크고 몇 개는 작았다.

"숲으로 가야 한다고 말이야."

해리스는 말을 이을 뿐이었다.

"어느 쪽 길로 가든 노인의 말이 틀리진 않아."

조지가 말했다.

사실 사방이 숲이었다.

"그리고 30분이면 정상에 도착할 수 있을 거라고 했어."

해리스의 목소리가 기어들어가고 있었다.

"그 점이 바로 내가 의심이 가는 부분이라고 할 수 있지."

조지가 말했다.

"그래서 어쩌자는 거야?"

해리스가 물었다.

어쩌다 보니 내게 방향 감각이 있었다. 무슨 미덕이라고, 자랑하려는 게 아니다. 그냥 나도 어찌할 수 없는 동물적 감각이라는 말이다. 산, 절벽, 강, 아니면 다른 것들이 방해를 할 때가 있긴 하지만 내 직감은 거의 정확하다. 가끔 난처한 입장에 처하게 되는 건 내 잘못이 아니다. 대지의 농간이다.

나는 친구들을 가운데 길로 안내했다. 그 길은 4백 미터 이상 같은 방향으로 이어지는 성격의 길이 아니었다. 비탈을 힘들게 오르내리며 5킬로미터를 갔는데 갑자기 길이 툭 끊어지고 말벌 집이 나왔다. 하지만 그걸 내 잘못이라고 해선 안 된다. 그 가운데 길이 자기가 이어져야 마땅한 방향으로 정확히 이어졌다면, 분명히 우리는 그 길을 통해 우리가 원하는 곳에 도착할 수 있었을 것이다. 이건 정말이다.

상황이 아무리 어렵다고 해도, 내 주위에 공정한 기운이 펼쳐졌다면, 나는 나의 타고난 재능을 새로운 길을 찾는 데 계속해서 사용했을 것이다. 하지만 나는 천사가 아니다(나는 이 점을 솔직하게 받아들이고 있다). 감사할 줄 모르고 상스러운 말을 하는 인간들을 위해 힘을 낭비하고 싶은 마음이 들지 않았다. 게다가 어찌 됐든 간에 조지와 해리스가 나를 계속 따라왔을지는 의문이다. 그래서 나는 그 건에서 손을 씻고 해리스가 공석을 채웠다.

"어때, 본인이 벌여놓은 일에 대해 만족해?"

해리스가 말했다.

"물론이지."

나는 돌무더기 위에 앉은 채 대답했다.

"지금까지 나는 너희들을 안전하게 데리고 왔어. 계속할 수도 있겠지. 하지만 격려 없이 작업을 계속할 수 있는 예술가는 없어. 지금 우리가 있는 곳이 어딘지를 몰라서 나한테 불만인 거 같은데, 잘은 모르지만 너흰 지금 너희들이 원하던 바로 그 장소에 와 있을지도 몰라. 하지만 더는 왈가불가하지 않겠어. 감사 인사 같은 기대도 안 해. 너희들 갈 길로 가. 너희들 둘하고는 이제 끝이야."

어쩌면 내가 너무 심하게 말했을 수도 있지만 나로서도 어쩔 수 없었다. 더는 친절하게 말하고 싶지가 않았다.

"오해는 말아줬으면 해."

해리스가 말했다.

"조지와 난, 우리 둘 다 너의 도움 없인 지금 우리가 있는 곳에 있을 수 없었을 거야. 그 점은 그래, 쳐줄게. 하지만 직감이란 게 언제 실수가 있을지 모르는 거잖아. 그러니까 이제 좀 과학적인 접근을 해보자고. 정확하게. 자, 태양이 어느 쪽에 있지?"

"어이, 친구들."

조지가 말했다.

"마을로 돌아가서 1마르크를 주고 길 안내해줄 꼬마 녀석을 찾아보는 게 어떨까? 그게 시간 버는 길 아닐까?"

"그건 시간 낭비야."

해리스가 단호하게 말했다.

"이번엔 내게 맡겨. 이런 상황에 관한 책들을 좀 읽었어. 제법 흥미로웠어."

그리고 시계를 꺼내더니 제자리에서 빙글빙글 돌기 시작했다.

"무척 간단해. 짧은 침이 태양을 가리키게 한 다음에, 짧은 침과 열두 시 사이의 공간을 이등분하는 거야. 그쪽이 북쪽이야."

해리스는 잠시 앞뒤로 왔다 갔다 했다.

"찾았다. 저쪽이 북쪽이야. 말벌 집이 있는 쪽이군. 자, 이제 지도를 줘봐."

우리는 그에게 지도를 내밀었고 북쪽으로 향해 앉은 해리스는 지도를 살피기 시작했다.

"여기서 남남서 방향에 토트모스가 있어."

"무슨 소리야, 여기서라니?"

조지가 물었다.

"무슨 소리긴 무슨 소리야, 우리가 있는 여기 말이지."

"우리가 어디 있는데?"

해리스가 잠시 기분이 상한 듯했다. 하지만 이내 기운을 되찾았다.

"우리가 어디 있는지는 중요하지 않아. 어쨌든 남남서 방향에 토트모스가 있으니까. 출발하자, 시간 낭비하지 말고."

"어떻게 알아냈는지는 모르겠지만⋯⋯."

조지가 일어서서 배낭을 둘러메며 말했다.

"그게 무슨 상관이겠어. 건강을 위해 떠난 여행이고, 이렇게 풍광이 좋은걸."

"그래, 다 괜찮을 거야."

해리스의 목소리가 다시 밝아졌다.

"열 시 전에 토트모스에 도착할 테니까 걱정하지 마. 거기서 뭘 좀 먹자고."

해리스는 자긴 개인적으로 오믈렛을 먹은 다음 비프스테이크를 먹겠다고 했다. 그러자 조지는 자긴 개인적으로 토트모스가 눈에 보이기 전까진 그 문제에 대해선 생각을 안 하겠다고 했다.

우리는 30분 동안 걸었다. 그리고 공지가 하나 나타났는데 아래쪽으로 보니 한 3킬로미터쯤 떨어진 곳에 우리가 그날 아침 지나온 마을이 보였다. 다소 배열이 이상한 바깥쪽 계단이 있는 기묘한 교회의 모습이 눈에 들어왔다.

난 그만 슬퍼졌다. 세 시간 반 동안 약 6.5킬로미터를 걸어 다녔건만. 하지만 해리스는 신이 났다.

"자, 이제 우린 우리가 어디 있는지를 알게 되었어."

"그건 중요하지 않다고 하지 않았어?"

조지가 말했다.

"실질적으로는 중요하지 않지. 하지만 확실해지면 좋잖아. 이제 나 자신에 대해서도 더욱 확신이 생겼어."

"그게 무슨 이점이 될지는 잘 모르겠다."

조지가 중얼거렸다. 해리스는 못 들은 것 같았다.

"우린 이제 태양의 동쪽에 있어. 그리고 토트모스는 우리가 있는 곳에서 남서쪽에 있어. 그러니까⋯⋯."

해리스가 갑자기 말을 멈추었다.

"그런데 말이야. 내가 그 이등분 지점이 가리키는 방향이 북쪽이라고 했어 남쪽이라고 했어?"

"북쪽이라고 하던데."

조지가 대답했다.

"확실해?"

"그래 확실해. 하지만 신경 쓰지 마. 십중팔구 네가 잘못 알았을 테니까."

해리스는 잠시 생각에 잠겼다. 하지만 이내 이맛살을 폈다.

"괜찮아. 물론 북쪽이지. 북쪽이어야 해. 어떻게 남쪽일 수가 있겠어? 이제 우리는 서쪽으로 가야 해. 가자."

"기꺼이 서쪽으로 가지 뭐. 하지만 현재 우리가 정확히 동쪽으로 향하는 중이라는 사실은 짚고 넘어가야겠어."

"아니 그렇지 않아. 우리는 지금 서쪽으로 가고 있어."

"내가 동쪽이라잖아."

"자꾸 그렇게 우길래? 너 때문에 내가 혼란스러워지잖아."

"그래도 상관없어. 잘못된 방향으로 가느니 차라리 너를 혼란스럽게 만들 테니까. 분명히 말하는데 우린 지금 동쪽으로 가는 중이야."

"무슨 소리야, 저기 해 안 보여!"

"물론 아주 잘 보이지. 해는 자기가 있어야 할 곳에 있는지도 몰라. 어쩌면 아닐지도 모르지만. 아무튼 확실한 건, 우리가 마을로 향할 때 저기 저 툭 튀어 나온 바위가 있는 저기 저 특별한 언덕이 우리 북쪽에 있었다는 거야. 현재 우리는 동쪽으로 향하고 있어."

"네 말이 맞다, 조지. 우리가 한 바퀴 돌았다는 걸 깜빡했어."

"내가 너라면 메모하는 습관을 들이겠어. 이런 일이 한 번으로 끝날 거 같지는 않으니까."

우리는 방향을 바꿔 걷기 시작했다. 40분쯤 걸어 올라가니 다시 공지가 하나 나왔다. 그리고 또다시 아래쪽으로 마을이 보였다. 이번에는 우리 남쪽이었다.

"정말 이상하네."

해리스가 말했다.

"이상하긴 뭐가 이상해. 마을 주변으로 계속 걷고 있는데 가끔씩 마을이 보이는 게 당연하지. 나는 오히려 기쁘다. 우리가 완전히 길을 잃은 건 아니잖아."

"이쪽에 있으면 안 되는데."

"계속 걸으면 그렇게 될 거야."

나는 말을 아꼈다. 둘 다에게 화가 나 있었기 때문이다. 하지만 조지와 해리스의 사이가 점점 틀어지는 것 같아서 기분이 좋았다. 태양을 보고 길을 찾겠다고 생각하다니, 해리스도 참.

"그 이등분선이 북쪽을 가리키는지 남쪽을 가리키는지 정확히 알았으면 좋았을걸."

해리스가 말했다.

"나 역시 이제 결정을 내려야겠어. 중요한 점이니까."

조지가 말했다.

"북쪽은 아니야. 이유를 말해주지."

해리스가 다시 말했다.

"그럴 필요 없어. 말해주지 않아도 알 거 같으니까."

"북쪽이라고 한 건 너잖아!"

해리스가 다그치듯 말했다.

"나는 그런 말 한 적 없어. 난 네가 그렇게 말했다고 했을 뿐이야. 이건 아주 다른 문제야. 아닌 것 같으면 다른 방향으로 가보자고. 어쨌든 변화가 생길 테니까."

그렇게 해서 해리스는 달라진 방향 측정법에 따라 사태를 해결했고 우리는 다시 숲으로 들어서게 되었다. 그리고 다시 30분 정도의 고달픈 산행 끝에 우리는 또 같은 마을을 보게 되었다. 우리는 전보다 조금 높은 곳에 있었고, 마을은 우리와 태양 사이에 놓여 있었다.

"내 생각엔……."

조지가 아래쪽을 내려다보면서 말했다.

"지금까지의 경치 중 최고인 거 같은데? 남은 한 방향에서 마지막으로 한 번만 더 살피고 내려가서 좀 쉬자."

"저게 같은 마을이라는 사실을 믿을 수가 없어. 이럴 수는 없는 일이야."

해리스가 말했다.

"저 교회 안 보여?"

조지가 말했다.

"하지만 그때 그 프라하 동상 때와 같은 경우인지도 모르지. 여기 관계자들이 저 마을만 한 실물 크기 마을들을 여러 개 만들어서 숲에 배치해놓은 거야. 어느 쪽 전망이 제일 좋은지 알아보려고 말이야. 그건 그렇고, 이젠 어느 쪽 길이야?"

"모르겠어."

해리스가 말했다.

"그리고 이젠 상관도 없어. 난 최선을 다했으니까. 넌 불평만 하고 나를 혼란스럽게만 했어."

"내가 좀 비평적인 태도를 취했을지는 모르지."

조지가 말했다.

"하지만 내 입장에서 생각해보라고. 한 놈은 방향 감각이 있다면서 숲 속 한가운데 있는 말벌 집으로 데려갔지."

"벌들이 숲에 집을 만드는 걸 어쩌란 말이야?"

내가 말했다.

"너보고 어쩌란 소리가 아냐."

조지가 말했다.

"난 지금 논쟁을 벌이려는 게 아냐. 다만 사실을 말할 뿐이라고. 다른 놈은 과학적 원리에 입각해서 몇 시간 동안 산을 오르락내리락하게 만들더니 북쪽인지 남쪽인지 분간도 못 하는 데다 방향을 바꾼 적이 있는지 없는지도 모르잖아. 난 본능적인 방향 감각도 없고 과학자도 아니야. 하지만 두 영역 밖에 있는 한 남자를 알고 있어. 그에게 그가 베고 있는 풀만큼의 돈을 지불할 거야. 1마르크 50페니히쯤 될 테지. 그리고 일을 잠시 접어두고 나를 토트모스가 보이는 곳으로 데려다달라고 부탁할 거야. 생각이 있으면 따라와도 좋아. 생각이 없으면 다른 시스템을 개발해서 각자 알아서들 해보시든가."

조지의 계획에는 독창성과 여유로운 자기 확신이 부족했다. 하지만 그 순간엔 우리의 마음을 움직였다. 운 좋게도 그럭저럭 우리가 맨 처음 길을 잘못 잡은 그 장소에서 그리 멀지 않은 곳에 도착하게 되었다. 그리고 낫을 든 신사의 도움으로 길을 발견했고, 애초 계획했던 것보다 네 시간 늦은 시각에 토트모스에 도착했다. 45분 동안 열띤 침묵의 식사를 한 후에야 비로소 배고픔이 조금 가시는 듯했다.

원래는 토트모스에서 라인 강을 따라 걸어볼 생각이었다. 하지만 아침에 소비한 과도한 에너지를 고려해서 우리는 마차를 타고 산책하기로 결정했다. 그리고 이 목적을 위해 그림처럼 아름다운 마차를 한 대 빌렸다. 불룩한 통 모양이라고밖에 할 수 없는 말 한 필이 끄는 마차였는데, 그 마부는 또 말과는 아주 대조적으로 네모나게 생긴 사람이었다.

독일에선 모든 마차가 말 두 필용으로 준비되어 나오는데 대개 한 필이 끈다. 그래서 우리 관점에서 보자면 균형이 맞지 않는 마차라는 인상을 주는 데 반해, 이곳에선 그것이 스타일이라는 쪽이다. 대개는 말 두 필이 끄는데 유독 그 순간에만 다른 한 마리를 어디 다른 곳에 두고 잊어버렸다는 인상을 주도록 해야 한다는 것이 일반적인 생각이다.

독일 마부는 소위 말하는 일류는 아니다. 자고 있을 때가 가장 실력이 좋다고 할 수 있다. 자고 있으면 무슨 일이 있어도 해가 될 것이 없는 사람이다. 일반적으로 보자면 똑똑하고 경험 많은 말의 경우 이런 조건에서 진보에 진보를 거듭하는 것이 비교적 안전하다고 말할 수 있다. 말을 잘 훈련시켜서 일을 끝마친 다음에 돈까지 받을 수 있게 한다면, 독일에선 마부가 필요 없을 것이다. 이렇게 되면 승객들도 크게 마음을 놓을 수가 있는데, 독일 마부는 깨어 있거나 채찍을 휘두르지 않을 때면 혼자 무슨 사건을 저지르거나 아니면 사건에서 빠져나오느라 바쁘기 때문이다. 자고 있는 게 낫다.

언젠가 숙녀 두 분과 함께 가파른 블랙 포레스트 지역을 마차를 타고 내려갔다. 나선 모양으로 언덕을 따라 빙빙 타고 내려가는 그런 길이었는데, 언덕 오른쪽이 75도 각도로 휙 올라가다가는 왼쪽 75도 각도로 푹 주저앉기도 했다. 우리는 마음이 아주 편안했다. 마부가 눈을 감고 있는 모습을 봤기 때문이다. 그런데 갑자기 악몽인지 소화불량인지 모를 어떤 이유 때문에 그가 눈을 떴다. 그는 고삐를 잡더니 서툰 움직임으로 왼쪽 말을 가장자리로 밀어내고 말았다. 말이 봇줄에 반쯤 의지하여 매달리게 된 상황이었다. 마부는 걱정하거나 놀라는 눈치가 아니었다. 말들 역시 그런 상황에 이미 익숙해진 듯했다. 우리는 마차 밖으로 나왔고 그는 마차에서 내렸다. 마부석 아래서 원래 그런 목적으로 거기 넣어둔 듯한 커다란 접는 칼을 꺼내더니 솜씨 좋게 봇줄을 툭 잘라버렸다. 마차에서 분리된 말은 구르고 굴러 15미터 아래쪽 길바닥에 처박혔다. 그리고 자리에서 일어나더니 우리를 기다리며 서 있었다. 우리는 다시 마차에 올랐고 한 필의 말이 이끄는 대로 내려갔다. 줄 몇 개를 다시 엮은 마부가 말을 다시 마차에 맸고 우리는 가던 길을 계속 갔다. 내게 큰 인상을 준 것은 이런 식으로 언덕을 내려가는 과정을 수행하는 데에 마부와 말들이 보여준 명백한 익숙함이었다.

그들에게 절단은 신속하고 거리낌 없는 행위였다. 마부가 우리를 묶고 마차와 함께 아래쪽으로 굴리겠다는 제안을 했어도 나는 놀라지 않았을 것이다.

독일 마부의 특이한 점 또 한 가지는 고삐를 당기려고 하지 않는다는 점이다. 독일 마부는 말의 보폭이 아니라 제동 장치를 통해 속도를 조절한다. 시간당 13킬로미터의 속도를 원하면 살짝만 걸어서 바퀴가 긁히게만 한다. 이때는 톱을 가는 듯한 소리가 끊임없이 들려온다. 시간당 6.5킬로미터의 속도를 원하면 좀 세게 쥔다. 그럼 죽어가는 돼지의 심포니를 연상시키는 비명과 신음을 들으며 여행할 수 있다. 멈추고 싶으면 제동 장치를 완전히 걸어주는데, 제동 장치 성능이 좋고 말이 엄청나게 힘이 센 동물만 아니라면 마차를 멈출 수 있다고 생각한다. 마부도 말도 다른 방법으로 마차를 멈출 수 있다는 생각은 하지 못한다. 독일 말은 더는 마차를 몰 수 없을 때까지 있는 힘을 다해서 달린다. 그러고 나서 쉰다. 다른 나라 말은 쉬고 싶은 생각이 들 때 쉰다. 기분 좋게 아주 천천히 가는 말도 있다. 하지만 독일 말은 하나의 고정 속도를 위해서 태어났고 거기에서 자유롭지 못하다. 지금부터 하는 얘기는 한 치의 거짓도 없는 있는 그대로의 사실인데, 나는 한 독일 마부가 흙받이에 고삐들을 올려놓은 채, 제때 충돌을 막지 못하면 어떡하지 하는 두려움에 휩싸여 양손으로 제동 장치를 조정하는 모습을 본 적도 있다.

상류 쪽 라인 강이 흐르는 조그만 16세기 마을 중 하나인 발트슈트에서 우리는 유럽에서 지나치게 일반화된 대상을 만나게 되었다. 영국인조차도 미묘하고 기묘한 영어를 구사하는 그 외국인이 낯설어 놀라고 탄식한다.

역에 들어갔을 때 그는 서머셋 주 억양이 약간 섞이긴 했어도 아주 분명히 영어로, 짐꾼에게 열 번이나, 그가 우리에게 말해준 바에 따르면, 자기가 도나우슈잉엔 행 표를 사긴 했지만, 도나우 강의 원천을 보려고, 그게 거기 있는 건 아니지만, 비록 사람들은 그게 거기 있다고 말하지만, 자전거는 엥엔으로 가방은 콘스탄트로 보내고 싶다는, 그러면 그곳에서 자기가 찾을 거라는 단순한 사실을 설명하고 있었다. 말이 안 통해서 한층 열이 오른 상태였다.

짐꾼은 젊은 사람이었는데 그 순간 폭삭 늙은 것같이 보였다. 내가 나섰다. 안 그랬으면 좋았을 걸 하고 후회한다, 그렇게 강렬하게는 아니지만, 그런 것 같지는 않다고 생각한다, 그 친구는, 그러니까 그 할말을 잃은 짐꾼은, 세 개의 루트는 아주 복잡해서, 우리한테 설명했는데, 이것저것 바꾸고 바꿀 것이 많다고 했다.

조용히 설명을 듣고 있을 시간이 없었다. 우리 기차가 몇 분 후면 출발할 것이었기 때문이다. 하지만 이 남자는 나를 끌어들였다. 복잡한 문제를 분명하게 해결지어야 하는 상황에서 이런 행동을 한 건 실수다. 짐꾼은 어서 빨리 이 일을 마무리 짓고 다시 숨을 쉴 수 있었으면 하는 표정이었다.

10분 후 기차에 앉아서 이 문제를 곰곰 되짚어보노라니, 자전거는 이멘딩엔을 경유시키는 게 가장 좋을 것 같다는 짐꾼의 말에 동의를 하고 이멘딩엔 행으로 예약하는 데 동의를 하긴 했는데, 이멘딩엔에서 어디로 보내야 하는지 지시하는 것을 놓쳤구나 하는 생각이 들었다. 내가 의기소침한 성격의 소유자였다면 나는 지금까지도 이멘딩엔에 머물러 있을 자전거를 생각하며 걱정에 사로잡힐 것이다. 하지만 나는 '언제나 긍정적으로 생각하자'를 철학으로 삼는 사람이다. 어쩌면 짐꾼이 알아서 내 실수를 바로잡았을 수도 있고, 아니면 자전거 주인이 여행을 끝내기에 앞서 그의 품으로 자전거가 돌아가는 기적이 생겼을지도 모른다. 우리가 라돌프첼로 보내버린 그 가방만 해도, 콘스탄스 행이라는 라벨이 붙어 있으니 마음을 놓고 있다. 분명히 얼마 후에 철도 관계자들이, 하릴없이 라돌프첼 역에서 돌아다니는 그 가방을 회수해서 콘스탄스로 부쳤을 것이다.

하지만 이런 것들은 내가 이 사건에서 끌어내고자 하는 교훈과는 거리가 멀다. 이 상황의 진의는 독일인 짐꾼이 영어를 이해할 수 없다는 사실을 발견했을 때 그 영국인 관광객이 내비친 분노에 있다. 우리가 그에게 말을 걸었을 때 그는 자신의 분노를 이런 식으로 표현했다.

"감사합니다, 정말 감사드립니다. 아주 간단합니다. 전 기차를 타고 도나우슈잉엔으로 가고 싶습니다. 도나우슈잉엔에서 게이셍엔까지는 걸어갈 겁니다. 게이셍엔에서 엥엔까지는 기차를 탈 거고요. 엥엔에서 콘스탄스까지는 자전거를 타고 갈 겁니다. 하지만 가방은 갖고 다니고 싶지가 않습니다. 도착했을 때 콘스탄스에서 가방을 찾았으면 합니다. 10분 동안 이 바보 같은 친구에게 이 설명을 하는데 도대체 알아들어야 말이죠."

"많은 독일 노동자들이 자기 나라 말밖에 하지 못한다는 건 참으로 유감입니다."

내가 말했다.

"일정표를 보면서 팬터마임까지 했는데 씨알이 먹혀야 말이죠."

"믿을 수가 없군요. 그 정도 했으면 알아들었을 법도 한데요."

내가 다시 말했다.

해리스는 그 남자에게 화가 나 있었다. 낯선 나라에 와서 외곽으

로만 골라 골라 다니는 주제에, 그 나라 말은 하나도 모르면서 복
잡하기 그지없는 기차표를 사려고 하는 당신이 바보 아니냐고 한
마디 하고 싶어 했다. 하지만 다행히 내가 먼저 눈치를 채고 해리
스를 자제시켰다. 그리고 이 남자는 무의식적으로 위대하고 훌륭
한 과업을 실행 중이라는 사실을 상기시켰다.

　셰익스피어와 밀턴은 유럽의 낮은 계급 사람들에게 영어와 익
숙해질 수 있는 기회를 주는 데 그다지 심혈을 기울인 편이 아니
었을 것이다. 뉴턴과 다윈은 교육받은 외국인 사상가들에게나 영
어가 필수적인 항목이 되도록 했을 뿐이다. 디킨스와 위다
〔Ouida(1839~1908). 영국 소설가. 《플랜더스의 개》로 유명하다〕(문학계의 경계가
《새로운 삼류 문인들의 거리》(New Grub Street. 영국 자연주의의 대표적 작가인 기싱
(George Robert Gissing)의 작품)의 편견에만 한정되어 있다고 생각하는 사람들이
본토에서 멸시당하는 이 소설가가 해외에서 차지하는 위치를 알게 된다면
놀랍고 통탄할 것이다)는 그나마 영어를 좀 대중화시키는 데 도움이
되었을지도 모르겠다. 하지만 세인트 빈센트 곶에서부터 우랄 산
맥에 이르기까지 영어를 전파하는 데 기여한 사람은, 다른 언어에
관한 한, 단어 하나 배울 능력도 의사도 없이 오로지 지갑 하나만
들고 유럽의 곳곳을 헤치고 다니는 영국인 관광객일 것이다. 사람
들은 그의 무지에 충격을 받고 그의 우매함에 짜증을 내고 그의
뻔뻔스러움에 화를 낼지도 모른다. 그러나 실질적인 사실이 엄연
히 존재한다. 유럽에 영어를 널리 알리는 임무는 바로 그런 사람
에 의해 행해진다.

　그가 있었기에 스위스 농부는 겨울날 저녁 눈길을 터벅터벅 밟
고 내려가 모든 마을에서 열리는 영어 수업에 참여한다. 그가 있

었기에 마부와 문지기와 하녀와 세탁부는 영어 문법과 회화 책을 들여다본다. 그가 있었기에 기념품 가게 주인과 상인들은 많은 돈을 들여가며 아들딸을 영어 마을로 보낸다. 그가 있었기에 모든 호텔과 식당 관계자들이 '영어 회화 가능자 우대'라는 문구를 내건다.

영어를 말하는 민족이 영어는 하지 않고 다른 언어를 구사해야 한다는 규칙이 생긴다면, 세계 속에서의 영어의 놀라운 진보는 멈추고 말 것이다. 영어를 말하는 관광객은 낯선 이방인들 가운데 서서 짤랑짤랑 돈주머니를 흔든다.

"영어를 할 줄 아는 사람들에게 사례하겠습니다."

그는 위대한 교육자다. 이론적으로는 그에게 뭐라 할 수 있다. 그러나 실제적인 측면으로 돌아온다면 우리는 그에게 고개를 숙여야 한다. 그는 위대한 영국의 언어를 알리는 사절단이다.

12

많은 상류층 앵글로 색슨족의 영혼을 난처하게 하는 것이 바로 모든 유람의 목표를 식당으로 선정하려는 독일인의 세속적인 본능이다. 산 정상, 아름다운 계곡, 한적한 산길, 폭포, 시냇가에는 어김없이 사람들로 붐비는 비어비어트샤프트〔맥주집〕가 있다. 맥주 거품이 여전한 테이블에 둘러싸여 누가 풍경에 광상곡을 바칠 수 있겠는가? 구운 송아지 고기와 시금치 냄새가 진동하는데 어찌 역사적 상념에 빠질 수 있겠는가?

고양된 정신에 몰두해 있던 우리는 어느 날 깊은 산으로 올라갔다.

"위쪽에 가면."

잠깐 숨을 고르고 벨트 구멍을 좀 더 조이느라 쉴 때 해리스가 씁쓸하게 말했다.

"저질스런 식당이 하나 있을 거야. 사람들은 게걸스럽게 비프스테이크와 자두 타르트를 먹으며 백포도주를 마셔대겠지."

"그렇게 생각해?"

조지가 물었다.

"물론이지. 이 사람들이 어떤지 잘 알잖아. 작은 숲 하나 조용히 쉬게 내버려두는 법이 없어. 수익과 물질에 오염되지 않은 자연을 사랑하는 사람들을 위해 언덕 하나 남겨두지 않잖아."

"빈둥거리지 않으면 1시 전에는 도착할 수 있을 거 같은데."

내가 말했다.

"점심 식사는 이 근처에서 잡은 푸른 송어 몇 마리로 준비될 거야."

해리스가 투덜거렸다.

"독일에선 먹을 것과 마실 것에서 도망칠 수 없는 거 같으니까. 정말 화가 나!"

우리는 가던 길을 계속 갔다. 그리고 숲의 아름다움 속에서 분노를 잊어버렸다. 이번엔 나의 방향 감각이 적중했다.

12시 45분에 앞에서 걸어가던 해리스가 말했다.

"다 온 것 같군. 정상이 보여."

"식당도 보여?"

조지가 물었다.

"아직 보이진 않아. 하지만 분명히 있어. 왜? 내 말 못 믿어!"

5분 후 우리는 정상에 올랐다. 우리는 북쪽을 남쪽을 동쪽을 서쪽을 쳐다보았다. 그리고 마지막으로 서로를 쳐다보았다.

"멋지지 않아?"

해리스가 말했다.

"정말 환상적이다."

내가 동의했다.

"그래 멋지다."

조지가 말했다.

"이번만은 식당을 보이지 않는 곳에 여는 감각도 갖추었어."

해리스가 말했다.

"숨겨놓은 거 같은데?"

조지가 말했다.

"바로 코앞에 무식하게 들이대지만 않으면 싫어할 이유가 별로 없으니까."

해리스가 말했다.

"맞아. 적절한 장소에만 있어주면 식당이 대접 못 받을 이유가 없잖아."

내가 말했다.

"식당이 어디 있는지 궁금한데?"

조지가 말했다.

"찾아보면 어때?"

갑자기 호기심이 동한 해리스가 말했다.

좋은 생각인 거 같았다. 나 역시 구미가 당겼다. 우리는 각자 다른 방향으로 가서 찾아보자는 데 동의했다. 나중에 정상에 다시 모여 결과를 공유하자고 했다. 30분 후 우리는 다시 한 번 정상에 모였다. 말이 필요 없었다. 우리 각자의 얼굴이 명백히 말했다. 마침내 먹을 것과 마실 것이라는 깨끗하지 못한 제안에 의해 더러워지지 않은 독일 자연의 휴식처를 찾았다는 것을.

"이런 일이 가능할 거란 상상은 정말 못 했어. 너희들은 상상해 본 적 있어?"

해리스가 말했다.

"내 생각에 이곳은 독일 전역에서 식당이 존재하지 않는 유일한 4백 제곱미터인 거 같아."

내가 말했다.

"그리고 우리 세 사람의 이방인이 우연히 그곳을 발견했고."

조지가 말했다.

"맞아. 정말 너무나 운이 좋아서 우린 지금, 우리의 저급한 본성의 신호에 아랑곳하지 않는 순수한 감각의 향연을 맛볼 수 있게 된 거야. 저 봉우리에 떨어지는 빛을 좀 보라고. 황홀하잖아?"

내가 말했다.

"감각 얘기가 나와서 하는 말인데, 내려가는 가장 가까운 길은 어느 쪽이야?"

조지가 물었다.

"왼쪽 길로 가면, 소넨스타크가 나와. '황금독수리' 식당으로 유명한 곳이지. 두 시간 정도 걸릴 거야. 오른쪽으로 가면 시간이 약간 더 걸리긴 하겠지만 경치는 한결 나아."

안내 책자를 살펴본 뒤 내가 대답했다.

"경치라는 게 말이야, 거의 비슷비슷하지 않나? 어떻게들 생각해?"

해리스가 말했다.

"개인적으로 난 왼쪽 길로 갈 거야."

조지가 그렇게 말하자, 해리스와 나는 그의 뒤를 따라갔다.

하지만 예상했던 것처럼 빨리 내려가지는 못했다. 순식간에 그 지역에 폭풍이 밀어닥쳤고, 출발한 지 30분도 지나지 않아서 피할 곳을 찾느냐 아니면 푹 젖은 옷을 입고 하루 종일 지내느냐 하는 선택의 기로에 놓이게 됐다. 결국 오른쪽 길로 다시 노선 변경을 한 다음 나무 하나를 골랐다. 평범한 상황이었다면 충분히 보호의 기능을 다해주었을 나무였다. 하지만 블랙 포레스트의 뇌우는 평범한 상황이 아니었다. 처음엔 계속해서 이런 식으로 폭풍이 치지는 않을 것이라며 서로를 위로했다. 다음엔 그렇다고 해도 이미 젖을 대로 젖었으니 더 젖을 걱정 따윈 하지 않아도 되겠다며 서로를 달랬다.

"이렇게 되고 보니, 식당이 있었어도 그리 언짢았을 거 같지는 않은 기분이 드네."

해리스가 말했다.

"젖고 배고프기까지 하다니 정말 싫다. 5분만 기다렸다가 난 다시 출발할 거야."

조지가 말했다.

"이 숲의 고독은 맑은 날씨에는 정말 매력적이야. 하지만 비가 오는 날에는, 특히 이미 나이대가……."

나는 말을 끝마치지 못했다. 순간 누군가 우리를 외쳐 부르는 목소리가 들렸기 때문이다. 15미터쯤 떨어진 곳에 건장한 남자 하나가 커다란 우산을 받쳐 들고 서 있었다.

"안으로 들어오시겠습니까?"

"어디 안이오?"

내가 물었다. 처음엔 웃기는 일이 하나도 없는데 웃기려고 노력하는 얼간이 바보 중 하나인 줄 알았다.

"식당 안 말입니다."

우리는 우리의 피난처를 떠나 그 남자를 향해 갔다. 그가 말한 내용에 관해 더 많은 정보를 얻고 싶었다.

"창문에서 불렀는데 못 들으셨나 봅니다. 이 폭풍은 못해도 한 시간은 더 계속될 겁니다. 그냥 계시면 다 젖습니다."

그는 아주 친절한 노신사였다. 우리 걱정을 아주 많이 해주는 것 같았다.

내가 말했다.

"나와주셔서 감사합니다. 저희가 미친놈들도 아니고, 식당이 20미터도 못 미치는 곳에 있다는 걸 알고도 30분 동안 나무 밑에 서 있었겠습니까? 근처에 식당이 있는 줄은 몰랐습니다."

"그런 것 같았습니다. 그래서 제가 나오지 않았습니까."

여관에 든 사람들이 전부 나와 창문가에서 우리를 지켜보았던 모양이었다. 우리가 왜 거기 그렇게 비참한 꼴로 서 있는지 궁금하게 여기면서. 이 친절한 노신사가 아니었다면 그 바보 같은 사람들은 그냥 그대로 서서 오후 내내 우리를 바라보고 있었을 것이다. 여관 주인은 죄송하다면서 우리가 영국인들처럼 보였다고 했다. 농담이 아니었다. 유럽에선 실제로 모든 영국인들이 미쳤다고 믿는다. 모든 영국 농부가 프랑스 사람들의 주식은 개구리라고 믿는 것과 같다. 그게 아니라는 것을 증명하려고 직접적으로 개인적인 노력을 해본들 성공 확률이 1백 퍼센트라는 보장이 없다.

그곳은 작고 편안한 식당이었다. 요리도 괜찮았다. 와인이 그중 가장 좋았다. 두 시간 정도 머물면서 몸을 말리고 배도 채우고 경치 얘기도 나누었다. 그런데 떠나기 직전, 이 세상엔 선보다는 악의 영향력이 훨씬 더 강력하구나 하는 것을 일깨워주는 사고가 발생했다.

한 여행객이 들어왔다. 근심 걱정으로 지친 기색이 역력한 남자였다. 밧줄을 휘감은 손에는 벽돌 하나를 쥐었다. 뭔가에 쫓기는 듯 몹시 초조해 보였다. 그는 재빨리 문을 닫더니 확실히 닫혔는지 확인하고 나서 창문 너머로 오랫동안 주의 깊게 밖을 내다보았다. 그런 후 안도의 한숨을 내쉬고는 벽돌을 옆쪽 벤치에 내려놓고 먹을 것과 마실 것을 주문했다.

전체적인 상황에서 뭔가 이상한 분위기가 느껴졌다. 사람들은 그 남자가 벽돌로 무엇을 하려는지, 왜 그렇게 문을 조심스럽게 닫았는지, 왜 창문 밖을 그렇게 주의 깊게 내다본 건지 궁금해했다. 하지만 말을 걸기에는 그의 외관이 주는 인상이 너무 강했다. 우리는 그에게 질문하는 것을 삼갔다. 식사를 마치고 나자 기분이 다소 나아진 듯 보였다. 한숨 쉬는 횟수도 줄어들었다. 나중에는 다리를 뻗더니 좋지 않은 냄새가 나는 시가에 불을 붙이고 조용한 만족감에 젖어 태우기 시작했다.

그때였다. 너무 급작스럽게 일어난 일이라 자세한 묘사를 한다는 것은 불가능하다. 독일 아가씨 하나가 손에 프라이팬을 들고 부엌 쪽에서 들어온 것이다. 그녀가 식당을 가로지르더니 덧문 쪽을 향해 달려갔다. 다음 순간 식당 안은 아수라장이 되었다. 팬터마임의 장면 변환 같았다. 떠다니는 구름과 느린 음악과 흔들리는 꽃들과 쉬고 있는 천사들이 갑자기 빽빽거리는 아이 위로 넘어지며 고함지르는 경찰관, 늙은 광대와 싸우는 멋쟁이 신사, 소시지와 할리퀸, 버터 바른 굴림통과 어릿광대로 바뀌었다. 팬을 든 아가씨가 덧문에 손을 대자 문이 홱 열렸다. 마치 그 문이 모든 죄의 영혼들을 막고 서 있었던 것처럼, 무언가를 기다리면서. 돼지 두 마리와 병아리 한 마리가 식당 안으로 들어왔다. 맥주 통 위에서 자던 고양이 한 마리는 불타오르는 듯한 생명의 소리를 내질렀다. 아가씨는 공기 중으로 팬을 내던지고 바닥에 쓰러졌다. 벽돌을 들고 있던 남자는 자리에서 벌떡 일어나며 테이블과 그 위에 있던 모든 것을 뒤집어엎었다.

사람들은 이 채난의 원인을 찾기 시작했다. 그리고 당장에 뾰족한 귀에 다람쥐 꼬리를 한 잡종 테리어를 발견했다. 여관 주인이 다른 문에서 달려 나왔다. 그는 식당 밖으로 녀석을 뻥 차버리려고 했다. 하지만 그가 찬 것은 돼지 두 마리 중 살진 녀석이었다. 정확히 조준된 활기찬 킥이었기 때문에 돼지는 완벽하게 나가떨어졌다. 사람들은 그 동물을 안쓰럽게 여겼다. 하지만 돼지에게 느낀 안쓰러움의 정도는 사람들이 본인들에 대해 느끼는 안쓰러움의 정도와는 비교도 할 수 없었다. 돼지는 움직임을 멈추었다. 그는 식당 가운데 앉아 자신에게 행해진 이 정당하지 못한 처사를 내려다보고 계시는 태양계에 호소했다. 그들은 아마도 계곡에 울려 퍼지는 그의 비탄의 소리를 듣고, 산속에서 도대체 무슨 재난이 벌어지고 있는지 궁금하게 여겼을지도 모른다.

암탉에 관해 말하자면 그것은 비명을 내지르며 사방을 헤집고 다녔다. 굉장한 조류였다. 높은 벽도 단숨에 날아올라 넘을 것 같았다. 암탉과 고양이는 아직 바닥에 떨어지지 않은 것들을 모조리 떨어뜨렸다. 40초도 안 되어 식당 안에 있던 사람들 아홉 명이 개한 마리를 차내겠다고 난리였다. 이따금 성공을 거두기도 했던 모양이다. 개가 깨갱 소리를 내느라 컹컹 소리를 멈춘 적이 있었으니까. 하지만 개는 낙담하지 않았다. 모든 것에는 대가가 따르는 법이라고 생각하는 것 같았다. 돼지와 병아리 사냥도 예외가 될수 없었다. 그리고 전체적으로 볼 때 손해 가는 게임이 아니었다.

게다가 가만 관찰해보니, 자신이 한 번 발길질을 당할 때마다 식당 안에 있는 다른 생명체들은 대부분 두 번씩 당한다는 만족감을얻게 되었다. 운이 억세게도 없는 그 돼지(정지해 있는 녀석, 식당 한가운데 앉아 통탄에 젖어 있는 바로 그 녀석)는 평균 네 번꼴이었다. 이개를 차내려고 벌이는 야단법석 행위는 마치 그 자리에 없는 공을가지고 축구를 하는 것과 같았다. 킥을 하려고 갔을 때부터 공이없었는데 일단 경기를 시작한 데다 멈추기에는 너무 많이 와버려서 어쨌든 킥을 하긴 해야겠기에, 유일한 바람이 있다면 발끝에뭔가 단단한 것이 걸려서 죽는 소리를 내지르며 바닥에 완벽하게주저앉을 수 있게 되는 것뿐이다. 누가 개를 찼다면 그건 순전히우연일 뿐, 녀석에게 발길질을 할 수 있게 될 것이라는 기대는 하지도 않았다. 너무 예상 밖의 일인지라 개에게 발길질을 하고 나면 꼭 자리에 꽈당 넘어지기가 일쑤였다. 그리고 불행히도 모든사람이 30초 간격으로 돼지, 앉아 있는 그 돼지, 어느 쪽으로도 움직일 수 있는 능력을 상실해버린 그 돼지 위로 넘어졌다.

이 대재난이 얼마나 지속되었는지 말한다는 것은 불가능하다.상황을 종결시킨 것은 조지의 판단력이었다. 한동안 그는 개가 아니라 남아 있는 돼지, 그러니까 아직 활동력이 있던 돼지를 쫓아다녔다. 마침내 구석 쪽으로 몰았고, 조지는 녀석을 설득해 안에서 이러지 말고 밖으로 나가라고 했다. 녀석은 외마디 비명과 함께 문 밖으로 던져졌다.

우리는 언제나 자신이 가지지 못한 것을 원한다. 돼지 한 마리, 병아리 한 마리, 인간 아홉, 고양이 한 마리는 그 개의 관점에서 볼 때 문 밖으로 사라진 사냥감에 비할 바가 못 되었다. 현명하지 못하게도 개는 그 사냥감을 쫓아 나갔고 조지가 문을 닫고 걸쇠를 걸었다.

그러자 여관 주인이 나타났다. 그리고 바닥에 널린 것들을 바라보았다.

"당신 개죠?"

그는 벽돌을 들고 들어온 남자에게 말했다.

"제 개가 아닙니다."

남자는 언짢은 듯이 대답했다.

"그럼 누구 갭니까?"

"모릅니다."

"그런 말은 저한테 안 통합니다."

주인은 독일 황제의 사진을 주워 옷소매로 맥주를 닦으며 말했다.

"저도 압니다. 그럴 거라고 기대도 안 합니다. 사람들에게 저 개가 내 개가 아니라고 말하는 데도 이제 지쳤습니다. 아무도 제 말을 믿지 않으니까요."

"자기 개도 아니면서 뭐 하러 같이 다니는 겁니까? 뭐가 예쁘다고."

"전 저 개와 같이 다니지 않습니다. 저 개가 저와 같이 다니는 겁니다. 오늘 아침 10시에 나를 발견하고는 놓아주지를 않았습니다. 여기로 들어오면 떼어내버릴 수 있을 거라고 생각했습니다. 15분 전에 오리 한 마리를 잡아 죽이게 해놓고 달려왔지요. 돌아가는 길에 오리 값은 치를 생각입니다."

"개한테 돌을 던져보셨습니까?"

해리스가 물었다.

"돌을 던지느라 팔이 다 빠질 때까지 돌을 던졌습니다. 녀석은 게임이라고 생각하는 것 같아요. 나한테 도로 돌을 던지더라고요. 이 빌어먹을 벽돌도 벌써 한 시간째 들고 다닙니다. 녀석을 익사시킬 생각으로요. 하지만 잡힐 정도로 가까이 오지는 않더란 말입니다. 늘 15센티미터쯤 떨어진 곳에 앉아서 입을 벌리고 나를 바라보는 겁니다."

"그런 웃기는 얘긴 살다 살다 처음 듣습니다."

주인이 말했다.

"웃기셨다니 기쁘군요."

그가 여관 주인과 함께 부서진 물건들을 정리하게 남겨두고 우리는 길을 재촉했다. 문 밖 12미터 지점에서 그 충성스런 동물이 자신의 친구를 기다리고 있었다. 지쳐 보였지만 만족스러운 눈치는 아니었다. 이상하고 종잡을 수 없는 성격의 소유견(犬)이 분명했다. 우리는 혹시 이 개가 우리를 좋아하게 되는 것은 아닐까 순간 두려움에 휩싸였다. 하지만 개는 아무런 관심도 비치지 않고 우리를 지나가게 내버려두었다. 반응 없는 주인을 향한 이 개의 충성심은 감동적이었다. 우리는 그의 충성심을 훼손시키려는 시도는 아무것도 하지 않았다.

만족스럽게 블랙 포레스트 탐사를 마친 우리는 자전거를 타고 알트 브라이자흐, 콜마르를 거쳐 뮌스터로 향했다. 거기서 우리는 현 독일 황제의 말에 따르면 휴머니티가 끝나는 지역이라고 하는 보주 산맥 유람을 시작했다.

한 번은 이쪽으로 또 한 번은 다른 쪽으로 강이 흐르는(아직 경험이 많지 않은 청년이라, 라인 강은 자기 길이 어딘지 확실히 모르는 듯하다) 암벽 요새인 알트 브라이자흐는 옛적부터 거주지의 변화와 흥분을 즐기는 사람들에게나 예외적인 사랑을 받았을 것임에 틀림없다. 누구와 누구 사이에 전쟁이 일어나든 무엇 때문에 일어나든, 알트 브라이자흐는 빠지는 법이 없었다. 모두 이곳을 공격했고 대부분은 점령했으며 또 그들 중 대부분은 다시 빼앗겼다. 누구도 줄곧 이 요새를 소유할 수는 없었다. 자신이 누구인지 아니면 자신이 무엇인지에 대해 이 요새의 주인은 절대로 확신할 수가 없었다. 어느 날은 프랑스인이 되어 있었을 것이다. 그러나 세금을 낼 수 있을 정도의 프랑스어를 배우기도 전에 그는 오스트리아인이 되어 있을지도 모른다. 훌륭한 오스트리아인이 되려고 자신이 한 일들을 생각해보고 있는데, 자기가 더는 오스트리아인이 아니고 독일인이라는 사실을 알게 될지도 모른다. 열두 종류의 독일인 중에 어떤 독일인인지는 조사를 해봐야 알 수 있다. 어느 날은 자신이 가톨릭이라는 사실을 알게 될 것이다. 조금 있으면 열렬한 프로테스탄트가 되어 있을지도 모른다. 자신의 존재에 관하여 확신할 수 있는 것은, 그것이 무엇이든 간에, 현재 자신이 자신일 수 있는 권리에 대하여 끊임없이 많은 세금을 지불해야 한다는 점뿐이다. 이런 문제들을 생각하다 보면, 왕과 세금 징수원은 빼고, 중세 사람들은 왜 그렇게 애써 목숨을 부지하려고 했을까 하는 생각을 하게 된다.

다양함과 아름다움의 측면에서 보주 산맥과 블랙 포레스트의 산들을 비교할 수는 없다. 그러나 관광객의 관점에서 볼 때 이곳의 장점은 긍정적 의미에서의 결핍이라고 볼 수 있다. 프랑스 동부에 걸쳐진 보주 산맥의 농부에겐 라인 강 건너편 이웃 나라 농부의 심성을 망쳐놓는, 상당한 부유함 때문에 생겨난 비낭만적인 분위기를 찾아볼 수 없다. 마을과 농장엔 쇠락하는 분위기가 주는 매력 이상의 것이 존재한다. 보주 산맥 쪽이 더 낫다 싶은 점 중 또한 가지는 폐허들이다. 이쪽 성들은 대부분 독수리들이나 집을 지을 만한 곳에 자리를 잡고 있다. 반면 로마인들이 시작하고 남프랑스 트루바두르인들이 마무리를 한 다른 성들이 아직도 벽이 서 있는 미로와 함께 대지를 뒤덮었는데, 몇 시간 동안이고 돌아다닐 수 있다.

과일 장수는 보주 산맥에선 보기 드문 직업이다. 과일은 대부분 야생에서 자라고 때가 되면 알아서 채집된다. 보주 산맥의 산 속을 걸을 때 어떤 정해진 프로그램에 따르는 것은 쉽지 않은 일이다. 더운 날 가던 길을 멈추고 과일을 먹고 싶은 유혹은 너무 강해서 저항하기가 쉽지 않다. 내가 맛본 것 중 최고였던 라즈베리, 산딸기, 까치밥나무 열매, 구스베리가 영국 철도 근처에서 자라는 블랙베리처럼 언덕에 지천이다. 보주 산맥의 소년은 과수원 서리를 할 필요가 없다. 죄를 짓지 않아도 배가 아플 수 있기 때문이다. 여기도 과수원이 많다. 하지만 과일을 훔칠 목적으로 그 안에 들어

가는 것은, 물고기가 돈 안 내고 실내 수영장에 들어가려는 것만
큼이나 어리석은 짓이다. 그러나 물론 실수란 언제 어디서고 벌어
지는 법.

어느 날 오후 산을 오르던 중 우리는 고원에 도착했다. 그곳에서
여유작작한 시간을 보내면서 충분했을 양보다 더 많은 과일들을
따 먹었다. 어찌나 많고 어찌나 종류도 많은지. 끝물 딸기에서 시
작해서 라즈베리로 옮겨갔다. 그다음엔 해리스가 이제 막 철이 시
작되려던 자두나무를 발견했다.

"여기 정말 최고다. 맘껏 즐기자고."

조지가 말했다. 지당한 말이었다.

"배는 아직 좀 단단한 거 같아."

해리스가 말했다.

그는 잠시 이 사실에 대해 슬퍼했지만 곧 아주 맛있는 노란 자두
를 발견했고 이것으로 다소 위안을 삼았다.

"여기는 너무 북쪽이라 파인애플은 없겠지? 왜 이렇게 신선한
파인애플이 먹고 싶은지 모르겠네. 이런 흔한 과일들은 조금만 먹
어도 질리잖아, 왜."

조지가 말했다.

"관목 열매는 많은데 나무 열매가 많지 않다는 게 단점이야. 개
인적으론 자두나무가 더 있으면 좋겠어."

해리스가 말했다.

남자 하나가 언덕을 올라오는 모습이 보였다.

"이곳 사람인 것 같아. 어디 가면 자두나무가 많은지 알지도 몰
라."

"나이 든 사람치고는 산을 꽤 타는데?"

해리스가 말했다.

확실히 범상치 않은 속도로 언덕을 올라왔다. 우리가 있는 곳에서 판단하기론 제법 기분도 좋아 보였다. 노래를 부르는가 하면 뭐라고 있는 힘껏 소리를 지르기도 했다. 손짓 발짓도 덩실덩실했다.

"굉장히 즐거운 영혼이시군. 저런 사람을 바라보면 기분이 좋아져. 그런데 왜 지팡이를 어깨에 둘러메고 있는 걸까? 짚고 오르시지."

해리스가 말했다.

"내 생각에 저건 지팡이가 아닌 거 같아."

조지가 말했다.

"그럼 뭐라고 생각하는데?"

"음…… 내 눈엔 총처럼 보여."

"우리가 무슨 실수를 저질렀다는 말을 하려는 건 아니지? 여기가 개인 과수원이거나 뭐 그런 생각을 하는 거야?"

해리스가 말했다.

"한 2년 전인가 프랑스 남부 지방에서 일어난 슬픈 사건 기억해? 군인 하나가 어느 집 앞을 지나다가 체리를 따 먹었는데, 주인이 나오더니 한마디 말도 없이 쏴 죽이고 말았지."

내가 말했다.

"하지만 과일 따먹었다고 사람 죽인다는 게 말이 안 되잖아, 아무리 프랑스라고 해도."

조지가 물었다.

"물론 안 되지. 그리고 불법이야. 그쪽 변호사 측에서 제시한 유일한 변명은 그 사람이 평소 아주 흥분을 잘하는 성격이었다는 것뿐이야. 특히 체리에 대해서 아주 민감했다고 해."

"그러고 보니 나도 기억이 난다."

해리스가 말했다.

"그 사건이 일어난 지역에선 유가족에게 많은 벌금을 지불해야 했지. 그래봤자 죽은 사람만 억울하지만."

조지가 말했다.

"여기 더 있지 말자, 이제 지겨워. 시간도 늦었고."

해리스가 말했다.

"저런 속도를 유지하면 금방 쓰러져서 다칠 거야. 게다가 길도 모르는 거 같아."

나는 외로웠다. 말을 할 만한 상대가 없이 혼자 덩그러니 남아 있었다. 더는 소년이 아닌데도 심하게 가파른 언덕을 과연 즐거이 달려 내려갈 수 있을까, 생각에 잠겼다. 감각을 되살려봐야 알 수 있을 것 같았다. 몸에 경련이 이는 운동이긴 한데, 간에 좋다. 그렇게 본다.

우리는 그날 밤 바르에서 묵었다. 산 속에 있는 오래된 수도원인 상크트 오틸리엔베르크로 가는 길에 있는 쾌적한 작은 마을이다. 이 수도원에 가면 진짜 수녀님들이 맞아주고 신부님이 영수증을 내준다.

저녁 먹기 직전, 어떤 관광객 하나가 들어왔다. 영국인인 것처럼 보였는데, 전에 들어본 적 없는 종류의 언어를 구사했다. 하지만 우아하고 듣기 좋은 언어였다. 여관 주인이 멍하니 그를 쳐다보았다. 그리고 고개를 내저었다. 그는 한숨을 내쉬고 다시 한 번 대화를 시도했다. 어렴풋이 잊었던 기억이 떠오를 것도 같긴 했는데 그때는 성공하지 못했다. 여전히 아무도 그가 하려는 말을 이해하지 못했다.

"정말 지겹다, 지겨워!"

그가 큰 소리로 혼잣말을 했다.

"이런, 영국분이시군요!"

여관 주인이 환한 얼굴로 외쳤다.

"피곤해 보이시는데. 어서 저녁을 드셔야죠."

작고 명랑한 여관 안주인이 덧붙였다.

둘 다 영어가 유창했다. 거의 프랑스어와 독일어만큼 잘했다. 내외는 바쁘게 움직이며 손님을 편안하게 해주려고 노력했다. 저녁 시간에 그가 내 옆에 앉게 되었고 나는 그에게 말을 건넸다.

"처음에 들어오셨을 때 사용하신 언어가 뭡니까?"

"독일어입니다."

"네?"

"모르셨습니까?"

"제가 독일어가 워낙 짧아서요. 다닐 때마다 여기저기서 조금씩 주워들은 실력인데 오죽하겠습니까?"

"하지만 저 사람들도 알아듣지 못했습니다. 주인 내외 말입니다. 자기들 말 아닙니까."

"아닌 것 같더라고요. 여기 애들이야 당연히 독일어를 하지요. 하지만 주인 내외 사정은 다른 것 같았습니다. 알자스로렌 지방 나이 든 사람들은 아직 프랑스어를 쓰니까요."

"그래서 프랑스어로도 말을 했습니다. 그런다고 달라지는 게 없어서 문제였지만요."

"정말 이상한 일이네요."

"이상한 정도가 아닙니다. 저로선 이해가 되지 않는 일입니다. 전 현대 언어 학위가 있는 사람입니다. 특히 프랑스어와 독일어에 강했지요. 정확한 문장 구조와 완벽한 발음으로 동료들 사이에서 정평이 나 있었단 말입니다. 그런데 외국에만 나왔다 하면 아무도 내가 하는 말을 알아듣지 못합니다. 왜 그런지 이유를 설명하실 수 있겠습니까?"

"그럴 것 같군요."

내가 대답했다.

"발음이 너무 철저하게 완벽해서 그런 겁니다. 스코틀랜드 사람이 생애 처음으로 진짜 위스키를 마셨을 때 뭐라고 말했는지 기억하실 겁니다. '찐짠가 몰르겠지만 몬 마시겠네.' 독일어도 그런 식인 겁니다. 언어는 단지 언어가 아니라 감정 표현이자 의사 전달입니다. 제가 감히 조언을 할 수 있다면 이런 말씀을 드리고 싶네요. '가능한 틀리게 발음할 것, 가능한 많은 실수를 저지를 것.'"

어디 가나 다 마찬가지다. 어느 나라나 외국인들만을 위한 특별 발음법이 있다. 자기네는 꿈에도 사용하지 않고, 언제 그렇게 발음하는지 알지도 못하는 그런 발음법이다. 영국 여자 하나가 프랑스 남자에게 'have'라는 단어의 발음법에 대해 설명하는 것을 들은 적이 있다.

"철자가 'hav'까지뿐인 것처럼 발음하시려고 할 텐데요, 그럼 안 됩니다. 끝에 분명히 'e'가 있어요."

"하지만 선생님이 발음하실 때는 'e' 발음이 안 난다고 생각하는데요."

"이제 그런 생각은 하지 않도록 하세요. 이 'e'는 무음입니다. 다음에 오는 모음에 아주 중요한 영향을 끼치지요."

그 설명이 있기 전만 해도 그는 'have'를 아주 똑똑하게 발음했다. 하지만 이제 그는 이 단어만 나오면 입을 닫고 생각을 정리하고 교과서에서 설명하는 대로 발음을 한다.

초기 순교자들의 고행을 제외하고는, 독일어로 교회를 뜻하는 'Kirche('키룃헤'라고 읽으면 비교적 비슷한 발음이 난다)'의 정확한 발음에 도달하려고 내가 겪어야 했던 고초보다 더한 고초를 겪은 사람은 그리 많지 않을 것이다. 이 문제의 해결을 보기 전까지만 해도, 난 이것 때문에 고통을 당하느니 차라리 독일에 있는 교회에 가지 않겠다는 결심까지 했다.

"아니, 아니라니까."

선생님이 말했다. 그분은 성실하기 이를 데 없는 분이었다.

"자넨 이 단어를 마치 'Kirchke('키룃케'로 읽으면 비교적 비슷한 발음이다)'처럼 발음하고 있어. 'k'는 없다니까. 자, 다시⋯⋯."

그렇게 선생님은 이 단어를 어떻게 발음해야 하는지에 대해 아침에만 스무 번씩 설명을 되풀이했다. 슬픈 사실은, 난 죽어도 선생님이 발음하는 것과 내가 발음하는 것에 무슨 차이가 있는지 알 수가 없었다는 점이다. 그래서 그분은 새로운 방법을 시도했다.

"자넨 이 단어를 목으로 발음하고 있어."

선생님은 이렇게 말했다. 그 말이 맞았다. 나는 그렇게 했다.

"자, 이번엔 여기 이 아래쪽에서 발음을 해보도록 해."

선생님은 퉁퉁한 집게손가락으로 내가 발음을 끌어내야 하는 지점을 가리켰다. 고통스런 노력 끝에, 예배 보는 곳에서나 들을 수 있는 어떤 소리를 만들어낸 나는 솔직하게 말했다.

"이제 불가능한 일이 되어버린 건 아닌지 정말 두렵습니다. 몇 년 동안 전 입으로 말을 해왔습니다. 배로 말을 할 수 있는 사람은 본 적이 없습니다. 제가 배우기엔 너무 늦은 게 아닌가 하는 생각이 듭니다."

어두운 구석에서 많은 시간을 보내며, 조용한 거리에서 연습에 연습을 거듭하다 가끔 지나가는 사람들을 놀라게 하며, 나는 마침내 이 단어를 정확히 발음할 수 있게 되었다. 선생님은 흐뭇해하셨고 마침내 독일에 오게 되었을 때 나 역시 나 자신이 자랑스러웠다. 그러나 독일에선 아무도 내가 하는 말을 알아듣지 못했다. 나는 그 단어를 열심히 발음했지만 어떠한 교회 근처에도 가까이 갈 수 없었다. 나는 정확한 발음을 버리고 다시 고통스럽게 처음의 잘못된 발음으로 돌아가야 했다. 그러자 사람들은 얼굴을 활짝 펴며, 교회는 모퉁이를 돌아가면 있다거나 다음 거리에 있다거나 하는 대답을 해주었다.

나는 외국어 발음 교육이 학생들에게, 대개는 불가능하고 늘 쓸모없는 체내 곡예를 시키면서 이루어져서는 안 된다고 생각한다. 우리는 이런 교육을 받고 있다.

후두 하단 쪽으로 편도선을 누른다. 그다음 위쪽으로 만곡되어 있는 격막의 볼록한 부분이 목젖에 거의 닿을 듯하게 만든다. 완전히 닿아선 안 된다. 혀끝이 갑상선에 닿도록 노력한다. 숨을 깊이 들이마시고 성문(聲門)을 압착한다. 자 이제 입을 벌리지 말고 말한다. '가루(garoo)〔의미가 있는 단어는 아니고 독일어 특유의 가래 끓는 소리를 연습하는 것으로 보인다〕.'

그리고 막상 당신이 이 과업을 완수하고 나면 아무도 당신이 하는 말을 알아듣지 못한다.

13

집으로 돌아오는 길에 우리는 독일 대학 도시 하나를 일정에 포함시켰다. 학생들의 생활에 대한 통찰력을 얻고 싶다는 바람에서였다. 독일 친구들이 늘 예의가 바르고 정중했기 때문에 생겨난 호기심이었다.

영국 소년은 열다섯 살이 될 때까지 논다. 그리고 그때부터 스무 살이 될 때까지 공부를 한다. 독일에선 거꾸로다. 공부는 소년이 하고 청년은 논다. 독일 소년은 여름엔 7시, 겨울에는 8시에 학교에 간다. 그리고 학교에선 공부를 한다. 그래서 열여섯 살이 되면 독일 학생은 고전과 수학 분야는 통달하게 되고, 정치 활동을 위해 정당 가입을 하고자 하는 사람들이 아는 정도의 역사 지식을 갖게 되며, 현대 언어의 기초 지식을 익히게 된다. 그래서 4년 여덟 학기의 대학 기간은 교수가 목표인 사람을 제외하곤 불필요하게 긴 편이다. 독일 학생은 유감스럽게도 스포츠맨은 아니다. 바른 사람이 되어야 하기 때문이다. 축구공은 거의 차지 않고 숨 막히는 카페에서 프랑스 당구를 더 많이 친다. 하지만 일반적으로 독일 학생은, 아니 대다수의 독일 학생은 자전거 여행, 맥주 마시기, 그리고 싸움에 시간을 쏟는다. 부유한 아버지의 아들이라면, 코프스(Korps. '군단'이라는 뜻)에 가입한다. 최고 코프스에 들어가려면 1년에 4백 파운드가 든다. 중산층 자식이면 조금 싼 부어셴샤프트(Burschenschaft. '청년협회'라는 뜻. 나폴레옹 시대 이후 유럽에 팽배했던 새로운 민족주의의 영향으로 생겨난 독일 대학생 조직)나 란츠만샤프트(Lands-mannschaft. '애향회'라는 뜻)에 가입한다. 이런 단체는 다시 적(籍)에 따라 산하 단체로 나뉜다. 스와비안, 프랑코니안, 투링기안 등등. 결국 이런 시도들에서 당연히 예상될 수 있는 결과가 초래되지만(나는 우리의 고든 하이랜더(Gordon Highlanders. 1881년에 생겨난 영국 육군 보병 연대. 원칙적으로 애번딘 등 스코틀랜드 북동쪽에서 군인들을 선발했다)의 반은 런던 토박이들이라고 생각한다), 어쨌든 각 대학은 열두 개 정도의 개별 학생 그룹으로 나뉘고, 이 그룹들은 각자 고유의 모자와 색깔 그리고 가장 중요하게는 자신들을 상징하는 색깔의 옷을 입지 않으면 들어갈 수 없는 자기들만의 맥주홀을 가지게 된다.

이 단체의 주요 활동은 자기들끼리 싸우거나, 경쟁 관계에 있는 다른 코프스나 샤프트와 싸우는 것이다. 그러니까 그 유명한 독일 전통의 펜싱 시합 말이다.

여기저기서 이 대학 펜싱 시합에 대해서는 너무나 자주 너무나 자세하게 들어왔을 터이므로, 더 얘기해서 독자들을 지루하게 하고 싶은 생각은 없다. 나는 그저 인상주의자로서 나설 뿐이고 이들에 대한 나의 첫인상을 쓸 뿐이다. 왜냐하면 나는 첫인상이야말로, 교제에 의해 뭉툭해지고 감화에 의해 날카로워진 의견들보다 진실하고 유용하다고 믿기 때문이다.

프랑스 사람이나 스페인 사람은, 투우장은 단지 황소를 위해 생겨난 시설이라고 당신을 계속해서 설득하려 할 것이다. 당신이 고통스러운 비명을 지르고 있다고 상상하는 말은 다만 자신의 내면 세계가 제공한 재미있는 무언가를 보고 웃고 있는 것뿐이라고 할 것이다. 당신의 프랑스 또는 스페인 친구는 투우장에서 벌어지는 그 영광스럽고 흥분되는 죽음은 폐마 도축업자의 마당에서 벌어지는 냉혹한 잔인성에 비견될 수 없다고 주장할 것이다. 정신을 단단히 차리지 않으면, 당신은 기사도 정신 확립에 도움이 되도록 영국에 투우장을 설립하려는 분위기를 조성해야겠다는 욕망을 가지게 될 것이다. 스페인의 종교 재판관은 종교 재판이 인간적이라고 확신할 것이다. 근육 경련이나 류머티즘 같은 걸로 고생하는 뚱뚱한 신사에겐 팔다리를 잡아 늘이는 고문대에서 한두 시간 보낼 수 있는 기회를 주어야 한다. 그러고 나면 관절이 자유로워진 것을 느끼게 될 것이다. 누군가는 예전과 다르게 탄력이 생겼지요 하고 말할지도 모르겠다. 영국 사냥꾼은 여우가 부럽다고 한다. 하루 온종일 공짜로 훌륭한 스포츠가 제공되는 데다 모든 이의 관심을 받을 수 있기 때문이라고.

관행은 우리가 보고 싶어 하지 않는 것들에서 우리의 눈을 멀게 한다.

거리에서 만나게 되는 독일 신사의 3분의 1에게는 학생 시절 벌였던 스무 번에서 백 번까지의 펜싱 시합의 흔적이 남아 있다. 그들은 죽을 때까지 그 흔적을 가지고 갈 것이다. 독일 아이들은 탁아소에서도 펜싱 놀이를 하고 체육관에서 연습도 한다. 독일인들은 펜싱 시합에 아무런 난폭성이 없다고, 공격적이지도 않고 저급한 구석도 없다고 스스로를 설득하기에 이르렀다. 그들은 펜싱 시합이 독일 청소년들에게 평상심과 용기를 가르친다고 주장한다. 모든 남자가 군인인 나라에서 이런 주장이 과연 정당하다고 볼 수 있는가. 최고 펜싱가의 미덕이 군인의 미덕인가? 의심스럽다. 누군가에게 벌어지고 있는 일에 대한 불합리한 무관심의 기질보다는 흥분과 돌진이 전장에서 더욱 유용한 덕목이 아닌가. 용기를 기를 수 있었다면, 시합을 통해 남과 싸우지 않으려고 할 때였을 것이다. 그들은 즐기려고 시합을 하는 게 아니다. 다만 시대에 2백년 뒤떨어진 여론을 만족시키려고 싸울 뿐이다.

펜싱 시합은 독일 학생들을 잔인하게 만든다. 기술이 필요하다는 소리도 있다. 하지만 분명한 소리는 아니다. 길거리 쇼에서 벌어지는 칼싸움과 크게 다를 것이 뭐란 말인가. 어이없음과 불쾌함이 혼합되어 드러나는 자기 과실일 뿐이다. 스타일을 중요하게 여기는 귀족풍의 본과 다른 나라 방문객이 현지인보다 더 많은 하이델베르크에선 형식에 겉치레가 많을 것이다. 들리는 바론 번지르르한 홀에서 대회가 벌어지고, 부상자에 대비해 반백의 의사들이 대기하고, 배고픈 사람들을 위해 정복을 입은 하인들이 시중을 들고, 상당히 화려한 의식과 함께 시합이 행해진다고 한다.

이방인이 드물고 별로 반기지도 않는 더욱 독일적인 독일 대학에선, 꼭 필요한 사람들만을 시야에 두고 싶어 한다. 그러니 천성이 누굴 초대하고 그런 스타일은 아니다. 사실 그런 성격이 아주

세기 때문에 민감한 독자들에게 아주 강력하게 충고하는 건데, 그들에 대해서 이런 말을 하는 것도 삼가는 것이 좋다. 그쪽에서 보자면 듣기 좋은 소리도 아니고 내 쪽에서 보자면 듣기 좋은 소리를 할 생각이 없으니까.

홀은 황량하고 지저분하다. 벽에는 맥주와 피와 촛농 자국이 뒤섞인 얼룩이 튀어 있다. 연기 자욱한 천장, 톱밥이 깔린 바닥. 한 무리의 학생들이 웃고 담배 피우고 떠든다. 바닥에 앉아 있는 학생들도 있고 의자와 벤치에 앉아 있는 학생들도 있다. 그들은 빙 둘러앉아 사각의 링을 형성한다.

중앙에는 서로를 바라보는 선수가 두 명 서 있다. 일본산 차 쟁반에서 많이 보던 일본 전사들을 닮았다. 모양은 요상하고 자세는 딱딱하다. 마스크가 얼굴을 가렸고, 목에는 컴포터를 댔으며, 몸에는 더러운 침대 덮개처럼 보이는 것을 휘감았다. 두툼한 패드를 댄 팔을 머리 위로 곧장 뻗는다. 한 쌍의 꼴사나운 시계 태엽 장치 인형 같다. 역시나 적지 않게 패드를 덧대고, 위쪽을 가죽으로 처리한 커다란 모자로 머리와 얼굴을 보호한 보조들이 그들을 끌어내 적절한 위치에 서게 한다. 무슨 비버 소리가 들리는 것 같다. 심판이 자리에 서고 시작 신호가 내려지면 순간, 다섯 차례에 걸쳐 기다랗고 비죽한 검의 충돌이 이어진다. 이 싸움엔 재미나는 구석이 하나도 없다. 움직임도 기술도 우아함도 없다. (다시 말하지만 이건 나의 개인적인 인상이다.) 가장 강한 사람이 이긴다. 가장 강한 사람이란, 패드를 덧대 팔이 무겁기 때문에 언제나 자세가 어정쩡하긴 하지만, 공격이나 방어를 할 수 없을 정도로 힘이 빠지지 않고 끝까지 자신의 커다란 무기를 오래 들고 버틸 수 있는 사람이다.

재미있는 장면은 부상자들을 바라보노라면 건질 수 있다. 항상 두 곳 중 하나다. 머리 꼭대기나 얼굴 왼쪽. 가끔은 머리통에 척 달라붙어 있던 머리털 일부 또는 뺨에 붙었던 파리들이 공중으로 획 날아오르기도 한다. 소유주 아니, 더 정확히 말하자면 전 소유주에 의해 외피 속에 잘 보존되어 있다가 연회 분위기 가득한 분위기 좋은 저녁이면 등장하는 것이다. 그리고 모든 부상자들에게선 물론 많은 양의 피가 흐른다. 피는 의사에게, 보조들에게, 관객들에게 튄다. 천장에도 벽에도 튄다. 피는 선수들을 가득 적시고 톱밥 위에 웅덩이를 만든다. 라운드가 끝날 때마다 의사들이 달려오고 이미 피가 뚝뚝 떨어지는 손으로, 수행 간호사가 약 상자에 준비해서 가지고 온 젖은 면 솜뭉치로 상처 부위를 톡톡 두드리면서 벌어진 상처를 누른다. 당연히 남자들이 자리에서 일어나 움직이는 순간 피가 다시 터져 나오고, 피 때문에 반쯤은 눈이 안 보일 지경이 되고, 바닥은 질펀해진다. 간혹 가다가는 입이 귀에 걸린 것처럼 이가 훤히 드러나 보일 때가 있는데, 그럴 때면 시합이 끝날 때까지 관객들 중 반은 그가 웃는 줄 알고 나머지 반은 심각한 표정을 짓는다. 코가 찢어지는 경우도 있는데, 이럴 때면 선수가 굉장히 거만한 모양새로 시합에 임하는 듯한 인상을 준다.

모든 학생들의 목표가 가능한 많은 흉터를 남기고 졸업하는 것이라, 그러한 시합의 방법이 허락하는 범위 내에서는 어떤 특정한 고통은 당연히 참아내는 게 아닌가 하는 의심이 든다. 진정한 승리자는 가장 많은 종류의 상처를 획득하는 사람이다. 그러면 인간인지 아닌지 구분이 안 갈 정도로 여기저기 꿰매고 붙이고 한 상태로 한 달 동안 독일 남학생들의 부러움과 독일 여학생들의 우러

름을 만끽할 수 있다. 몇 가지 소소한 상처만 입은 이는 불만과 실망감을 가득 안고 은퇴해야 한다.

하지만 시합은 오락의 시작일 뿐이다. 스펙터클의 2막은 의료실에서 펼쳐진다. 의사들 역시 대개는 의대 학생들이다. 학위를 땄기 때문에 하루라도 빨리 일을 시작하고 싶어 안달이 난 젊은 친구들 말이다. 진실을 말하건대, 내가 접촉한 사람들은 다소 자신의 직업을 즐기는 듯 보이는, 천박한 인상을 가진 의사들이었다. 그들을 탓해서는 안 되는 건지도 모른다. 의사가 가능한 많은 처벌을 내려주어야 하는 것이 시스템의 일부다. 이상적인 의사라면 그런 일을 좋아할 리가 없다. 어떻게 상처를 입었느냐 하는 것만큼 어떻게 상처를 치료하느냐 하는 문제가 중요하다. 모든 수술은 할 수 있는 대로 난폭하게 이루어진다. 동료들은 그가 평화롭고 즐기는 표정으로 수술하는 과정을 옆에서 주의 깊게 지켜본다. 우선 모두 원하는 것이, 상처 부위가 쩍 벌어지게 칼집을 내는 일이다. 일부러 봉합은 허술하게 한다. 그렇게 함으로써 흉터가 평생 지속되기를 바라는 마음에서다. 그런 상처를 그 후 일주일 동안 적절히 할퀴고 손봐주면 적어도 다섯 자리 숫자의 지참금을 가진 아내를 맞이할 수 있게 된다는 것이 이들의 보편적인 생각이다.

이것이 일반적으로 행해지는 격주 펜싱 시합의 모습이다. 이런 식으로 독일 학생들은 1년에 평균 몇십 번의 시합을 치른다. 외부에는 공개되지 않는 시합도 있다. 선수 하나가 시합 도중 무의식중에 머리나 몸을 움직이는 우아하지 못한 행위를 저질렀다고 판단되면, 그는 자신이 속한 코프스에서 최고 실력자 앞에 서고 난 후에야 다시 시합에 임할 수 있다. 그 자신이 요구하고 그를 위해

합의가 되는 것은 시합이 아니라 처벌이다. 상대는 원하는 만큼, 가능한 만큼 그에게 상처를 입힐 수 있다. 희생자의 목표는 동료들에게 자신이 움직이지 않고 서 있을 수 있다는 것을 보여주는 데 있다. 그동안 그의 머리가 두개골에서 반쯤 베어져나간다.

독일 대학 펜싱 시합을 좋게 볼 수 있는 구석이 한 군데라도 있는지, 그래도 되는 건지에 관해 나는 부정적인 입장이다. 있다면 그 두 선수에게나 있겠지. 시합에 관련될 수 있고 관련된 관객들에게, 확신하건대 이 시합은 악일 뿐이다. 나는 나 자신이 비정상적으로 피에 굶주려 있는 사람이 아니라고 확실하게 말할 수 있을 만큼 나를 잘 안다. 그러므로 이 시합이 나에게 미친 영향은 지극히 일반적인 것이다. 맨 처음엔, 진짜 시합이 시작되기 전 내 마음속에, 해부실과 수술 테이블에 대한 약간의 지식이 있었기 때문에 그게 없었다면 가졌을 의심이 조금 덜하긴 했지만, 내가 이걸 눈 뜨고 볼 수 있을까 하는 걱정과 호기심이 뒤섞여 있었다. 하지만 두 번째 시합부터는 고백하건대, 나의 세세한 감정들이 사라지기 시작했다. 그리고 세 번째 시합이 시작되고 홀 안에 뜨거운 피 냄새가 흥건해지자, 나는 흥분하기 시작했다.

나는 뭔가 더 원했다. 내 주위의 얼굴들을 훑어보았다. 그리고 그들 대부분의 얼굴에서 의심할 바 없이 나와 똑같은 감정을 읽었다. 현대인의 마음속에 있는 피에 대한 갈망을 자극하는 것이 바른 일이라면, 이 펜싱 시합은 유용한 도구다. 그러나 그것이 과연 바른 일인가? 우리는 문명과 인간성에 대해 떠든다. 그러나 자기기만의 정도까지 위선을 떨 수 없는 사람들은 안다. 우리의 빳빳한 셔츠 아래 야만인이 숨어 있다는 것을. 다만 그의 야성적 본능이 아직 건드려지지 않았을 뿐이라는 것을. 때로 우리는 그를 필요로 한다. 그의 소멸을 두려워할 필요도 없다. 그러나 그에게 너무 많은 영양을 주는 것은 현명하지 못하다.

시합에 관해서라면, 진지하게 생각해보니 장점들이 있다. 그러나 독일 대학 펜싱 시합은 바른 목적을 위해 기여하지는 못한다. 어리석은 활동이다. 잔인하고 난폭한 게임이기 때문이다. 상처에는 자체 가치가 존재하지 않는다. 무엇 때문에 상처를 입었는지가 중요한 것이지 상처의 크기가 중요한 것이 아니다. 윌리엄 텔은 분명히 세계의 영웅 중 하나다. 그러나 일주일에 두 번씩 만나 아들의 머리에 사과를 놓고 석궁을 쏘려고 만든 아버지 클럽의 멤버들에 대해서는 어떤 생각이 드는가? 이들 어린 독일의 신사들은 야생 고양이를 괴롭히면서 스스로를 자랑스럽게 여길지도 모른다. 목적이라곤 자신의 몸에 상처를 내는 일뿐인 단체에 가입하는 것은 자신의 지적 수준을 이슬람교의 춤추는 탁발승 수준으로 떨어뜨리는 행위다. 사람들은 축제가 벌어질 때면 펄쩍펄쩍 뛰고 자신의 몸에 칼자국을 내면서 감정 표현을 하는 중앙아프리카 야만인들에 대해 말한다. 그러나 유럽이 그들을 모방할 필요는 없지 않은가. 펜싱 시합은 사실 누가 더 어리석은가를 겨루는 '바보로 변신' 시합이다. 독일 사람들이 이 표현을 재미있다고 생각하지 않는다면 그들의 유머 감각 부족을 안타까이 여길 수밖에.

한편 이 독일 펜싱 시합을 지지하고 유지하는 여론에 동의할 수는 없다 할지라도 이 부분에 관해 최소한의 이해는 할 수 있다. 하지만 장려하진 않는다고 해도 엄연히 음주를 묵과해주는 대학 교칙은 논쟁적으로 접근하기가 훨씬 어렵다. 모든 독일 학생들이 술에 취해 있는 건 아니다. 사실 대부분의 학생이, 부지런하진 않다고 해도 얌전한 편이다. 그런데 일정 정도의 비용을 들인 끝에 획득한 쉬지 않고 마시는 능력을 버리고, 어느 정도까지는 오감을 유지하면서 반나절이나 밤새도록만 마시는 수준으로 회복된 실정인 소수의 학생이 문제다. 늘 똑같은 양상으로 나타나는 것은 아니지만, 대학 도시에서 스무 살도 안 된 청년이 폴스타프(Sir. John Falstaff. 셰익스피어의 작품에 등장하는 허풍쟁이 뚱뚱보 기사) 같은 모양새에 루벤스 그림에 나오는 바쿠스 같은 안색을 하고 다니는 모습은 예사다. 독일 여학생들이 찢어지고 갈라진 흉터가 있는 얼굴을 좋아한다는 것은 입증된 사실이다. 하지만 울긋불긋 부은 피부와 몸전체의 균형을 위협할 정도가 된 올챙이배에 무슨 매력이 있겠는가. 아침 10시에 프뤼쇼펜(Frühshoppen. 아침 일찍 모여 술 마시는 전통)에서 시작해 다음 날 아침 4시에 크나이페(Kneipe. 독일어로 목로 주점, 정기 회합이라는 뜻)로 끝을 내는 젊은이에게 달리 어떤 모양새를 기대할 수 있겠는가.

크나이페는 남자들만의 모임이라고 부를 수 있으며 멤버 구성으로만 본다면 아주 건전하거나 아주 떠들썩한 모임이라고 할 수 있다. 한 남학생이 동료 학생들을 열두 명에서 백 명 정도 카페로 초대한다. 그리고 그들에게, 건강과 기분이 허락하는 한도 내에서 시가와 맥주를 제공한다. 아니면 카페 주인이 그 모임의 멤버일 수도 있다. 여기서 역시 다른 어디서나 마찬가지로 독일식 기강과 질서 의식을 관찰할 수 있다. 새로운 사람이 들어올 때마다 테이블 주위에 앉아 있던 모든 사람들이 일어난다. 그리고 발꿈치를 붙이고 서로 인사를 나눈다. 테이블이 꽉 차면 의장이 선출된다.

그의 임무는 노래 번호를 지정하는 것이다. 두 사람당 한 권씩 노래책이 테이블 위에 놓여 있다. 의장은 29번을 선택한 후 외친다.

"1절!"

그러면 모든 것이 시작된다. 사이좋게 둘이서 책 한 권을 든 모양이 꼭 교회에서 성경책을 든 것같이 보인다. 각 절이 끝날 때마다 휴지기가 생긴다. 의장이 옆 테이블로 갔기 때문이다. 모든 독일인은 훈련받은 가수기 때문에, 그리고 대부분 목소리가 좋기 때문에 결과는 가히 충격적이다.

분위기로만 보면 교회에서 성가를 부르는 것 같지만, 노래 가사의 내용은 가끔씩 이런 인상을 수정하게 해준다. 하지만 그것이 노래든 감상적 발라드든 평범한 영국 청년을 당혹스럽게 만드는 내용의 소곡(小曲)이든, 사람들은 웃지도 않고 음정도 틀리는 법 없이 엄숙하게, 열심히 노래를 부른다. 마지막으로 의장이 "건배를 듭시다!"라고 외치면 모든 사람들이 "건배!"라고 답한다. 그리고 순식간에 잔이 빈다. 피아노 반주자가 일어나 인사를 하면 사람들 역시 답례로 인사를 한다. 그리고 아가씨가 들어와 잔을 채운다.

노래와 노래 사이에 건배 소리가 이어진다. 그러나 즐거운 분위기는 아니다. 웃음소리도 거의 들리지 않는다. 독일 학생들은 소리 없는 웃음과 근엄한 고개 끄덕거림만을 할 만한 것으로 여긴다.

'도롱뇽 문지르기'(Salamander Rub. 잔 손잡이가 도롱뇽 모양이다)라고 부르는 특별한 건배 시간엔 그 진지함이 극에 달한다.

"이제 '도롱뇽 문지르기 건배'를 하겠습니다. 모두 일어서서 정렬한 연대처럼 서십시오."

의장이 말한다.

"준비됐습니까?"

"네!"

우리는 한목소리로 대답한다.

"자, 이제부터 '도롱뇽 문지르기 건배'를 실시하겠습니다."

의장이 말하면 우리는 준비를 갖춘다.

"하나!"

우리는 잔을 테이블 위에 비빈다.

"둘!"

다시 유리잔 비비는 소리가 난다.

"셋!"

또 비빈다.

"마시자!"

일제히 잔을 비우고 머리 위로 높이 쳐든다.

"하나!"

빈 잔의 바닥이 테이블 위에서 빙빙 돈다. 파도가 자갈 해변을 스쳐가는 소리가 난다.

"둘!"

요동 소리가 더욱 커진다.

"셋!"

유리잔들이 일제히 테이블을 치고 우리는 다시 자리에 앉는다.

크나이페에서 하는 스포츠는 두 학생이 서로를 모욕하는 것이다. (물론 장난이다.) 그리고 서로 술 마시기 시합을 벌인다. 심판을 정하고 커다란 잔 두 개에 술을 채운다. 그러면 두 명이 잔 손잡이를 잡고 마주 앉는다. 모든 시선이 그들에게 집중된다. 심판이 시작 신호를 내리면 단숨에 맥주가 그들의 목구멍으로 벌컥벌컥 들어간다. 완벽하게 비운 잔을 테이블에 먼저 쾅 내려놓는 사람이 승자다.

크나이페에서 독일식으로 이런 모든 것을 경험해보고 싶은 외국인들은 시작하기에 앞서 당연히 코트에 이름과 주소를 달아두어야 한다. 우리의 정중한 독일 학생들은 자기 자신의 상태에 연연하지 않고 그것을 확인할 것이다. 그리고 무슨 수단을 써서라도 아침이 되기 전에 초대한 사람들을 안전하게 집으로 데려다준다. 하지만 물론 주소를 기억할 것이라는 기대는 안 하는 게 좋다.

베를린의 한 크나이페에 초대를 받았던 영국 남자 세 사람의 이야기가 생각이 난다. 그들은 비극적인 일을 당할 수도 있었다. 그들은 그것을 다 해보기로 결심했다. 그리고 자신들의 의도를 설명한 후 박수를 받았고 각자 카드에 주소를 쓴 다음 그것을 식탁보에 핀으로 꽂아두었다. 이것이 실수였다. 내가 조언한 대로 조심스럽게 자기 코트에 꽂아두었어야 했다. 자리야 바뀔 수도 있는 거고 아차 실수하면 다른 쪽으로 나오게 되는 경우도 있기 때문이다. 하지만 어디를 가든지 코트는 그와 함께 간다.

시간이 흐르자 의장이 아직 깨어 있는 사람들이 편안하게 술을 마실 수 있도록 머리를 들고 있을 수 없는 사람은 집으로 돌아가라고 했다. 그곳에 머물러 있기에 더는 적합하지 않은 사람들 중에 그 영국인 셋도 있었다. 그들은 상대적으로 말해 멀쩡한 상태였던 한 학생의 책임 하에 마차에 태워졌다. 그리고 집으로 돌아갔다. 그날 저녁 그들이 한 자리에 계속 앉아 있었더라면 모든 일이 순조롭게 진행되었을 것이다. 그러나 운이 없게도 그들은 이리 저리 왔다 갔다 했고 어떤 카드가 어떤 사람 건지 아는 사람이 아무도 없었다. 그들 자신이 그걸 분간해낼 리는 물론 없었다. 하지만 모두 즐거운 상태였기 때문에 아무런 문제도 되지 않는 것처럼 보였다. 사람이 셋, 주소도 셋이었다. 실수가 발생한다고 해도 아침이면 각자 알아서 해결할 수 있을 거라고 생각했던 모양이다. 그래서 세 영국 신사는 마차에 태워졌고, 상대적으로 볼 때 술이 덜 취한 학생은 손에 주소가 적힌 카드 세 개를 들었다. 그리고 흥겨운 분위기와 작별 인사 속에 마차는 출발했다.

독일 맥주의 장점은 영어로 'drunk'라고 말할 때처럼 사람을 취하게 만들지 않는다는 점이다. 독일 맥주에 취한 사람은 기분이 좋다. 다만 피곤할 뿐이다. 말은 하고 싶지 않다. 혼자 있고 싶을 뿐이다. 그리고 자고 싶을 뿐이다. 장소는 문제가 안 된다. 어디든 상관없다.

그 일행의 책임자는 가장 가까운 주소에서 마차를 세웠다. 그리고 가장 상태가 안 좋은 사람을 마차에서 내렸다. 그 사람을 먼저 제거해야 한다는 본능 때문이었다. 그와 마부는 문제의 그 물건을 데리고 계단을 올라가 하숙집 펜션의 벨을 눌렀다. 문지기가 졸린 눈을 비비며 나왔다. 그들은 짐을 안으로 들였다. 그리고 내려놓을 장소를 찾았다. 침실 하나가 마침 열려 있었다. 방은 비어 있었다. 기회였다. 그들은 그것을 그곳으로 들인 후 쉽게 제거할 수 있는 것만 그것으로부터 제거한 후 그것을 침대에 눕혔다. 일이 끝나자 두 사람은 기분 좋게 마차로 돌아왔다.

다음 주소에서 다시 멈추었다. 이번에는 여자 하나가 나왔다. 다

회복(茶會服)을 입었고 손에는 책 한 권을 들었다. 독일 학생은 손에 든 두 개의 카드 가운데 위쪽에 있는 것을 보고, 기쁜 마음으로 Y부인 댁을 찾아왔는데 맞느냐고 물었다. 맞긴 맞았다. 하지만 기쁜 마음에 관한 한 그것은 전적으로 독일 학생의 마음이었다. 그는 Y부인에게 현재 벽에 기대 잠들어 있는 신사분이 남편분이라고 설명했다. 그들의 만남은 부인에게 아무런 감흥도 불러일으키지 못했다. 그녀는 그저 침실 문을 열어주었고 그리고 사라져버렸다. 마부와 학생은 그를 안으로 들이고 침대에 눕혔다. 옷을 벗기지는 않았다. 피곤했다. 다시 그 부인의 모습이 보이지 않았기 때문에 인사는 하지 않고 그 집을 나왔다.

마지막 카드는 호텔에 묵는 총각의 주소였다. 그들은 마지막 남자를 호텔로 들였고 문지기한테 맡긴 다음 호텔을 나왔다.

첫 번째 집 얘기로 돌아오자면 사건은 이렇다. 여덟 시간쯤 전에 X씨는 부인에게 이렇게 말했다.

"말한 거 같은데요, 여보. 오늘 저녁에 모임에 초대를 받았어요. 크나이페라던가?"

"그런 말 들은 거 같아요. 그런데 크나이페가 뭔데요?"

"그게 일종의 총각 파티 같은 건데 학생들이 모여서 노래하고 얘기하고 담배 피우고 뭐 그런 거 있잖아요."

"그래요? 재미있으면 좋겠네요."

X씨의 부인은 착하고 이해심 많은 여자였다.

"재미있을 거예요. 예전부터 한번 가보고 싶었거든요. 아마 집에 늦게 올 가능성이 많을 거예요."

"얼마나 늦게를 말하는 거예요?"

"그건 말하기 좀 힘들어요. 학생들이 어떤지 알잖아요. 무리지어 있으면 상황이 어떻게 될지 모르니까요. 분명히 건배는 많이 하게 될 거예요. 내 상태가 어떻게 될지는 모르겠는데 기회를 봐서 일찍 나오도록 할게요. 물론 사람들 분위기를 봐가면서, 혹시 또 분위기를 안 좋게 만들 거 같으면……"

그러자 좀 전에 말했듯이 이해심 많은 X부인이 말했다.

"현관 열쇠를 가지고 나가세요. 전 돌리하고 잘게요. 그럼 몇 시에 돌아오더라도 저를 방해하지 않을 거 아니에요."

"그거 참 좋은 생각이군요. 당신 귀찮게 하는 거 정말 싫거든요. 조용히 들어와서 침대 속으로 들어갈게요."

한밤중에, 아니 어쩌면 이른 아침이 되어가고 있던 무렵, X씨의 처제였던 돌리가 침대에 일어나 앉아 귀를 기울였다.

"제니 언니, 자?"

"아니, 아무 일도 아니니까 다시 자."

"무슨 소린데? 불이 난 걸까?"

"퍼시야. 어두워서 뭐에 부딪힌 모양이지. 걱정하지 말고 어서 자."

하지만 동생이 다시 잠이 들자마자 좋은 아내였던 X부인은 조용히 빠져나가서 남편이 괜찮은지 확인해야겠다고 생각했다. 그래서 가운을 입고 슬리퍼를 신고 복도를 살금살금 걸어 자기 방으로 갔다. 침대에 있는 남자를 깨우려면 지진이라도 일어나야 할 것 같았다. 그래서 그녀는 촛불을 켜고 침대 옆으로 갔다.

남편이 아니었다. 남편을 닮은 사람도 아니었다. 어떤 상황에서도 그녀의 남편이 될 수 없는 사람이었다. 현재 조건으로 볼 때 그에게 느껴지는 감정은 혐오감뿐이었다. 그를 눈 밖으로 쫓아버리고 싶다는 생각뿐이었다.

하지만 뭔가 익숙한 분위기가 자꾸만 느껴지는 것이었다. 그녀는 가까이 다가가 그를 살펴보았다. 그제야 기억이 났다. Y씨였다. 처음 베를린에 도착한 날 그의 집에서 저녁을 함께했다. 실수가 있었던 것이다. Y씨가 우리 집으로 왔다면, 지금 이 순간 퍼시는……

끔찍한 여러 가지 가능성이 떠올랐다. 동생의 방으로 돌아가 서둘러 옷을 입었다. 그리고 조용히 계단을 내려왔다. 운이 좋게도 지나가는 마차를 잡을 수 있었다. Y씨네로 간 그녀는 마부에게 기다리라고 하고는 계단을 올라가 요란하게 벨을 눌렀다. 아까처럼 Y부인이 문을 열었다. 여전히 다회복 차림에 손에 책을 들었다.

"아니, 어쩐 일이세요?"

"제 남편이!"

그 순간 X부인이 할 수 있는 말은 많지 않았다.

"여기 있나요?"

"X부인, 어떻게 그런 말씀을 하세요?"

Y부인이 몸을 곧추세우며 말했다.

"아니, 오해하지 마세요! 끔찍한 실수가 있었던 거 같아요. 우리 불쌍한 그이를 우리 집 말고 여기로 데려다놓은 것 같거든요. 분명히 그런 거 같아요. 가서 좀 확인해주세요."

"세상에, 어떻게 그런 일이!"

X부인보다 나이가 많은 Y부인이 어머니 같은 어조로 말했다.

"흥분하지 마세요. 사람들이 누군가를 이곳으로 데리고 온 건 30

분 전이에요. 그리고 솔직히 말하면 난 얼굴도 못 봤어요. 저기 안에 있어요. 신발도 안 벗겼을 거예요. 침착하시고, 가서 바깥양반을 아래층으로 데리고 내려옵시다. 그러고 나서 댁으로 모셔가도록 하죠."

Y부인은 아주 협조적이었다. 그녀가 문을 열어주자, X부인이 안으로 들어갔다. 하지만 금세 백짓장처럼 창백한 얼굴로 나왔다.

"그이가 아니에요. 이제 어떡하죠?"

"무슨 소리예요? 남편 얼굴도 몰라요?"

Y부인이 방으로 들어가면서 물었다.

X부인이 Y부인을 잡으면서 말했다.

"Y씨도 아니에요."

"말도 안 되는 소리."

"그렇지 않아요. 사실 방금 그이 침대에서 Y씨가 자는 모습을 보고 나오는 길이니까요."

"뭐라고요? 거기서 뭐 한답니까?"

Y부인이 버럭 화를 내며 말했다.

"사람들이 Y씨를 우리 집으로 데려다가 그이 침대에 눕히고 가버렸어요. 그래서 우리 그이는 여기 있을 거라고 생각했는데……."

X부인은 눈물이 그렁그렁했다.

두 여인은 잠시 서서 서로를 바라보았다. 잠시 침묵이 흘렀으나 반쯤 열린 문 밖으로 남자의 코 고는 소리가 들려왔다.

"그럼 저기 저 사람은 누군가요?"

Y부인이 먼저 정신을 차리고 물었다.

"저도 모르겠어요. 전에 본 적 없는 사람이에요. 아는 사람인 것 같으세요?"

하지만 Y부인은 그저 문을 닫아버릴 뿐이었다.

"이제 어떻게 하죠?"

X부인이 말했다.

"제가 할 일은 알겠네요. 부인과 함께 가서 내 남편을 데리고 와 야겠어요."

"아주 깊이 잠드셨어요."

"압니다."

Y부인이 외투 단추를 채우며 말했다.

"그런데 그이는 어디 있는 걸까요?"

계단을 내려가며 불쌍한 X부인이 물었다.

"그건 우리 그이한테 물어봐야 할 것 같은데요."

"이런 실수도 하고 돌아다니는 사람들인데 그이한테 무슨 일이 생겼을지도 모르잖아요."

"아침에 찾아나서도록 하지요."

Y부인이 위로하듯 말했다.

"어떻게 이런 일이 일어날 수 있죠? 이제 절대로 크나이페에는 못 가게 할 거예요. 제가 살아 있는 한 절대로요!"

"부인이 부인 의무를 아신다면, 그는 절대로 가고 싶어 하지 않 을 거예요."

소문에 따르면 그는 다시는 크나이페에 가지 않았다고 한다.

하지만 말한 것처럼, 코트가 아니라 테이블보에 카드를 꽂은 게 실수다. 그리고 우리가 사는 이곳은, 실수를 봐주는 곳이 아니다.

14

"이 나라는 누구라도 다스릴 수 있을 거야. 나도 하겠다."

조지가 말했다.

우리는 라인 강을 내려다보며 본에 있는 카이저(독일 황제의 칭호)
호프 마당에 앉아 있었다. 우리 자전거 여행의 마지막 저녁 날이었
다. 다음 날 아침 일찍 떠나는 자전거가 여행의 끝의 시작이었다.

조지가 계속 말을 이었다.

"내가 사람들에게 원하는 것을 다 종이에 적을 거야. 그리고 좋
은 데 맡겨서 복사본을 아주 많이 만들 거야. 그런 다음 마을과 시
내 여기저기에 붙여야지. 그럼 원하는 게 다 이루어질 거라고 생
각해."

현재 독일이라는 나라는 평온하고 온순하다. 지금 이 나라가 가
지고 있는 유일한 야망은 세금을 꼬박꼬박 내고 섭리의 권위를 회

복시킨 사람들의 지시에 따르는 것뿐인 듯하다. 그러니 이곳에서, 개인의 자유를 코로 드나드는 숨과 같이 여겼던, 조언을 들으려고 판사들을 임명했으되 그들에 대한 처형 권한을 놓지 않았던, 수장을 따랐으되 때로는 단호히 명령에 따르기를 거부했던 옛 조상들의 흔적을 찾아보기란 쉬운 일이 아니다.

이곳에선 현재 사회주의에 대한 말이 많이 나오고 있다. 하지만 사회주의란 전제주의의 다른 이름이다. 개인주의는 독일 유권자들에게 호소력이 없다. 이들은 기꺼이, 아니 열렬히 모든 것에서 통제되고 규제받기를 원한다. 이들은 정부가 아니라 정부의 형태에 관해 논쟁을 벌인다. 경찰이 종교고 이러한 양상은 계속해서 지속될 것처럼 보인다.

영국에선 현재 우리의 대표를 손해 볼 것 없는 필수불가결한 존재로 본다. 보통 시민인 그는 표지판으로 고용되었을 뿐이다. 북적거리는 동네에선 노부인들이 길을 건너게 도와주는 쓸모 있는 구실도 한다고 하지만, 이런 봉사 활동을 하는 것에 대해 감사해하는 것 말고 우리가 그에 대해 특별히 많은 생각을 하는지는 의심스럽다. 그런데 독일의 상황은 다르다. 독일 대표는 작은 신으로 추앙받고 수호천사처럼 사랑받는다. 독일 아이들에게 그는 산타클로스이자 못된 아이들을 잡아가는 귀신이다. 모든 좋은 것이 다 그에게서 나온다. 그네와 회전 탑이 있는 놀이터, 치고받을 수 있는 모래 언덕, 실내 수영장, 박람회. 모든 악행이 그에 의해 처벌받는다. 착한 독일 소년 소녀들의 바람은 경찰을 기쁘게 하는 것이다. 경찰관들이 웃어주니 그런 생각이 생긴다. 경찰이 머리를 쓰다듬어준 독일의 어린이는 같이 살 수 없는 존재가 된다. 자신이 중요한 존재가 되었다는 생각에 거들먹거림이 하늘을 찌르기 때문이다.

　독일 시민은 사병이고 경찰은 장교다. 경찰은 거리에서 보행의 방향과 보행의 속도도 지시한다. 모든 다리의 끝에 경찰이 서서 다리 건너는 법을 지시한다. 경찰이 없으면 앉아서 기다려야 한다. 기차역에서 경찰은 사람을 대기실에 가둔다. 자해를 방지하기 위해서다. 적절한 시간이 되면 대기실 밖으로 꺼내 차장에게 넘긴다. 그 역시 제복만 다를 뿐이지 경찰이다. 차장은 어디서 내릴지를 일러주고 그가 내리는 것을 확인한다. 독일에선 책임질 것이 아무것도 없다. 당신은 당신 자신을 돌볼 수 없는 존재다. 그렇다고 해도 아무도 당신을 비난하지 않는다. 당신을 돌보는 것은 독일 경찰의 의무다. 당신에게 무슨 일이 일어난다면 당신이 아무런 힘이 없는 바보라고 해도 경찰에게는 변명의 여지가 없다. 어디에 있든 무엇을 하든 당신은 그의 책임 하에 있다. 그가 당신을 돌본다. 잘 돌본다. 이것은 부정할 수 없는 사실이다.

　당신이 길을 잃어버리면 그가 당신을 찾을 것이다. 당신이 당신 소유의 무언가를 잃어버리면 그가 당신을 위해 그것을 원상 복귀시킬 것이다. 당신이 스스로 원하는 것을 모른다면 그가 당신에게 말해줄 것이다. 당신이 가지고 싶은 것이 있으면 그가 당신에게 구해다 줄 것이다. 독일에선 개인 변호사가 필요 없다. 당신이 집이나 땅을 사거나 팔고 싶으면 국가가 양도 증서를 교부해준다. 사기를 당했으면 국가가 소송을 맡아준다. 국가는 결혼도 시켜주고 보험도 들어주고 사소한 것을 놓고 당신과 노름도 해줄 것이다.

"태어나기만 하십시오."

독일 정부가 독일 시민에게 말한다.

"나머지는 우리가 맡겠습니다. 집에 있을 때나 밖에 있을 때나, 아플 때나 건강할 때나, 쉴 때나 일할 때나, 우리가 당신에게 무엇을 해야 하는지 알려드리겠습니다. 당신이 그것을 하는지 우리가 확인하겠습니다. 당신은 아무것도 신경 쓰지 마십시오."

그래서 독일 시민은 신경 쓰지 않는다. 경찰이 없으면 주변을 배회하며 벽에 붙은 통지문을 찾아 읽는다. 그리고 가서 하라는 대로 한다.

독일 마을 하나가 기억이 난다. 이름은 잊어버렸다. 중요하지 않다. 이 사건은 어떤 곳에서라도 일어날 수 있었을 테니까.

문 하나가 열려 있었다. 콘서트가 열리는 정원으로 이어지는 문이었다. 그 문을 통과해서 돈을 치르지 않고 콘서트 장소에 입장하지 못할 이유가 하나도 없었다. 사실 4백 미터 간격을 두고 떨어져 있는 두 개의 문 가운데 그 문이 더 편했다. 하지만 지나가는 사람들 중 누구 하나 그 문으로 들어가지 않았다. 사람들은 묵묵히 내리쬐는 햇빛 속에서, 남자 하나가 서서 입장료를 받는 다른 쪽문을 향해 걸어갔다. 독일 청소년들이 애타는 듯한 시선으로 썰매장 옆쪽에 서 있는 모습도 본 적이 있다. 몇 시간이고 거기서 놀 수 있었을 텐데 아무도 그런 생각을 하지 않았다. 사람들과 경찰은 8백 미터는 떨어진 저편에, 모퉁이에 돌아서 있었다. 그들이 행동을 개시하지 않은 건 그래서는 안 된다는 생각 때문이었다. 이런 일들을 내 눈으로 보고 있으면 잠시 멈춰서 독일 사람이 정말 죄 많은 인간 집단의 일원인지 아닌지를 심각하게 생각해보게 된다.

이 온화하고 유순한 사람들은 오직 독일에서만 마실 가치가 있는 맥주 한 잔을 위하여 지상으로 내려온 천사인 것은 아닐까?

독일의 시골길에는 과일 나무들이 무방비 상태로 자라고 있다. 따지 말라고 따먹지 말라고 누가 소리치는 것도 아니다. 오직 양심이 의무를 수행할 뿐, 독일 시골길의 과일 나무들은 무사하다. 영국에선 상상조차 할 수 없는 일이다. 아이들 몇백 명은 콜레라로 죽을 것이다. 의사들은 덜 익은 사과와 호두를 너무 많이 먹어서 생겨나는 자연적인 현상들을 처리하러 다니느라 눈코 뜰 새가 없을 것이다. 사람들은 이런 과일 나무 주위에는 울타리를 박아서 사고를 미연에 방지해야 한다고 주장할 것이다. 과일 나무 키우는 사람들이 벽을 만들거나 말뚝 박는 비용을 아낀답시고 이런 식으로 지역에 병과 죽음을 퍼뜨리는 것을 용납하지 않겠다고 할 것이다.

하지만 독일 소년들은 한참을 걸어가야 나오는 마을에 1페니짜리 배 하나를 사러 가면서도 의연하게 과일 나무 길 1, 2킬로미터를 걸어간다. 열매가 익어 가지가 휘어지려는 때, 아무런 보호 장치 없이 방치된 과일 나무들을 그냥 지나친다는 것은 앵글로 색슨 족에겐 쓸데없는 기회의 낭비요 신이 주신 축복받은 재능을 썩히는 짓이다.

꼭 그렇게까지 해야 하는 건지는 잘 모르겠지만, 그러나 내가 관찰한 독일인의 성격으로 보건대, 독일 남자 하나에게 사형 선고를 내렸는데 국가가 그에게 밧줄 하나를 주면서 스스로 목을 매게 했다는 말을 들어도 놀랄 게 없다. 국가의 노고와 비용을 아낄 수 있었을 테니까, 독일에서라면 충분히 가능한 일이다. 그 죄인이 밧줄을 들고 집으로 가서 경찰이 지시한 사항을 자세히 읽은 다음 자기 집 부엌 뒤쪽에서 목을 매는 장면이 상상이 된다.

독일인은 바른 사람들이다. 전체적으로 보면 아마도 세계에서 가장 바른 사람들일 것이다. 마음씨 곱고 남을 배려하고 친절한 사람들이니까. 나는 대다수의 독일인들이 천국에 가리라 믿고 있다. 사실 다른 기독교 국가들과 비교해보면 천국은 주로 독일인으로 구성되어 있을 것이다. 하지만 독일인들은 어떻게 천국에 갈까? 하는 문제가 걸린다. 독일인 개인에게 스스로 날아가 천국의 문을 두드릴 의지가 있다는 생각은 할 수가 없다. 내 개인적인 생각으론, 작은 그룹으로 나뉘어 죽은 경찰의 책임 하에 천국으로 인도되지 않을까 싶다.

칼라일이 프러시아인들에 대해 말하면서 그들의 주요 미덕 중의 하나는 훈련받는 능력이라고 했는데, 그 말은 독일 지역 전체에 해당된다. 독일인은 어디든지 가서 무엇이든 해내는 사람들이다. 훈련을 시킨 후 제복을 입은 사람의 지휘 하에 아프리카나 아시아로 보내면, 악마를 마주했을 때와 같은 위험에 처하면서도 반드시 훌륭한 식민주의자가 된다. 그를 움직이는 것은 명령이다. 하지만 독일인을 개척자로 보긴 힘들다. 혼자 뛰도록 내버려두면 그는 곧 힘이 빠져 죽을 것이다. 지성이 부족하기 때문이 아니라 판단력이 없기 때문이다.

독일인은 오랫동안 유럽의 사병이었기 때문에 군사 본능이 피속에 흐른다. 그들이 가지고 있는 군사적 미덕은 지나칠 정도다. 하지만 그들 역시 군사 훈련의 후유증으로 고생한다. 최근 막사 생활에서 해방된 한 독일 하인에 관한 얘기를 들었는데, 그는 주인에게 어떤 집에 편지를 전달하고 거기서 답신을 기다리라는 지시를 받았다. 몇 시간이 지나도록 그는 돌아오지 않았다. 걱정도 되고 놀라기도 한 주인이 그 집으로 갔다. 그는 자신이 보낸 하인을 찾아냈다. 하인의 손엔 답신 편지가 들려 있었다. 어떻게 된 일인가 하니, 독일 하인은 그 이후의 명령을 기다렸던 것이다. 좀 과장된 이야기처럼 들리기도 하지만 개인적으로 난 이 이야기가 사실이라고 생각한다.

신기한 것은, 아이처럼 무력했던 사람도 제복을 입는 순간 책임감과 추진력을 겸비한 지적 존재가 되었다는 사실이다. 독일인은 다른 사람을 지배할 수 있고 다른 사람에게 지배당할 수 있다. 그런데 본인 자신은 다스릴 수 없다. 모든 독일인에게 장교 훈련을 시킨 후 자신에게 자신을 책임지게 하는 것이 해결책이 될 수 있을지도 모르겠다. 그렇게 되면 분별력과 판단력을 가지고 스스로에게 명령을 내린 후 현명하고 정확하게 자기 자신에게 복종할 수 있을 것이다.

이런 독일인들의 성격 형성에 지대한 역할을 하는 것은 물론 학교다. 끝없는 교육은 의무인데 이건 어느 누구를 위해서도 훌륭한 이상이라고 할 수 있다. 그러나 무조건 이상을 좇기 전에 사람들은 '의무'가 무엇인지 정확히 이해하고 싶어 했을 것이다. 의무에 대한 독일식 관념은 이런 것 같다.

'단추 있는 제복을 입은 모든 것에 대한 무조건적인 복종.'

이것은 앵글로 색슨적인 설계와는 완전히 대치되는 개념이다. 영국도 성장하고 독일도 성장하므로 두 나라가 실행하는 방법이 다 옳을 수 있을 것이다. 지금까지 독일인은 축복받은 부를 소유하고 그것을 굉장히 잘 통제해왔다. 이런 상태가 지속된다면 나름의 방법으로 자신들이 소유한 것을 잘 지속해나간다는 증거일 것이다. 혹시 우연이라도 통제 방식이 원활하게 받아들여지지 않는다면 그 순간 문제가 시작될 것이다. 그러나 어쩌면 독일식 방법은 계속해서 훌륭한 통치자를 공급해내는 장점이 있는지도 모른다. 그건 확실히 그랬던 것 같다.

무역업자로서 볼 때, 독일인들은 기질이 완전히 바뀌지나 않는다면 모를까, 늘 앵글로 색슨족보다 한참 뒤처질 것이라고 생각한다. 다 그들의 미덕 탓이다. 그들에게 삶은 단순히 재물을 탐하는 경쟁이 아니다. 삶은 그보다는 훨씬 중요한 그 무엇이다. 대낮에 두 시간 동안 은행과 우체국 문을 닫은 후 가족과 함께 식사를 하고 디저트로 40번의 윙크를 즐기는 나라는 서서 식사를 하고 침대 맡에 전화기를 두고 자는 사람들과 경쟁할 수 없다. 독일에는 아직까지, 영국에선 사느냐 죽느냐 하는 투쟁의 문제인 계급 간 격차가 크지 않다. 절대 경계선이 변할 리 없는 지주 귀족 계층만 제외하곤, 계급은 중요한 문제가 아니다. 교수 부인과 촛대 제조업자 부인이 주말 모임에서 만나 상호 평등의 개념 속에 스캔들을 주고받는다. 임대 마구간 업자와 의사가 단골 맥주홀에서 격의 없이 대화를 나눈다. 부유한 건축업자가 시골로 놀러가는데 마차에 자리가 비면 같이 일하는 십장과 단골 재단사 가족을 초대해 동행한다. 각자가 마실 것과 먹을 것을 챙겨오고 집으로 돌아갈 때는 같은 노래를 합창한다. 상황이 이렇게만 유지되어준다면, 평생을 돈이나 벌며 살다가 결국 노망이 들어버리는 인생을 살지 않아도 된다.

독일 남자의 취향은, 그리고 딱 마침 독일인 아내의 취향 역시 비싼 걸 즐기는 편은 아니다. 집은 붉은색 플러시 천으로 꾸미는 걸 좋아하고 금박도 많이 쓰고 곳곳에 옻칠도 한다. 이런 취향이 엘리자베스 여왕 시대 분위기가 나는 물건들과 루이 14세풍 모조품을 섞어놓거나, 침구 전체를 번쩍번쩍하게 구비하거나, 사진으로 벽에 도배를 해놓는 것보다 저급하다고 말할 수 있는가? 어쩌면 외벽은 그 지역 예술가의 손에 맡겨 그림을 그리게 할지도 모른다. 아래쪽에 잔인한 전투가 벌어지는 모습이 그려질 텐데 대부분은 현관문이 가려버릴 것이다. 비스마르크가 천사처럼 침실 창문 주위에서 희미하게 날개를 퍼덕거리고 있을지도 모르겠다. 대화가의 작품을 보려고 화랑에도 즐거운 마음으로 다닐 것이다. 하지만 그림들을 사들여 집안을 골동품 가게로 만들지는 않을 것이다.

독일인은 대식가다. 농장 일을 하다 보면 늘 배가 고프다면서 하루에 일곱 끼를 챙겨 먹는 영국 농부들이 있긴 하다. 러시아에는 1년에 한 번 일주간의 축제가 벌어지는데 이때 팬케이크를 너무 먹어 죽는 사람들이 생기긴 한다. 하지만 이것은 종교적인 축제기 때문에 예외가 아니겠는가. 독일인은 대식가로서는 타의 추종을 불허한다. 이들은 일찍 일어난다. 그리고 옷을 입으면서 커피를 몇 잔 들이켠다. 이때는 여섯 개 정도의 버터 롤을 곁들인다. 하지만 제대로 된 식사를 하려고 자리에 앉는 것은 10시다. 정찬은 1시나 1시 반이다. 이때는 두 시간 정도 앉아서 제대로 먹는다. 4시가 되면 카페로 가서 케이크를 먹고 초콜릿 음료를 마신다. 저녁 시간은 대개 먹는 데 투자한다. 정식 식사를 하는 경우는 드물고 대개는 가벼운 간식들이 이어진다. 7시에는 맥주 한 병과 빵 한두 개. 막간에 극장에서는 다시 맥주 한 병과 소시지 하나. 집에 오기 전에 백포도주 한 병과 계란 프라이 한 개. 자기 전 치즈나 소시지를 먹고 맥주로 입가심하고.

그러나 독일인은 미식가는 아니다. 프랑스 요리와 프랑스 요리 가격은 독일 식당에선 적용되지 않는다. 비싼 보르도산 적포도주나 샴페인보다는 안 비싼 백포도주나 맥주를 선호한다. 그도 그럴 것이 프랑스 포도주 상인이 독일 호텔이나 가게에 와인 한 병을 팔 때마다 그의 마음속에는 세단 한 대가 왔다 갔다 하기 때문이다. 대개 그걸 마시는 사람이 독일인이 아님을 감안할 때 그것은 어리석은 복수다. 벌은 어떤 순진한 영국인 관광객이 받는다. 하지만 어쩌면 프랑스 업자들 역시 워털루를 기억할 테니까 어쨌든 성공했다고 여길지도 모르겠다.

독일에서는 비싼 오락은 제공되지도 기대되지도 않는다. 독일의 모든 것은 소박하고 친근하다. 독일에는 비싼 돈을 내야 하는 스포츠도 없고 보수 유지해야 하는 호화로운 건물도 없으며 잘 차리고 나가야 할 돈 자랑 모임도 없다. 주요 오락거리인 오페라나 콘서트 티켓은 몇 마르크만 있으면 살 수 있다. 아내와 딸들은 집에서 만든 드레스를 입고 머리에 숄을 두르고 그곳까지 걸어온다. 사실 나라 전체에 겉치레가 없다는 것은 영국인의 눈에는 매우 신선하게 보인다. 개인 마차도 거의 없고, 러시아산 사륜마차도 빠르고 깨끗한 전동차가 여의치 않을 때만 이용한다.

독일인이 자신의 독립성을 유지하는 방법을 보라. 독일의 상인은 손님들에게 인상을 쓰지 않는다. 한번은 영국 숙녀 한 분을 따라 뮌헨에 쇼핑을 간 적이 있다. 런던과 뉴욕에서 쇼핑하던 습관에 익숙해져 있었기 때문에 그녀는 가게 주인이 보여주는 물건마다 트집을 잡았다. 정말 만족하지 않았기 때문이 아니었다. 그게 그녀의 방식이었다. 그녀는 가게 주인에게 다른 곳에 가면 더 싸고 좋은 물건을 살 수 있을 거라고 했다. 정말 그렇게 생각한 것은 아니었고 좀 유리한 입장을 선점해보려는 의도였다. 그녀는 또 물건이 고급스럽지 못하다고 했다. 기분 나쁘게 할 의도는 아니었다. 아까도 말했듯이 그게 그녀의 방식이었다. 그녀는 종류도 다양하지 못하다고 했다. 최신 유행하는 스타일도 아니라고 했다. 너무 평범하다고 했다. 오래가지도 못할 것 같다고 했다. 가게 주인은 아무런 대꾸도 하지 않았다. 그녀의 말에 반박하지도 않았다. 그는 물건들을 각각의 상자에 다시 넣고 각각 선반에 올려놓은 다음 가게 뒤에 있는 작은 휴게실로 들어가 문을 닫아버렸다.

"안 돌아올까요?"

몇 분이 지나자 그녀가 물었다.

질문이라기보다는 짜증이 난다는 투였다.

"그럴 것 같은데요."

"왜요?"

"당신이 저 사람을 지루하게 한 거 같아요. 아마도 지금 저 문밖에서 담배를 태우며 신문을 읽고 있을 겁니다."

또 한번은 어느 독일 호텔 흡연실에서 자그마한 영국 남자가 하는 이야기를 들은 적이 있다. 내가 그 사람이었다면 입을 다물고 있었을 것이다.

"여기선 값을 깎으려고 해봤자 헛수고예요. 이해를 못 하는 것 같더라고요. 게오르크 광장에 있는 가게에 《강도들》 초판이 있더라고요. 들어가서 가격을 물었죠. 카운터 뒤에 이상하게 생긴 친구가 하나 있더라고요. 그런데 '25마르크요'라고 말하고는 계속 책만 읽는 거예요. 전에 20마르크짜리 더 좋은 걸 본 적이 있다고 말했죠. 원래 흥정을 할 때 그렇게 하잖아요. 그랬더니 저에게 '어디서 말이오?'라고 묻지 않겠어요? 라이프치히에 있는 가게에서라고 했죠. 거기로 돌아가서 그걸 사라나요, 나 원 참. 내가 책을 사건 말건 아무런 관심도 없다는 투였어요. 제가 물었습니다.

'얼마면 파시겠어요?'

'아까 말했을 텐데, 25마르크라고.'

'그 정도 가치는 없지 않습니까.'

'그거야 손님 생각이고.'

'10마르크 드리겠습니다.'

전 이렇게 해서 한 20마르크 정도에 거래를 성사시킬 생각이었습니다. 그가 자리에서 일어나더군요. 카운터를 돌아 나와서 책을 꺼내주려나 보다 생각했지요. 그런데 곧장 제 쪽으로 오는 게 아니겠어요? 생각보다 덩치가 상당하더라고요. 갑자기 내 어깨를 잡고 길 밖으로 밀어내더니 문을 쾅 닫아버렸습니다. 그렇게 놀란 건 정말 평생 처음이에요."

"아마 그 책이 25마르크 가치가 있었나 보지요."

내가 말했다.

"물론 그랬습니다. 그거야 물론 그랬죠. 하지만 좋은 게 좋은 거 아닙니까!"

뭔가가 독일인의 성격을 바꿀 수 있다면 그것은 독일 여성일 것이다. 사실 그녀들은 급속히 변한다. 그녀들은 요즘 말로 진보하고 있다. 10년 전만 해도 체면을 생각하거나 결혼할 생각이 있는 여성이라면 감히 자전거를 타지 않았다. 지금은 전국에 넘쳐난다. 노인들은 그런 모습을 보면서 고개를 내젓는다. 하지만 젊은이들은 그녀들을 따라잡고 옆에서 나란히 자전거를 탄다.

얼마 전만 해도 여자가 스케이트를 타고 바깥쪽 날로 활주를 하는 것은 숙녀답지 못한 행동이라고 여겼다. 남자 친척의 손을 붙잡고 비틀비틀 타는 것이 권장되는 태도였다. 하지만 지금은 혼자 구석에서 8자형 활주를 연습한다. 그러면 젊은 남자가 가서 도와준다. 여자들은 테니스도 친다. 개 수레 끄는 모습도 보았다.

독일 여성은 훌륭한 교육을 받는다. 열여덟 살이 되면 두세 개 언어를 말할 수 있고, 보통의 영국 여성이 읽은 것보다 더 많은 것을 잊어먹는다. 지금까지 이런 교육은 그녀들에게 아무런 쓸모도 없었다. 결혼을 하면서 부엌으로 은퇴를 해버렸고 그다지 훌륭하지도 않은 요리 목록에 자리를 내주기 위해 서둘러 머릿속을 비워버렸다. 그러나 남자들이 일만 하는 기계가 아닌 것처럼 여자들도 자신의 전 존재를 집안일에만 희생할 필요가 없다는 생각을 하게 된다고 가정해보자. 사회적이고 국가적인 삶에 참여하고 싶다는 야망을 가지게 된다고 가정해보자. 그렇게 된다면 독일 여성은 몸도 건강해질 테고 더불어 마음의 혈기도 왕성해질 것이다. 그런 파트너가 어찌 지속적이고 중요한 영향력을 끼치지 않을 수 있겠는가.

독일 남성은 굉장히 감성적이어서 아주 쉽게 여성의 영향을 받는다는 사실을 기억해야 한다. 독일 남성은 최고의 연인이며 최악의 남편이라는 말이 있다. 이것은 여성들의 잘못이다. 일단 결혼하면 독일 여성은 낭만은 뒷전이다. 양탄자 터는 도구와 바꿔치기를 해버리는 것이다. 소녀 시절에도 독일 여성은 어떻게 옷을 입는지 알지 못했다. 그런데 아내가 되면 그나마 있던 그런 옷들도 다 벗어버리고, 집에서 대충 보이는 이상한 것들을 몸에 걸치기 시작한다. 이런 것들이 독일 여성들 스스로 자초한 자신들에 대한 이미지다. 헤라에 버금갔던 몸매며 건강한 천사를 닮은 안색에 앙심을 품고 그것들을 망칠 작정을 한다. 입에 달콤한 것들을 얻으려고, 존경과 헌신이라는 타고난 권리를 팔아버린다. 매일 오후 당신은 그녀들이 카페에 앉아 부드러운 크림을 듬뿍 바른 케이크와 함께 커다란 잔으로 초콜릿 음료를 마시는 모습을 보게 될지도 모른다. 머지않아 그녀들은 뚱뚱하고 느즈러지고 유순하고, 그래서 아무런 매력도 느껴지지 않는 존재가 된다.

독일 여성이 오후의 커피와 저녁의 맥주를 포기하고 몸매를 유지하는 데 충분한 운동을 하고 결혼 후에도 요리책 말고 책을 꾸준히 읽으면, 독일 정부는 여성들을 지금껏 알려지지 않은 새로운 세력으로 발견하게 될 것이다. 그리고 독일 전역에서 구여성이 신여성에게 자리를 내주는 뚜렷한 징조를 마주하게 될 것이다.

그럴 경우 과연 무슨 일이 일어날까. 궁금한 일이 아닐 수 없다. 왜냐하면 독일이라는 나라는 아직도 어리고 이 나라의 성숙은 세계에 아주 중요한 영향을 미칠 것이기 때문이다. 이들은 세계를 좀 더 나은 곳으로 만드는 데 기여해야 하는 선량하고 사랑스러운 민족이다.

굳이 가장 안 좋은 점을 들라면 이들에게도 단점이 있다는 것이다. 본인들은 이 사실을 알지 못한다. 이들은 자신들이 완전무결한 줄 안다. 심지어 앵글로 색슨족보다 더 우월하다고 생각한다. 이건 도저히 이해가 불가능하다. 어쩌면 그렇게 생각하는 척하는지도 모른다.

"자기들 나름대로 생각하는 거지 뭐. 하지만 어찌 됐든 여기 담배는 죄악이야. 난 이제 자러 간다."

조지가 말했다.

우리는 자리에서 일어났다. 그리고 낮은 돌난간에 기대어 부드럽고 어두운 강물 위에서 춤추는 빛들을 바라보았다.

"전체적으로 유쾌한 붐멜(Bummel)이었어. 다시 오고 싶을 거 같다. 끝나서 아쉽기도 하고."

해리스가 말했다.

"붐멜이 뭔데?"

조지가 물었다.

내가 나설 차례였다.

"목표가 없는 여행이라고 할 수 있어. 기간이야 길어질 수도 있고 짧을 수도 있는데, 단 하나의 원칙이 있다면, 반드시 주어진 시간 안에 여행을 시작한 장소로 돌아가야 한다는 거야. 가끔은 분주한 거리를 지나기도 하고 들판이나 철길을 통과할 때도 있어. 몇 시간, 아니면 며칠이 주어지기도 하지. 하지만 시간이나 공간에 상관없이 우리의 생각은 늘 흐르는 모래 위에 있어. 우리는 지나치는 사람들에게 미소를 짓거나 고개를 끄덕이지. 어떤 이들과는 멈춰 서서 이야기를 나누기도 해. 친구가 되어서 같이 길을 걷기도 하지. 재미있어. 그리고 늘 조금은 피곤하지. 하지만 전체적으로 볼 때는 유쾌한 시간들이고 끝날 때면 아쉬워하는 것, 그것이 붐멜이야."

옮긴이의 말

사실 이 옮긴이의 말은 어디까지나 좀 학구적인 차원에서 '영국식 웃음의 미학' 아니면 최소한 '제롬이 웃긴 이유' 같은 것을 탐구해보자는 의도에서 시작되었다. 그러나 '시작이 반이다'라는 말은 진실이 아니었다. 본인들은 어떻게 생각하나 차원에서 영어로 된 'british humour'를, 옆에 있는 이웃은 어떻게 생각하나 차원에서 불어로 된 'humour anglais(영국식 유머)' 관련 책들을 뒤지기 시작했는데, 아 너~무 모르겠는 거다. 창문 너머로 때 이르게 푸르른 봄 하늘이 보이는데 마음이 너~무 슬픈 거다. 다들 'humour'의 어원부터 따지기 시작한다. 학문은 원래 그런 거다. 근본부터 따져보는 게 진리라는 것쯤은 나도 안다. 다만 내가 좀 안됐다는 생각이 들었다는 것일 뿐.

우린 왜 웃을까? 이런, 건방지게 우리까지 갈 거 뭔가. 난 왜 웃을까? 내가 최근에 나도 모르게, 자세를 바꾸며, 다시 말해 뒤집어 지며 웃은 적이 있었나?(그런데 흐름이 끊기는 것 같은 감이 없지 않아 있지만, '뒤집어지며 웃는다'라는 말을 할 때면 난 왠지 모르게 늘 발랑 뒤집 어지는 거북이 생각이 난다. 당신은 어떤 상상을 하는가?)

있다. 무엇이? 이 사람이! 웃은 적 말이다. 거리를 걷고 있었다. 내 앞으로 관광객 3인(관광 안내책자 및 지도 등등을 들었고, 카메라를 목에 건 이가 1인 있었고, 3인 모두 운동화에 배낭을 짊어졌다)이 걸어가고 있었다. 그런데 그중 1인이 저만치 앞으로 달려갔고 카메라를 목에 건 또 다른 1인이 사진 찍을 준비를 했다. 내 시선은 카메라가 보고 있는 대상으로 향했다. (당신은 이럴 때 어떤가? 사진 찍는 사람을 보나 아니면 사진 찍히는 사람을 보나? 사진 찍는 사람을 보거나 셔터 누르는 손가락을 보는 사람을 친구로 두면 좋겠다만 내가 그들 타입일 리가 만무하겠지.) 카메라가 바라보는 1인의 관광객은 엄지손가락과 새끼손가락을 세우고 나머지 세 손가락을 접은 손동작과 함께 무릎을 구부린 채 전화 거는 시늉을 하며 활짝 웃고 있었다. 그것만으로 웃길 리가 있는가? 문제는 그 사람 앞에 실제로, 벤치에 앉아 휴대폰으로 전화 거는 비관광객이 있었다는 거다. 자신의 행위가 모방의 대상이 되고 있는 줄은 꿈에도 모른 채. 안 웃긴가? 난 웃겼다. 그 2인의 관광객들의 행위가 유쾌했다. 나중에 사진이 나오면 그들도 카카 키키 웃을 것 같았다. 그리고 문득, 전화를 걸다가 상황을 깨달은 그 비관광객이 브이 자를 그리며 카메라를 바라봐준다면 재밌는 사진이 한 장 더 나오지 않을까 생각했다. 그리고 그 모습을 바라보며 하하 웃던 나를 보고 이리 오라 하여 세 명이 브이 자를 그린 사진이 한 장 더 찍힌다면 그것 또한 즐겁지 아니할까 하는 생각을 했다. 물론 다 생각에 그쳤다. 그리고 뒤집어지지는 않았다. 하지만 크게 웃었다.

웃는 이유. 내 생각에 그건 뭘 좀 알겠다는 거다. 어떤 식으로든 우선 대공감이라는 뜻이다. 나 원~ 하는 웃음이건, 이런~ 하는 웃음이건, 흥 하는 웃음이건, 아 하는 웃음이건, 다 알겠어서 그러는 거다. 무언가를 알 것 같은 건 얼마나 신기한 일인가. 또한 얼마나 즐거운 일인가. (나의 깨달음의 물질적 양은 나의 일화의 그것에 비하여 참으로 짧구나. 웃음은 자기를 조롱할 수 있는 데서 나오느니, 때로 자기 자신이 그 상황의 희생양이 될지라도.)

당신은 이 책 어디서 처음 웃었는가? 어떤가? 잘 생각해보면 왜 웃었는지 알 것 같지 않은가? 하긴 몰라도 상관은 없다. 웃은 걸로 되었다. 아~ 봄이다. 보트를 타든지 자전거를 타든지, 많이 웃으시길. 웃다가 넘어지거나 물에 빠지거나 하여도 여전히 인생이 즐겁기를.

김이선

옮긴이 **김이선**

프랑스 투르대학교 언어학과를 졸업했으며 서강대학교 영문학과 대학원을 수료했다. 수년간 출판 편집자로 일했으며, 현재 번역가로 활동하고 있다. 옮긴 책으로《보트 위의 세 남자》,《저체온증》,《빛과 물질에 관한 이론》,《카미유 클로델》,《폴 스미스 스타일》,《둘런과 모리스의 컬렉션》등이 있다.

자전거를 탄 세 남자

1판 1쇄 발행 2007년 4월 5일
3판 1쇄 발행 2017년 5월 30일

지은이 제롬 K. 제롬 | 옮긴이 김이선
펴낸곳 (주)문예출판사 | 펴낸이 전준배
출판등록 1966. 12. 2. 제 1-134호
주소 03992 서울시 마포구 월드컵북로 6길 30
전화 393-5681 | 팩스 393-5685
홈페이지 www.moonye.com | 블로그 blog.naver.com/imoonye
페이스북 www.facebook.com/moonyepublishing | 이메일 info@moonye.com

ISBN 978-89-310-1055-8 03840

■ 문예 세계문학선

★ 서울대, 연세대, 고려대 필독 권장도서   ▲ 미국 대학위원회 추천도서
● 《타임》 선정 현대 100대 영문 소설   ▽ 《뉴스위크》 선정 세계 100대 명저

(뒷면 계속)